古典詩歌研究彙刊

第 二一 輯

龔鵬程 主編

第 1 冊

魏晉詩人之遊仙主題研究 (上)

陳 子 梅 著

國家圖書館出版品預行編目資料

魏晉詩人之遊仙主題研究(上)／陳子梅 著 ― 初版 ― 新北市：
花木蘭文化出版社，2017〔民 106〕
目 2+246 面；17×24 公分
（古典詩歌研究彙刊 第二一輯；第 1 冊）
ISBN 978-986-404-862-5（精裝）
1. 遊仙詩 2. 詩評 3. 魏晉南北朝
820.91   106000425

ISBN- 978-986-404-862-5

9 789864 048625

古典詩歌研究彙刊
第二一輯　第一冊   ISBN：978-986-404-862-5

魏晉詩人之遊仙主題研究（上）

作　　者　陳子梅
主　　編　龔鵬程
總 編 輯　杜潔祥
副總編輯　楊嘉樂
編　　輯　許郁翎、王筑　美術編輯　陳逸婷
出　　版　花木蘭文化出版社
社　　長　高小娟
聯絡地址　235 新北市中和區中安街七二號十三樓
　　　　　電話：02-2923-1455／傳眞：02-2923-1452
網　　址　http://www.huamulan.tw 信箱 hml810518@gmail.com
印　　刷　普羅文化出版廣告事業
初　　版　2017 年 3 月
全書字數　405379 字
定　　價　第二一輯共 22 冊（精裝）新台幣 33,000 元

魏晉詩人之遊仙主題研究(上)

陳子梅　著

作者簡介

陳子梅，民國六十六年生，熱愛閱讀、教學、旅行。醉心於六朝文學。在國文教學上力求創新，參與國文學科中心示例影片拍攝與研習推廣。曾獲 100 年教育部資訊科技融入教學資源創意應用徵選活動——優等、103 年高雄市教學卓越獎——特優、103 年教育部教學卓越獎——銀質獎與 105 年國家教育研究院教學媒體影音徵集——佳作等獎項。

提　　要

　　本論文嘗試藉由「時物我知識體系」和「主題學研究概念」兩大理論基礎，欲在「情的自覺」「遊仙文學」的魏晉社會共相中，呈現出「建安、正始、太康、東晉」時期不同詩人生命的殊相。魏晉文人們彷彿懷著一種鄉愁衝動在追尋自我原鄉，寄情詩酒幻境中，讓流徙靈魂稍事逗留。或是虛懸仙鄉，求取欲望補償或苦難救贖，甚至如能放逐自我於無何有之鄉，也是精神的平寧寄託。透過這些幻境，他們凝視著自我生命的徘徊，及發出對生命意義的叩問。然而身體是一切知覺意識的基礎，感覺主體則是與生存環境同源共生，被身體所記憶的是人事物或各種環境所渾融的整體氛圍。當氣對身心狀態的牽引，以及人與自然經由氣的交流感應，使身體的空間結構處於能動與可變的境域，最終則以內外如一的流動，體現身體與自然的和諧，生命或許就能找到了安頓之處。

第一章 緒 論

第一節 研究動機

　　魏晉時期經由個人意識的覺醒，認識到文學表現自我情意的價值，進而正視文學，展開對文學的思省。把魏晉視為一轉變期，「個人風格的出現，表現了擺脫一切因襲的精神」，是從兩漢大帝國僵固的統治體制、繁瑣的經學注釋，及強調道德教化的儒家名教中脫離出來，所萌生的一場美感探索。

　　魏晉時期，是中國政治上最混亂，社會上最苦痛的時代，然而卻是精神史上極自由，極解放，最富於智慧，最濃於宗教熱情的一個時代。因此也就是最富有藝術精神的一個時代〔註1〕。故而各種外在束縛的解放，也使得身體開始對禮法進行反抗，這樣的過程便成為開啟身體豐富表情的重要契機。魏晉士人的種種面容，都呈現了他們所受到的痛苦、不堪、承擔以及超越，因此，他們的身體表情在在展現了他們的愁懷以及美感，他們的生命個體，是那麼清晰地藉著身體展演而映現目前。

　　在魏晉詩文中，常見文士們彷彿懷著一種鄉愁的衝動在追尋自我

_____

〔註1〕宗白華：《美從何處尋》，板橋元山，1985年，頁187。

—1—

的原鄉，他們一般也是寄情於詩酒的幻境中，讓流徙的靈魂稍事逗留。或是虛懸於仙鄉的幻象空間，求取欲望的補償或是苦難的救贖，甚至如能放逐自我於無何有之鄉，也是精神的平寧寄託〔註2〕。魏晉文人也虛構了一個亦真亦幻的境相，一個準烏托邦（a quaei-utopian space），透過這個幻境，他們凝視著自我生命的徘徊。

　　故本論文有兩大核心：藉由「時物我的知識體系」爲基礎，配合「主題學研究」的概念來嘗試探討各時期不同「遊仙詩人的心靈圖像」，經由「蒐羅、整理、分析、歸納」，藉由個人的詩賦作品論述證明，以期能呈現各自獨特豐富多彩的生命面貌。

第二節　研究範圍與限制

　　在拙作《郭璞遊仙詩研究》〔註3〕中提到，遊仙詩經過兩漢以來長期的醞釀，形式漸趨成熟，意境更是大爲提升，從充滿畏怖之情的鬼神崇拜，進展成以人爲本位的詠懷憑藉，這樣濃厚的文學性自然容易引起文人的注意。再加上遊仙題材純屬虛構，並不架設於現實的觀點上，因此也不受現實世界中各種理性與時空的限制，作者可以天馬行空地去盡情發揮自己的想像力，最適合文人逞志使氣，施展才華。於是，正如詩體本身，或者詞曲小說的發展路線一樣，遊仙詩在兩漢之後也由草莽民間步入了殿堂案頭，成爲流行於文人學士之間的常用題材。而由於文人的參與和提倡，也賦予遊仙詩更廣泛的觸角、更深刻的內涵，藝術價值自是不可同日而語。這種交互作用的雙向關係，最明顯的例子，就是曹操、曹丕、曹植三父子。他們身當漢末遊仙詩胚胎初成之際，一方面這個特殊的題材提供了最好的想像空間，使這三位「咸蓄盛藻」的父子縱橫其中，獲得了逞才競勝，或者宣洩情緒的最佳途徑；而另一方面，經過他們的一番揮灑，遊仙詩形式完備了、

〔註2〕　任繼愈主編：《中國哲學發展史》，北京人民，1985年，頁160～162
〔註3〕　陳子梅：《郭璞遊仙詩研究》，高雄師範大學國文所碩士論文，2006年。

氣度擴大了、意旨也深濬了，成為一個獨特文類的各項條件才算完備，甚至連以「遊仙」作為詩題，從而使「遊仙詩」成為後來寫作神仙素材的詩歌時的專用標題，也都是從曹植開始的。可以說真正確定了遊仙詩的意界，建立了它的形式和風格的，就是曹氏父子。但他們父子三人在文學上向來各擅勝場，作風迴然有別，成就也各自不同，於遊仙詩也有類似的現象。

　　曹植卒於魏明帝太和六年（西元 232），又七年明帝亦崩，傳位齊王芳，改元正始。其時司馬氏專權，對文人採取高壓政策，文人生命朝不保夕，鬱悶無已，因此造成儒學衰微，道家思想躍居學術界主流，談玄說理之風盛行一時。這無疑是遊仙詩發展的大好環境。並且就遊仙詩本身而言，雖經過曹氏父子的耕耘，得建立為一獨特文體，但內容形式各方面，都只粗具規模—內容上，曹操雖已將兩漢民歌中醞釀甚久的祈求長生的遊仙目的發展成熟，而曹植以自身遭遇及當下情緒為張本的苦悶動機，還只在含蓄象徵，或屈居附庸的階段，未見深入發揮。曹植仍有許多純幻遊、思超世之作。形式上，完備的結構母型雖已出現，卻只是在曹植的〈五游詠〉中曇花一現而已，尚未有穩定格式—彷彿嫩草新芽，亟待墾植拓展。內外因素交相配合，因此從正始乃至西晉一代的文人，或踐履曹植的詠懷路線，藉遊仙詩宣洩其憤懣，而有著更為淋漓盡致的發揮；或祖述曹操的長生渴望，以遊仙詩遂其飄飄凌雲之志。於是遊仙詩遂有正體變體之分（何焯《義門讀書記・文選》卷二）。此時期便是遊仙詩分途發展，蔚為大國的拓展時期，《文心雕龍・明詩》：「正始明道，詩雜仙心。」可見其時遊仙詩盛行的情況。所謂宣洩憤懣者，以正始文人為主，嵇康、阮籍是其代表。二人身當亂世，憂患特深，對人世的憤慨絕不僅止於曹植的懷才不遇，因此遊仙詩到了他們手上，「《離騷》借遊仙以抒憤的傳統才得到較大的發揚轉化，使遊仙詩的體制更加完備，作者的個性才得以透過遊仙的題材充份發揮。」〔註4〕他們二人遊仙詩的成就實超過

────────────

〔註4〕劉漢初：《六朝詩發展述論》，臺灣大學中國文學研究所博士論文，

曹植，而又因本身性格的差異，在抒憤的方式上也表現出直言無隱，與委婉諷諭的不同風格，《文心雕龍》所謂「嵇志清峻，阮旨遙深」是也。至於純粹幻遊、欽羨長生的所謂正體之作，則以西晉一代之文人爲主，其時文格卑弱，遊仙詩內容率多因襲，日趨浮淺，體制也短小不足觀，正是前文所言但師曹操之長生渴望，卻難及其氣魄胸襟與追尋理想之意念者。

總之西晉的遊仙篇什，在內容上已不復嵇阮舊觀，葉慶炳「正始詩至太康而斷」的論點〔註5〕，在遊仙詩亦然。內容貧弱的原因，主要在於遊仙動機的交待不明，不願走上二曹、嵇阮等人不滿現實的發句方式，而以輕描淡寫望見松柏引發奇想的興起手法（何劭〈遊仙詩〉）、甚或以仙人下來明意，即欲隨往的幻設語句（傳玄〈雲中白子高行〉），便作爲羨仙、遠遊的心理依據，自然易使詩作缺乏藝術張力。至於陸機、張華等人，更於動機所在不涉一語，連遠遊行動及目的也經常省略，專就「仙」意入手，致使遊仙詩日與山水景物、公讌應詔、享樂宮體等題材合流，此便成爲西晉一代遊仙詩的特徵。合流之端一開，遊仙詩便踏上以郭璞等人爲主的高峰轉型期的發展階段了。太康時期的遊仙詩也正是從正始嵇阮到永嘉郭庾之間的過渡時期。

然而就另一方面言，遊仙詩本以「詩雜仙心」爲其本色，詠懷層面的拓展固可提高詩歌的藝術張力和文學價值，然而過於注重言志功用也易生喧賓奪主之弊，使遊仙詩日益消融於詠懷主旨之內，而不再能成爲一個獨立文類。阮籍的遊仙詩句饒富哲思，興寄無端，固是登峰造極之作，根本不見遊仙名目；又極少見通篇述仙之作，大抵以短句片言穿插於詠懷主題之中，遊仙詩的消融現象，是顯而易見的。南北朝以後，遊仙詩不能再於中國詩歌史中佔一席之地，只能偶而作曇花一現的綻放，便是由於消弭於言志詠懷的主流之中。故而西晉諸詩人的遊仙之作，雖然「仙心」瀰漫，缺少作者主觀情志，然於保存遊

1983 年，頁 26。
〔註 5〕 葉慶炳：《中國文學史》，臺灣學生，1982 年，頁 128。

仙本色、確立詩歌典型，卻是厥功至偉。尤其何劭〈遊仙詩〉、及傅玄〈雲中白子高行〉二首，通篇遊仙，結構嚴整，完全符合形式母型，又表現了從漢魏重「遊」，轉至兩晉重「仙」的遊仙詩轉變現象，可說是西晉遊仙詩的代表作。傅玄作品爲樂府形式，何劭之作則爲五言詩歌，且題名「遊仙」，循名責實，何焯所謂「何敬祖『遊仙詩』，遊仙正體。」良有以也。

　　嵇阮二人的遊仙篇什，言志詠懷，意旨幽深，使遊仙詩的文學價值大幅提升，而能標立於百代以下。阮籍的〈詠懷詩〉第七十首：「有悲則有情，無悲亦無思。苟非嬰網罟，何必萬里畿。翔風拂重霄，慶雲招所晞。灰心寄枯宅，曷顧人間姿。始得忘我難，焉知嘿自遺。」正可用以淋漓盡致地表達他自己與嵇康的遊仙心態。「苟非嬰網罟，何必萬里畿」，時代造成他們無限的悲思，而欲「灰心寄枯宅，曷顧人間姿」，然而有悲則有情，雖欲遠蹈，何嘗真正忘我？他們所有遺俗棄累的遊仙之作，其實都囊括在「始得忘我難，焉知嘿自遺」的範疇之內，可說是「有我之境」的遊仙詩；而西晉一代諸詩人的遊仙詩，純粹列仙之趣，不涉絲毫主觀感情語，可說是「無我之境」的遊仙詩，他們的貢獻，是遊仙詩體例典型的確立，和形式結構的保存。二者交相配合，遊仙詩內容形式大備，且得與於「境界」屏障，各方面來說，都是長足的拓展。

　　故本論文在遊仙詩人的選取上，因個人自身能力限制，僅能以在遊仙詩流變史中占重要角色的八位「曹操、曹丕、曹植、嵇康、阮籍、陸機、郭璞、陶淵明」詩賦作品來加以分析論述，試圖在魏晉共同的社會譜像（情的自覺）、文學譜像（遊仙文學）中，欲呈現這八位詩人個人獨特的生命風采。

第三節　文獻探討

　　遊仙文學研究中其走向大致可歸納爲三類：

　　第一，歷時研究。採文學史的態度爬梳遊仙詩的發展，多以遊仙詩的創作起源、動機和歷史發展爲論述核心，如：朱光潛的〈遊仙詩〉〔註6〕，此文並比較中、西「仙境傳說」的異同，指出中國遊仙題材詩歌的書寫特點。唐亦璋的〈神仙思想與遊仙詩研究〉〔註7〕，該文較有獨見的，是曾針對仙與仙鄉的主題進行論述，用表格方式指出仙人與仙鄉的對應關係，可惜未有進一步的說明與分析。或許由於這種縱論的方式須極宏觀的視野與極豐富的學養，又較難有完整、細緻的觀照，所以論者不多。然若欲定義單篇作品的文學地位，實仍須回歸這個史的脈絡來衡量，故此兩篇文章寫成年代雖早，至今卻仍非常具有參考價值。

　　第二，斷代研究。以某個時期的遊仙題材詩歌爲討論焦點，年代斷限較前者集中，且有較深入的文本、文化分析；若將各家研究成果有機的組織起來，我們便可大致掌遊仙題材詩歌在不同時代的創作特色。以兩漢時代來說，遊仙題材詩歌多採樂府形式，故學者便由體裁和內容論其具世俗傾向的風格特色，如：李志宏的〈試論兩漢遊仙歌詩的生成及其藝術表現〉〔註8〕。以魏晉南北朝時代來說，因爲此時爲遊仙題材詩歌大量創作期，故學者研究又可分爲三面：一是由於世亂政衰，多數士人選擇了避世隱居的生活形態，並以書寫遊仙題材詩歌的方式，將自己的精神理想寄寓「彼世」，故論者由作品中仙界的建構和塑造去闡發詩人們的心靈世界，如：康萍的碩士論文《魏晉遊仙詩研究》〔註9〕、張鈞莉的碩士論文《六朝遊仙詩研究》〔註10〕、

〔註6〕 朱光潛：〈遊仙詩〉，《詩論新編》，洪範書店，1984 年 8 月，頁 105 ～130。

〔註7〕 唐亦璋：〈神仙思想與遊仙詩研究〉，《淡江學報》第 14 期（1976 年 4 月），頁 121～176。

〔註8〕 李志宏：〈試論兩漢遊仙歌詩的生成及其藝術表現〉，《台北師院語文集刊》第 6 期（2001 年 6 月），頁 1～29。

〔註9〕 康萍：《魏晉遊仙詩研究》，輔仁大學中國文學研究所碩士論文，1970 年。

〔註10〕 張鈞莉：《六朝遊仙詩研究》，台灣大學中國文學研究所碩士論文，

駱水玉〈論魏晉詩歌中的遊仙意識〉〔註11〕。二是就遊仙題材詩歌的
體裁、書寫特色在文學史的上意義作討論，如：劉漢初的博士論文《六
朝詩發展述論》〔註12〕、洪順隆的〈試論六朝的遊仙詩〉〔註13〕。三
是從道教發展與神仙思想對文學創作的影響入手，如：李豐楙的〈六
朝道教與遊仙詩發展〉〔註14〕、顏進雄的碩士論文《六朝服食風氣與
詩歌》〔註15〕。再從隋唐時代來說，則可以李豐楙〈的唐人遊仙詩的
傳承與創新〉〔註16〕一文，和顏進雄的博士論文《唐代遊仙詩研究》
〔註17〕為代表。而隋唐以後，隨著遊仙題材詩歌創作質量的下降，研
究成果也就不再那麼突出了。

　　第三，專家研究。以各別詩人及其遊仙作品為研究重心，如：曹
植、郭璞、曹唐等詩人，都是熱門的討論對象。這方面的研究多以單
篇論文呈現，或由詩人對生命的思索論其遊仙詩的創作意義與價值，
或對文本中的神仙世界之構成進行析論，或強調道教與神仙思想對詩
人創作的影響，或突出個別詩人之遊仙詩的文學史價值，已有成果不
勝枚舉，僅略舉數篇作為代表，如：廖棠智的〈曹植遊仙詩探索——
兼論屈原對曹植遊仙詩的影響〉〔註18〕、李清筠的〈三曹樂府詩中的

　　　　1987 年。
〔註11〕駱水玉：〈論魏晉詩歌中的遊仙意識〉，《國立編譯館館刊》第 27 卷
　　　　第 1 期（1998 年 6 月），頁 99〜115。
〔註12〕劉漢初：《六朝詩發展述論》，台灣大學中國文學研究所博士論文，
　　　　1982 年。
〔註13〕洪順隆：〈試論六朝的遊仙詩〉，《六朝詩論》，台北文津，1985 年 3
　　　　月，頁 89〜124。
〔註14〕李豐楙：〈六朝道教與遊仙詩發展〉，《憂與遊——六朝隋唐遊仙詩論
　　　　集》，台灣學生，1996 年 3 月，頁 25〜59。
〔註15〕顏進雄：《六朝服食風氣與詩歌》，中國文化大學中國文學研究所碩
　　　　士論文，1991 年。
〔註16〕李豐楙：〈唐人遊仙詩的傳承與創新〉，《憂與遊——六朝隋唐遊仙詩
　　　　論集》，台灣學生，1996 年 3 月，頁 61〜91。
〔註17〕顏進雄：《唐代遊仙詩研究》，中國文化大學中國文學研究所博士論
　　　　文，1995 年。
〔註18〕廖棠智，〈曹植遊仙詩探索——兼論屈原對曹植遊仙詩的影響〉，《興

神仙世界〉〔註19〕、廖美玉的〈郭璞故鄉／新鄉／仙鄉的心靈映象與艷逸詩風的形成〉〔註20〕、連鎮標的〈郭璞遊仙詩創作動因考〉〔註21〕、李豐楙老師的〈曹唐大遊仙詩與道教傳說〉和〈曹唐小遊仙詩的神仙世界初探〉〔註22〕等等。此外，孫昌武的《詩苑仙蹤：詩歌與神仙信仰》〔註23〕一書，亦收數篇針對不同詩人之遊仙詩進行討論的文章。

第四節　研究方法與預期目的

　　本論文先採斷代研究，以魏晉時期的遊仙題材詩賦作爲討論焦點。年代斷限較集中，且有深入的文本、文化分析。再次採歷時研究、專家研究。以文學史的態度爬梳遊仙詩的發展，找出在遊仙詩流變史中占重要角色的八位，「曹操、曹丕、曹植、嵇康、阮籍、陸機、郭璞、陶淵明」以各別詩人及其遊仙作品爲研究重心。

　　再運用主題學的概念。試著把文學放在文化的背景之下加以考察，通過文學作品一種主題的孕育形成和在不同時期的演變發展，深入到對於民族文化心理（主要是文人心理）的探討，表現出較高的視野和新穎的審察角度，力圖把分析提高到哲學的層次、理論的高度。也較多地吸收、借鑒了近年來的西方文論，並將其放在文學作品中進行比較、辨析和運用。

　　　　大中文研究生論文》第 9 輯（2004 年 5 月），頁 93～106。

〔註19〕李清筠：〈三曹樂府詩中的神仙世界〉，《國文學報》第 28 期（1999年 6 月），頁 153～178。

〔註20〕廖美玉：〈郭璞故鄉／新鄉／仙鄉的心靈映象與艷逸詩風的形成〉，《成大中文學報》第 8 期（2000 年 6 月），頁 1～30。

〔註21〕連鎮標：〈郭璞遊仙詩創作動因考〉，《中山人文學報》第 9 期（1999年 8 月），頁 65～77。

〔註22〕李豐楙：〈曹唐大遊仙詩與道教傳說〉、〈曹唐小遊仙詩的神仙世界初探〉，《憂與遊——六朝隋唐遊仙詩論集》，台灣學生，1996 年 3 月，頁 131～173、175～256。

〔註23〕孫昌武：《詩苑仙蹤：詩歌與神仙信仰》，天津南開大學，2005 年 6 月。

「時物我的知識體系」理論基礎在於一個相互流動的場域。

> 那是以時序爲軸心（陰陽、春秋、日夜），物象消長（日月
> 星辰、草木鳥獸）成座標系，而附麗其中的就是錯綜複雜
> 的人情事件。〔註24〕

這時物體系其實不止於「用詩」、「解詩」，甚至到魏晉時已然交錯融
會到「作詩」、「論詩」的領域。而這套時物體系的類應原則有二：一
爲應和通感，一爲連類比合。在這二個原則的照明下，所謂的「感物
殷憂」、「傷春悲秋」就可能是由外而內的形塑，是因「節氣與身體的
共振、彼此牽引」，加上「時物知識體系的連類聯想、提醒」而來的，
換言之，不再只是主體、個人性的「緣情感物」的情感表出，而是爲
了呈現這整個超越物我內外的生存氣氛樣態。鄭先生這套論述有別於
過去「言志」與「緣情」的解釋，令人耳目一新。「時物知識體系」
的重新審視與重視，確實激發我們重新思考漢末以來詩人與整個外在
時、空的互動關係，尤其在對文本的體會與詮釋上，頗具開拓視野之
效。

　　這套時物體系經歷代的不斷回溯、反響、應和，可能從未消失，
甚至已近似集體記憶般的一種知識庫。它應該是會對創作與詮釋甚至
理論形成都有所作用，不過，即如鄭先生自己所說的：這樣的詮解是
對「感物的狀態或現象」的一種描述或復原〔註25〕；換言之，不論是
時氣身體的互涉交感，抑或是時物知識體系的提醒，此中作用，都是
在情志成形的當下（或之前）來立說的，那麼不論是由「物」及「我」
的「物感」，或由「我」及「物」的「感物」，基本上都還是「在心爲
（情）志」的階段。當然不可否認的是，當我們藉由時物體系而多了
一種「智識性」〔註26〕的體認後，對詩人整個生存樣態及其內在心境

〔註24〕鄭毓瑜：《文本風景——自我與空間的相互定義》，台北麥田，2005
　　　　年，頁274。

〔註25〕鄭毓瑜：《文本風景——自我與空間的相互定義》，台北麥田，2005
　　　　年，頁296。

〔註26〕鄭毓瑜：《文本風景——自我與空間的相互定義》，台北麥田，2005

自然都能更接近。但於此同時，卻也不禁想到還有像陸機〈懷土賦‧序〉所言「方思之殷，何物不感」的狀況，而像阮籍〈步出上東門〉原本眼中的嘉林，又何以瞬間被寒風、玄雲所遮蔽？所以，我們應該也別忘了，「在心爲志」後面尚有「發言爲詩」的階段。

　　故本論文企圖嘗試跳脫遊仙文學中原本常用的「列仙之趣」或「坎㾾詠懷」的兩大分析系統，嘗試再藉由「時物我的知識體系」的理論來詮釋遊仙文學作品。在魏晉共同的社會譜像（情的自覺）、文學譜像（遊仙文學）中探討「遊仙詩人的心靈圖像」，依「建安、正始、太康、東晉」不同時期分類，呈現不同遊仙詩人豐富多彩的生命風景。

年，頁279。

第二章　時物我的知識體系

第一節　氣化流行的宇宙觀

　　先秦並無獨立的文學批評，兩漢經學家則將文學的價值依附在道德政治功能之下，甚且常以政教目的扭曲文學；直到魏晉時期，才經由個人意識的覺醒，認識到文學表現自我情意的價值，進而正視文學，展開對文學的思省。蔡英俊在《比興物色與情景交融》中，解說這次轉變的發展歷程並總結：

> 魏晉以降，緣於現實哀樂之刺激，中國詩人發現了以情感爲生命內容與特質的自我主體。並由對個人生命特質之肯定，建立了六朝「詩緣情」之說。漢《詩大序》所重視所強調的「志」，是本於政治教化的社會群體共同，社會公眾的志意。

> 「緣情」說則在文學的根源上建立了文學的精神特質即個人生命性質的觀念。緣於道家哲學傳統的點明，魏晉人從追求玄遠的風氣中，找到了一個解決自我生命之安頓的方案：因於「自然」。而此一形上意義的「自然」，又具體化爲山水的世界，而成爲抒情的自我寄意託情的世界。〔註1〕

〔註1〕　蔡英俊：《比興物色與情景交融》，頁30、48、75。

於是魏晉的文學及文學觀念，便大體可說是：「抒情」、「抒情的自我」、「抒情的自我寄意託情於自然」。依據這個解釋系統，我們確認了魏晉時期在文學史上所扮演的轉變期角色。《文心·明詩》：「人稟七情，應物斯感，感物吟志，莫非自然。」和〈物色〉：「春秋代序，陰陽慘舒，物色之動，心亦搖焉。」事實上，緣情詩觀雖然複雜，但其理論之重點大致有三：（一）正視情及情的作用，（二）文學創作係來自一情感性主體，（三）人為能感者，物為感人者；人與外在世界，為一感應關係，所謂「應物斯感」。

把魏晉視為一轉變期，「個人風格的出現，表現了擺脫一切因襲的精神」，是從兩漢大帝國僵固的統治體制、繁瑣的經學注釋，及強調道德教化的儒家名教中脫離出來，所萌生的一場美感探索，而其理論基礎就在「氣化流行的宇宙觀上」。

（一）理論基礎

1、相互流動的場域

從漢來以來，「氣化流行的宇宙觀」深深地影響中國人的思維。宗白華曾引《呂氏春秋》中四時與四方的相配合，說明中國人的宇宙是流蕩著的氣韻生動。

> 我們的宇宙是時間率領著空間，因而成就了節奏化音樂化了的『時空合一體』，我們的宇宙既是一陰一陽一虛一實的生命節奏，所以它根本上是虛靈的時空合一體，是流蕩著的氣韻生動。〔註2〕

這樣的時空意識表現在秦漢哲學思想（如《呂氏春秋》）裡，如春夏秋冬配合著東南西北，「時間節奏（一歲十二月二十四節）率領著空間方位（東南西北等）以構成我們的宇宙」，所以空間感會隨著時間感而節奏化，「（畫家在畫面）所欲表現的不只是一個建築意味的空間

〔註2〕宗白華：〈中國詩畫中所表現的空間意識〉《美學的散步》（洪範，1981），頁 46～47。

『宇』，而須同時具有時間意味的時間節奏『宙』」。〔註3〕

　　龔鵬程也從《呂氏春秋》所呈現漢人氣類感應的觀念，談到人與四時萬物的相應相感，適足以推出表現個人情意、感傷的「感性主體」。〔註4〕將這感性主體上溯《楚辭》，而強調自先秦至於兩漢逐步建立的「一個激情的個我世界」。時物體系其實也是「一個人情思抒發感興的場域」，〔註5〕這個時物體系所在的「自然」並不與「人」畫界二分，而呈相磨相蕩、相感相應。

　　到了魏晉六朝「相磨相蕩、相感相應」這種觀念依然承襲著。四時景物的描寫既然不只是觀念性的資料排列，又不是作為主體情志的替代品，在「應感（感興）狀態」中，顯然應該有它實質的存在；這是詩人可以具體感知到，同時也在與詩人相互依存、彼此互涉的關係中形構出一個具實的空間場域。以此觀之，憂思不寐都不再僅僅針對單一事件，而是瀰漫在身體被吹拂、沾溼、照見或聽聞的空間場域中；也就因此，除去追索單一事件與時節風物一一對應的比喻關係，其實另外一種詮釋的方式，是利用連類感應作整片式的感受。換言之，相思兩隔或征戰在外還是羈旅不歸並無法提供作品所以如此憂愁的全部意義，而是這個被擾動了的身體狀態，才是所有情緒的直接傾訴。

　　如阮籍〈詠懷一〉：

> 夜中不能寐，起坐彈鳴琴。薄帷鑒明月，清風吹我襟。
> 孤鴻號外野，翔鳥鳴北林。徘徊將何見，憂思獨傷心。（逯本頁496）〔註6〕

一開頭的「夜中不能寐，起坐彈鳴琴」，是直接切入不安不寧這已經

〔註3〕宗白華：〈中國詩畫中所表現的空間意識〉《美學的散步》（洪範，1981），頁31、39。

〔註4〕龔鵬程：〈從呂氏春秋到文心雕龍——自然氣感與抒情自我〉，《中國抒情傳統的再發現》（台大出版中心，2009）

〔註5〕宗白華：〈中國詩畫中所表現的空間意識〉《美學的散步》（洪範，1981），頁31、39。

〔註6〕逯欽立：《先秦漢魏晉南北朝詩》（木鐸，1988），本文大多詩作皆引於此，僅於詩後標頁碼，不另加註。

被擾動的身體狀態；接著「薄帷鑒明月，清風吹我襟。孤鴻號外野，翔鳥鳴北林」，一切吹拂、燭照、翻飛、鳴啼的主被動收發都是整個大氣中各方氣息的對應與流動；最後「徘徊將何見，憂思獨傷心」的逼問，表面上答案可能是「不見」的孤鴻、翔鳥，但是「憂思傷心」卻明明就是無以逃躲的「見」；也就是說除了鴻鳥這個可見物之外，人身尤其是存在或被圍裹在無界限的整片情緒空間中，孤獨就是阻絕在前，落寞就是障蔽在後，無路可出是包含見與不見最具體整全的生存環境。

　　不只是透過主觀、內在的口吻，而是被包圍在整個大氣狀態裡的同步動盪，琴瑟絲桐固然表現了人情，猿吟鳥飛、風飄露降、日落月出也無不都含融在這種同頻共振中。於是這些詩作，所欲傳達的也許就是時氣與體氣交響的話語，以身體為核心的情緒震顫，同樣被如同漣漪的傳響反過來層層環繞與籠罩，讓不安不寧具體化為空間性的徘徊徬徨，這讓情感成為身體可以展現，同時也是可以具體感受到的空間性的力量。除了強調外在景物的影響力，進一步來說「明月逼來—無限徘徊」這當中充滿著無距離、方位與寬窄限制的相互牽引，正是這牽引關係構成了無限擴散的情緒張力網，起坐、俯仰、出還的姿態是內在的發動，同時也是風物外力侵進、圍裹的承受與抵拒。

　　魏晉時人就是透過文學表現出所謂「被擾動而不安寧的身體」，以及「風物間氣息流動與對應所形成的氣氛關係場」。

2、以情開展的感性主體

　　當有一個「以情開展的感性主體」，更能敏銳地去感知外在的變化。劉勰通過物色來討論詩人創作的動因，認為主要來自四季自然景物對詩人內在情感的激盪。試考〈物色〉篇，劉勰云：

> 春秋代序，陰陽慘舒。物色之動，心亦搖焉。蓋陽氣萌而玄駒步、陰律凝而丹鳥羞，微蟲猶或入感，四時之動物深矣。……是以詩人感物，聯類不窮。[註7]

〔註7〕周振甫：《文心雕龍注釋》（台北里仁，1984），頁845。

然之所以能內心情感之激盪，乃因有一「感性主體」的存在。

　　這個觀念從漢代亦存在，《呂氏春秋》一書記載著「本生」和「全生」的觀念。〈孟春紀紀首〉的第一篇就是〈本生〉，要養生以全其天。能全其天，則一人之身即是一個小天地，可以與天地因同類的關係而相互感應。其次是〈重己篇〉，即尊重自己的生命。次則爲〈情欲篇〉，謂耳目之欲，腎愚皆同，但欲有情、情有節，惟聖人能得其情，故不過行其情。〈季春紀〉則更進一步在〈盡數〉、〈先己〉篇重述發揮重己貴生之旨。因此《呂氏春秋》最重要的觀念，不是政治教化的問題，而是對「個體生命的重視」。

　　《呂氏春秋》第一次肯定了「情欲」。〈情欲篇〉〔註 8〕說：「身之欲五聲、目之欲五色、口之欲五味，情也。此三者，貴賤愚智賢不肖欲之若一。雖神農黃帝，其與桀紂同。」實乃創說也。在《呂氏春秋》之前。孔孟皆言性不言情，荀子始論情性，但認爲「性之好惡喜怒哀樂謂之情」〈正名〉，「順人之情，必出於爭奪，合於犯分亂理而歸於暴」〈性惡〉，故主張化性起僞，化除情欲。莊子也說人要無情，「不以好惡內傷其生」〈德充符〉。〔註 9〕都不像《呂氏春秋》這樣，正面肯定情欲是人生命中所必有的。其次，《呂氏春秋》論情，不僅不同於荀子莊子，它不但沒有劣義，更不將克制情欲的力量交給性或心，如儒家所經常採用的以心制情或以性制情、以禮制情。他也認爲情欲不可放縱，必須要有節制，但節制情欲的目的，卻是爲了要生命能享受情欲，所以說：「由貴生動，則得其情矣，不由貴生動，則失其情也。」〈貴生〉

　　特別是「情」，被解釋爲「感物而動」，也是人之所以能與天地萬物相感相應的根據。如〈樂記〉云：

〔註 8〕陳奇猷：《呂氏春秋校譯》（台北華正，1985），頁 84。

〔註 9〕陳昌明：〈先秦至六朝「情性」與文學的探討〉《中國文學研究》第一期（台大中研所出版，1987）。

> 樂者，音之所由生也，其本在人心之感於物也。（哀樂喜怒
> 敬愛）……六者非性也，感於物而後動。

這個感物而動之心，即是感性主體，所以又說：「民有血氣心知之性，
而無哀樂喜怒之常，應感起物而動」、「凡音者，生人心者也，情動於
中，故形於聲」。喜怒哀樂之感，皆是感物而動之情；而這個情，又
是音樂之所由出，是藝術創造的根源。

（二）思考進路

人與外物既是一流動的場域，那之間的流動，是否有一固定的思
考模式或進程？《淮南子》似乎提供了答案。

1、同類相應

葉舒憲以《淮南子》爲例，認爲這部百科全書式的著作，正是依
賴類比認知法，將宇宙事物統合成一個有機體。〔註10〕換言之，「類
應」成爲秦漢以來知識分子認識世界的方式，由解說人事至於設想宇
宙，知識分子或詮釋者、書寫者都生存在這個萬物萬象之間的相互感
動正欲開放出更多可能性的活潑世界中。徐復觀讚嘆像《呂氏春秋》
「十二紀」作爲承先啓後的時物體系的代表，算是「呂氏門客的一大
傑構，而爲以前所沒有的具體、完整而統一的宇宙觀、世界觀」。

以《呂氏春秋》中的〈應同〉、〈召類〉篇爲例，〈應同〉篇有一
段與〈召類〉篇雷同的文字，就列舉許多自然與人事現象及其間更迂
迴錯雜的交接引生：

> 類固相召，氣同則合，聲比則應。鼓宮而宮動，鼓角而角
> 動。平地注水，水流濕。均薪施火，火就燥。山雲草莽，
> 水雲魚鱗，旱雲煙火，雨雲水波，無不皆類其所生以示人。
> 故以龍致雨，以形逐影。師之所處，必生荊楚。禍福之所
> 自來，眾人以爲命，安知其所。〔註11〕

〔註10〕葉舒憲：〈詩可以興——神話思維與詩國文化〉《詩經的文化闡釋——
　　　　中國詩歌的發生研究》（武漢湖北，1994），頁414～415。
〔註11〕陳奇猷：《呂氏春秋校譯》（台北華正，1985），頁678。

而同樣意旨的文字又出現在《淮南子‧覽冥訓》：

> 夫物類之相應，玄妙深微，知不能論，辯不能解。故東風
> 至而酒湛溢，蠶咡絲而商絃絕，或感之也。畫隨灰而月運
> 闕，鯨魚死而彗星出，或動之也。故聖人在位，懷道而不
> 言，澤及萬民。君臣乖心，則背譎見於天。神氣相應，徵
> 矣。故山雲草莽，水雲魚鱗，旱雲煙火，涔雲波水，各象
> 其形類所以感之。〔註12〕

《呂氏春秋》或《淮南子》所談的「類固相召」或「夫物類之相應」，
擴大了「類」的意指，譬如，描寫四種雲氣變幻，是將雲氣本身的屬
性與產生雲氣的地點、氣候加以連結，於是理解「雲」可以聯繫上
「山」、「水」的處所形態，以及「旱」、「涔（雨）」的大氣性質；所
謂「各象其形類所以感之」，正說明物類相召，已經不單純是種類問
題，即便是外在形象的相似，也可以彼此招引。〈覽冥訓〉提及「畫
隨灰而月運闕」也是利用蘆草灰所畫的圈形，相像於天上的月暈，所
以若是圈畫有缺口，月暈亦會出現缺口；這是個不具實質的模擬圖
形，卻可以觸發月暈的實質反應。從這個跨類而係屬多方的角度出發。

　　「類應」所提供跨越物類、物我的係屬連結，其實等於張設下等
待觸引照見的各種或顯或隱之關係據點；掌握引譬援類的原則，一切
現象都可以由小及大、見微知著，進行整體性的推測評斷。譬如《淮
南子‧說山訓》就提到：

> 嘗一臠肉，知一鑊之味，懸羽與炭，而知燥濕之氣，以小
> 明大。見一葉落，而知歲之將暮，睹瓶中之冰，而知天下
> 之寒，以近論遠。……文公棄荏席，後黴黑，咎犯辭歸，
> 故桑葉落而長年悲也。〔註13〕

從「見（一葉落）」到「知（歲之將暮）」，看似毫無距離的立即反應，
是因為秋節的風物系列自知識記憶中被拉引來，補足了判斷所必要的
背景聯想。顯然，僅僅鎖定一片落葉的眼見，並不足以為歲暮之評斷；

〔註12〕高誘：《淮南子注》（台北世界，1965），頁90。
〔註13〕高誘：《淮南子注》（台北世界，1965），頁285。

而僅僅將「知」視同概念性知識，也無法具體展現那彷彿由「一見」而啓引的風物流轉（當然「落」字是變動的關鍵）的全幅視域。必須是知識記憶加上聯想觸引，見一（木）葉落才可以從當下望向未來，而不止於風物組合的比對檢證，進而才可以將歲暮就看作暮年，相對於盛年往昔，〔註14〕而在同樣的淒寒寥落中觸景傷情。

從「葉落」、「歲暮」至於「長（暮）年」，是從「見」到「知」至於「悲（感）」，如同無法拘限於眼見的官能，也無法拘限於知識的檢證，所謂「桑葉落而長年悲」之「悲」，自然也不能就視作個我主觀而內在的心情反應；葉落指向歲暮，歲暮（年）迴映盛年，悲感與眼見、認知是彼此應和、相互召喚的整體。

2、氣類感知

關於人情與四時相應感，在這套時物系統裡，並不著意於分判心與物或身與心（內外、主客），乃至於人與自然（如天地四時）的差別，而是透過氣化流行，試圖完整地加以統合。「人」或一般被視爲拘限在身體範圍內的「人」，如何與無限瀰漫的「氣」相互關連？《淮南子・本經訓》說到：

> 天地之合和，陰陽之陶化萬物，皆乘人氣也。是故上下離心，氣乃上蒸，君臣不和，五穀不爲。距日冬至四十六日，天含和而未降，地懷氣而未揚，陰陽儲與，呼吸浸潭，包裹風俗，斟酌萬殊，旁薄眾宜，以相嘔呴醞釀，而成育羣生。是故春肅秋榮，冬雷夏霜，皆賊氣之所生。由此觀之，天地宇宙，一人之身也；六合之內，一人之制也。〔註15〕

從天人之間以氣相感談起，人與天地四時應該可以相互理解，即使是化育群生的陰陽，其聚散離合、浸潤蔓衍就如同人的呼吸吐納；因此說天地六和的變化是人可以制理的範圍，而人的身體和天地宇宙並沒有不能溝通的界限。

〔註14〕此處以晉文公返國渡河時扔掉舊席，與其周旋各國的子犯認爲他不念舊情，類推年長者見葉落而悲，正因爲懷往傷今，時不可再得。

〔註15〕高誘：《淮南子注》（台北世界，1965 年），頁 115。

顯然，構造這套時物系統的類應原則，除了連類比合，更重要的是應和通感；在氣化感通的宇宙間，天地物我因此是相互開放，人身的感知即是天地的感知，氣之聚散滿虛形成節候的變化，同時也就形成人身存在的狀態。如果天地物我的相互開放、彼此參與，正是體現在流動蔓衍的「氣態」之中，《春秋繁露》中言及天人之氣的相索相求，從日光有無的陰晴氣象談起：

> 天將陰雨，人之病故爲之先動，是陰相應而起也。天將欲陰雨，又使人欲睡臥者，陰氣也。有憂亦使人臥者，是陰相求也；有喜者，使人不欲臥者，是陽相索也。〔註16〕

如果天人同處在一個交感的氣態中，人的病痛、睡臥、憂慮其實都和陰雨一樣具體可感，而且相互應發；更重要的是，人身的種種狀態，不但不分內外，而且應該推拓到一個更大的、甚而就是大氣所在的場域，才能完整的理解或看待。如此，以憂慮而言，並不是個我獨有的內在情緒，而是一個流動在人與天地間的氣的場域的質性或狀態，空氣中有著山雨欲來的潮溼，瀰漫著令人昏然欲睡的氣息。

強調具體的節氣風物對於人情感興所具有的從外而內的形塑作用（如悅豫或鬱陶）。顯然，的確是存在著一個依循時物類應體系所開展的文學詮釋與創作觀點，所以除了詩人賦予大自然以一種變動不居、淒涼、蕭索而感傷的色澤等等偏重由內而外的個我抒情的說法，我們更應重視時物環境主動外射、侵擾人身所形成的生存空間。

（三）「推移」的身體感

試以從漢代以來就一直影響中國人的氣化宇宙觀，來檢視文學作品。

> 秋蟬鳴樹間，玄鳥逝安適。昔我同門友，高舉振六翮，不念攜手好，棄我如遺跡。〈古詩19首・明月皎月光〉

蟬鳴從孟夏就開始，到孟秋出現「寒蟬（秋蟬）鳴」，而玄鳥的到來

〔註16〕蘇興：《春秋繁露義證・同類相動》（北京中華，1992年）第五十七，頁359。

與歸去則從仲春至於仲秋，在這個時間歷程中，人其實是從已經習慣如此（蟬鳴、有玄鳥）到被迫面對已經改變（換成寒蟬）或是被剝奪（無玄鳥）了習慣性經驗的物質世界；也可以說是從暖到寒、從有到無的身體空間感，具現了其中「春去秋來」的節氣變改。換言之，這首詩並不只是感歎這麼快就到了秋天，此時此刻的感知在一個充滿疑惑、無奈的流轉經驗中，應該還包括溫暖的春天為何這麼快就消逝，原來所擁有的為什麼轉眼不知去向；而這個身體感的不能一如往昔，同時也就直接體驗了同樣在時間歷程中的故交去就與人情冷暖。「昔我同門友，……棄我如遺跡」並不需要任何多餘的引申，因為節氣也就是人情的變化在身體的感受都是冷暖，而在身邊條忽來去的是難以釋懷的故舊也是春秋。

　　人情與時物既是如此相應於人身一體（都是冷暖與來去）的感知中，時物不但不必是為主體服務的間接設想，甚至可能就先對於人身形成侵擾，彷彿是由節候風物來派分身體的感知狀態。譬如《古詩十九首》〈明月何皎皎〉一首：

> 明月何皎皎，照我羅床幃。憂愁不能寐，攬衣起徘徊。客行雖云樂，不如早旋歸。出戶獨徬徨，愁思當告誰。引領還入房，淚下沾裳衣。

陸機擬作中如「涼風繞曲房，寒蟬鳴高柳。踟躕感節物，我行永以久」，陸機特別說是「踟躕感節物」，節物即時物，這個物質性的節氣感知，是以「踟躕」來形容，就如同原詩所謂「徘徊」、「徬徨」，都是猶豫不前的意思；一方面是「我行永以久」的經年累月，對照原詩「不如早旋歸」，有一種將做而未做的逆反轉身的打算，一方面是這個試圖逆反的轉身，即使表現在當下「出戶」、「入房」的動作中，卻仍然無法跨邁時空的推移，只能原地打轉，空自惆悵。如果「徘徊」、「徬徨」、「出入」、「踟躕」就是具體相應於節物的身體感，原詩一開頭的「明月何皎皎」，其實扮演了關鍵性的角色。「憂愁不能寐」究竟是不是因為有明月來「照我羅床幃」，在原詩中並不明確，但是參照陸機擬作，

以「安寢北堂上，明月入我牖」開頭，則表達某種被射入（照進）的月光侵擾而不得安眠的狀態。

（四）「氣類感應」的有情世界

從漢代到魏晉，天人感應本身便充滿了情感，更會逼出人對自然的美感體會。正如唐君毅所言：

> 董子之言仁爲天心，言天實有愛惡喜怒之情，表現於寒暑與春夏秋冬，而重天之感情之順四時而流行，……使人覺此天之情感，乃在一自然秩序中，自動自發以流行者。人在四時之中，乃無時不與一有情之天帝相覿面；人亦得於自然四時之神氣之運中，隨時見天之感情意志。……又因此天之喜怒哀樂之情，復即表現於四時之氣，以接於吾人形體。其情乃不只爲人心之所知，亦人之形體之所惑，而未嘗與人之形體一日相離。〔註17〕

天人感應的世界，實爲一有情世界。細察此一有情之世界，吾人當可覺知魏晉人恆以一抒情的自我，與四時山川、天地鬼神相感發。

1、誠中形外：抒情的寫作傳統

漢人因氣言景，金水木火與天地日月星辰都是景氣，人則可以因氣相感，此即構成一「情──景」關係的體察。錢鍾書《談藝錄》說：「流連光景，即物見我，如我寓物，體異性通，物我之相未泯，而物我之情已契。相未泯，故物仍在我身外，可對而賞觀；情已契，故物如同我衷懷，可與之融會。……董仲舒《春秋繁露》第七十三〈山川頌〉，……實即擴充其意，惜理解未深，徒事鋪排。」當即指此〔註18〕。這就是情景交融的問題。

漢人辭賦的確深受《楚辭》影響，但楚辭那種感愴，純發自作者如屈原、宋玉等人生命內在的傷痛，或楚地古代宗教儀式的自然世界觀。與漢人之世界觀，並不相同。不過，相對於《詩經》，《楚辭》顯

〔註17〕唐君毅：《中國哲學原論‧導論篇》（臺北學生，2004），頁569。
〔註18〕錢鍾書：《新編談藝錄》，頁53。

示的，確實是一個激情的個我世界，而非一素樸的群體世界〔註19〕。這便剛好呼應了漢代思想內在的脈動。因此，在早期，荀子賦篇的影響可能大於《楚辭》，後來才逐漸傾向個人情意的表現，構成一幅帝國與自我的交光疊影，吐露著濃厚的激情與感傷〔註20〕。何況正如《淮南子》所說：「春女思，秋士悲」，四季氣化流行的自然，本來就提供了一個人情思抒發感興的場域，令人興悲。由於有這樣的抒情性格和生命感受，才可能出現〈古詩十九首〉這個我國抒情傳統的歷史起點。

到了魏晉時期，《詩品》序所說：「氣之動物，物之感人，故搖蕩性靈，形諸舞詠。照燭三才，輝麗萬有，靈祇待之以致饗，幽微藉之以昭告。動天地，感鬼神。莫近於詩」，大抵即順此旨而發揮之，共感互動，而成就一有情的世界。

2、感動天地：美善的自然之道

天地四時陰陽之氣，鼓動景氣物色；物色之動，又搖蕩人心。這時人在與外物交感中所體驗到的，應該是一種深刻的美，所以董仲舒要寫〈山川頌〉，頌者，美盛德之形容也。用蔡英俊所引馬利坦《藝術與詩的創造的直觀力》一書的理論來說，詩即是事物內在與人自我內在存有的交流會通；因此，情感是美的覺知中最根本的因素，人唯有以情感與萬物「交會感通」，才能逐漸感悟自然。再用蔡英俊所引高友工的話來說，即美感經驗乃是藉一種「同一關係」以綜合萬象：

> 同一關係，可以是自我此刻與現象世界的感應，亦可以是
> 現象世界自有的感應。……前者是「我」因「境」生「感」，
> 由「感」生「情」，終於「情、境」可以交融無間。這是一
> 種自我因「延續」而導致的「同一」，創造一個無間隔距離
> 的「緜延」世界。後者是「我」以「心」體「物」，以「物」
> 喻「我」，因此「物、我」的界限泯滅。這是一種自我因「轉

〔註19〕楊宿珍：〈樸素的與激情的──詩經與楚辭〉，《中國文化新論・文學》篇二，（台北聯經 1982）。

〔註20〕朱自清：《詩言志辨》及吳炎塗〈帝國與自我的交光疊影──漢賦〉，《中國文化新論・文學》，頁 59～114。

位」而形成的「同一」，由於物物「相等」，因而有一個心物無礙的世界。〔註21〕

因爲審美經驗基本上是依感應而成的，漢人之言天人感應，遂在本質上成爲一個神聖的、美感的經驗。所謂神聖的經驗（numinous experience）含有超越理解，並能給予人一種獨特的、了解人類情境的啓示與讚頌等涵義。漢代的天人感應說，蓋即有此類經驗。春氣暖，秋氣清，人仰觀天地生物之意，切感萬物同氣相依之情，直契天心，若可知其災異變化之意。其實就是讓人在一美的覺知裡，達到宗教性神交的感悟。此一感悟，亦詩人之情也，唐君毅說：「（天人感應說）即於四時之氣之中，以其情志，與人之身心相接，實亦宗教信仰之一至美者。世之詩人，之於四時，見天心之來復，於春見天之喜氣洋溢、於秋見『天地爲愁，草木淒悲』者，其於此意，尚略相近也」，或《詩品》序說：「靈祗待之以致饗，幽微藉之以昭告。感天地，動鬼神，莫近於詩。」一由天人感應之宗教情懷見其通於詩人之感物，一由詩人之美感創造觀其顯示神聖經驗，取徑互殊，理規則同。

在美的境界之中，我們經驗的是經驗而已，但是此一經驗卻已體現了一個我們所已解釋了、了悟的價值。美感經驗既爲『價值』之表現，因此『道德理想』也可以看成一種美的境界的實現」。〔註22〕讀詩，爲一美感體驗；讀之而得溫柔敦厚焉。溫柔敦厚的詩教，遂不得不成爲美的境界之實現。

其次，氣類感應是人與天地萬物的交會感通，而交感的經驗內容，同時是道德的，也是美感的。有宗教體驗的人都曉得，在感應靈祗時，內心會洋溢著幸福滋美與正直和平之感。〔註23〕而更有趣的

〔註21〕高友工：〈文學研究的美學問題（上）：美感經驗的定義與結構〉，論「美感經驗的美的境界」一節。《中外文學》第七卷，十一期。

〔註22〕高友工：〈文學研究的美學問題（上）：美感經驗的定義與結構〉，論「美感經驗的美的境界」一節。《中外文學》第七卷，十一期。

〔註23〕威廉詹姆士（William James），唐鉞譯：《宗教經驗之種種》第十九章，（台北萬年青）。

是：康德曾經提到，對道德人格和道德律的根源（道德之父、天）的
尊敬問題。天與道德人格（最高善）都是先天的形而上的表象，對這
樣的先天的表象，我們怎能實行尊敬的行為呢？其實踐規範如何建
立？康德說：有理性者對道德律之尊敬，是以感性世界的存有者之身
分來作此尊敬，因此，受尊敬的天與最高善，也必須顯現在感性世界
上，才能成為被尊敬的對象，並依此來建立實踐規範。《春秋繁露》
亦云：「德莫大於和，而道莫正於中，中者，天地之美達理也」（〈循
天之道篇〉），由感通而知的天地之道，乃是「美達理」的，很難說它
屬於道德抑或屬於美感。況且，所以獲致這種經驗的方式，應當也是
像錢鍾書所說：「落筆神來之際，有我在而無我執，皮毛落盡，洞見
真實；與學道者寂而有感，感而遂通之境界無以異。神祕詩祕，其揆
一也。」

第二節　感官意識的沉迷與超越

（一）身體觀的新變

1、身體思維

傳統身體觀根據陳昌明《沉迷與超越——六朝文學之「感官」辯
證》提到：

> 先秦儒家與道家對於感官皆有其超越的性質，一者限制感
> 官追求，使成人類行為的範式，儒家將感官放在人倫秩序
> 的脈絡中加以理解，感官一方面呼應內在心性的淬礪，一
> 方面接受群體禮儀的規範，由此內外交融，乃能晬面盎背，
> 使感官具有德性的光輝。一者消除感官惑引，使感官的「遮
> 蔽」得以揭除，以得本真的存有。對於感官的修煉，乃將
> 感官的誘惑，以及文化的薰陶，層層剝落，將欲望，以及
> 知識、道德、文化等學識倫理的「遮蔽」，損之又損，進而
> 致虛守靜，如此才能復返「自然」、「自由」的境地。儒家
> 透過「人文」秩序的建立，使人與世界聯結，人是在文化

的薰陶下提升自我。道家則脫除文化的規範，然並非降爲
動物的層次，而是體現樸、拙、幽、微的道，使人擁有自
然與逍遙的智慧。〔註24〕

但到了漢代卻有所轉變，《呂氏春秋》、《淮南子》、《春秋繁露》等典
籍，將感官放在陰陽五行與天人感應的關係中，代表漢人對宇宙人生
的理解方式，其中五色、五味、五聲放在與五行、五方、五常……等
配置中，亦代表了感官與世界外物的交織與組織的方式，才性理論的
構築，也可以說是建立在此基礎上：

> 《呂氏春秋》認爲感官的聲、色、嗅、味應得到適當的滿
> 足，更重要的是身心的調和。《呂氏春秋》十二紀以五行表
> 現在形器世界，加上陰陽氣感運行於四季，組織成一個完
> 整的宇宙觀，而〈情欲〉篇中對感官欲望的肯定，對漢魏
> 六朝的啓發極大。《淮南子》亦將感官與五行相配，然認爲
> 五色、五味、五聲雖各有主位，卻變異流轉，感官不應求
> 外在享樂，而是在外物紛披中求自得，才是全身之道。《春
> 秋繁露》則將感官放在權威秩序與倫理的結合，並使其與
> 陰陽五行作結構的類比。〔註25〕

感官的逐漸被重視，代表著「身體觀」含有更多重的意義，黃俊傑將
身體視爲「精神修養所體顯之場所」，或者作爲權力展現場所的身體
——包括社會化、政治化、儀式化及性別化的身體，更有對於西方將
身體作爲思維的對象，而提出「身體思考」的觀點，思考不在身體之
外，身體也不是思考進行的工具（如透過大腦），身體與思考是等同
爲一，密不可分〔註26〕。

　　此項「身體思維」的提出，當然打破原本「心靈思考」的刻板印

〔註24〕陳昌明：《沉迷與超越——六朝文學之「感官」辯證》，（里仁，2005），
　　　　頁93～95。
〔註25〕陳昌明：《沉迷與超越——六朝文學之「感官」辯證》，（里仁，2005），
　　　　頁93～95。
〔註26〕黃俊傑：〈中國思想史中『身體觀』研究的新視野〉，《中國文哲研究
　　　　集刊》第二十期（2002年三月），頁541～564。

象，身體不必接受心靈的主宰或等待被賦予意義，而是身體就在意義之中；所有存在的意義其實都不離身體的觀點與姿態。換言之，並不是透過身體去深入冥想的內在，反而是開放身體融入宇宙世界。吳光明曾藉由莊子所謂「虛己」，說明身體如何虛化自身來容納與鏡照萬物，成就物我合一的普遍性。〔註27〕楊儒賓在討論孟子的「養氣」、「踐形」，也說到人身的體氣與意識是可以一體向善轉化，並且在這個心氣（身）合一的基礎上，擴大身體的意義，切入了宇宙的大化流行〔註28〕。如《左傳》昭公元年子產有一段話答覆叔向對於晉侯病情的詢問：

> 君子有四時：朝以聽政，晝以訪問，夕以脩令，夜以安身。
> 於是乎節宣其氣，勿使有所壅閉湫底，以露其體，茲心不
> 爽，而昏亂百度。今無乃壹之，則生疾矣。〔註29〕

楊儒賓曾引用「節宣其氣」以下數句，認為子產這段話透露「氣」與「宇宙」（四時）與「意識」（心）深切相關，尤其論及「氣與身、心關係處，隱約之間，已指出氣為身體與心靈雙方的基本要素」，這不但是中國傳統的醫學理念，也是儒、道思想中「身體觀」的源頭〔註30〕。換言之，在「時——身——心」共此一「氣」的基礎上，「（身）體氣」就成為時氣與心氣共同作用下最具體的表徵，當然也成為問疾的徵候。

子產說「君子有四時」，是讓身體分別於朝、晝、夕、夜進行相應的聽政、訪問、脩令、安身，在更替有序的「時」與「事」之間，避免「體氣」片面的聚結過度。身體與時物相應的關係，針對人身養

〔註27〕吳光明：〈莊子的身體思維〉，收入楊儒賓主編：《中國古代思想史中的氣論與身體觀》（台北巨流，1993年），頁393～414。
〔註28〕楊儒賓：《儒家身體觀》第三章〈論孟子的踐行觀〉，（台北中研院文哲所，1996年），頁129～172。
〔註29〕《春秋左傳正義》（台北藝文，十三經注疏本，1979年，卷四十一，頁707。
〔註30〕楊儒賓：《儒家身體觀》第一章〈儒家身體觀的原型〉（中研院文哲所，1996年），頁42～43。

護的考量也從未離開過時物或時事所在的社會、宇宙，所謂人倫禮
義，因此可以落實在更具親切的身安體適的表現上來討論〔註31〕。這
些說法不但翻轉了「身心二分」成為「身心一體」，更讓身心直接「體」
現了存在世界；一方面顯示無法離開身體而專論心性志意，同時也提
示所謂「自覺」並不能只是聚焦在獨一的個體，而是如何由自我的身
體卻朗現普遍經驗〔註32〕。

2、抒情的個體

身體之所以有思維意義，是因為外在與個體「氣之共通」，可由
宋玉作品〈風賦〉相互對照。〈風賦〉開頭曰：

> 楚襄王遊於蘭台之宮，宋玉、景差侍。有風颯然而至，王
> 乃披襟而當之，曰：「快哉此風！寡人所與庶人共者邪？」
> 宋玉對曰：「此獨大王之風耳，庶人安得而共之？」〔註33〕

藉由風雲的無窮變換來映襯游觀欲望的無極，而同時風雲本身也就是
體氣變動的指標；楚襄王開襟迎風而感到無比快意，正說明風雲的來
去——尤其來歷經處決定了效應如何，直接滲透、轉化了人身情動的
向度與體氣的質地。〈風賦〉接著將原本被視為不分貴賤高下而普遍
吹拂的天地之氣，分為「大王之風」與「庶人之風」，明顯就是從環
境的牽引性來談論身體或病或癒的差異〔註34〕，而這正是因為由能

〔註31〕汪春泓〈從精氣養生說角度對毛詩序的疏證〉，特別提到〈毛詩序〉
　　　中「由個體之身到國家之事的思想模式」，尤其在防止因外物刺激而
　　　導致七情動盪失衡上，是繼承了先秦以來以老、莊哲學為主的「固
　　　精養生」說，由保持內心恬靜、避免過度激憤，所引申出的政治哲
　　　學，見《曲靖師範學院學報》第二十一卷，第五期（2002年九月），
　　　頁55～61。

〔註32〕楊儒賓在談到孟子養氣說時，認為「氣是超自覺的，……在這種存
　　　在中，人與世界是種同質性的合一，所以當氣由潛能變為現實時，
　　　人與世界原始的合一關係，也勢必由潛藏性的『在己』狀態變為可
　　　以體證的朗現狀態」，《儒家身體觀》第三章〈論孟子的踐行觀〉，（中
　　　研院文哲所，1996年），頁151。

〔註33〕宋玉〈風賦〉，李善注：《昭明文選》（台北河洛，1975年）第十三卷，
　　　頁265～267。

〔註34〕《文選》呂向注以為「時襄王驕奢，故宋玉作此賦以諷之」，引自《增

動、開放的「體氣」狀態出發，才能這樣來談「個我」的處境。就像宋玉所強調：

> 臣聞於師，枳句來巢，空穴來風。其所託者然，則風氣殊焉。

從「應物起感」的角度來看，「所託者然，風氣殊焉」，不但是動情的外物收納了層層疊套的環境因素，同時，興感的人身亦必因此處在逐步累積的環境影響中。

　　嵇康也歸納賦頌音聲之作，「稱其材幹，則以危苦爲上，賦其聲音，則以悲哀爲主，美其感化，則以垂涕爲貴」〔註35〕。人身所以感於悲音，顯然是體受了梧桐、修竹所在的危苦形勢。如此，聲氣託假山水樹石，而山水樹石激生的的風雪波流動盪了人身的體氣，感歎、酸楚、憂愁與畏懼就是應和聲氣的旋律。這是否可以說，聽聲逐物的欲望，其實就是身體對於環境感知的開發與承受；彷彿將自然萬物放置到人身上來思量，登臨遠望的既是山水，也同時就是在世界範圍中體現的人身，又如：

> 仰視山巔，肅何千千。炫燿虹霓，俯視崝嶸，窒寥窈冥，不見其底，虛聞松聲。傾岸洋洋，立而熊經，久而不去，足盡汗出。悠悠忽忽，怊悵自失。使人心動，無故自恐。〔註36〕

高山谷岸的峻偉縱深，一方面是遊觀所欲探測的邊界，一方面當然也造就了身體知覺的頂點；「足盡汗出」如同「寒心酸鼻」、「歎息垂淚」，都是身心整體的臨界狀態，而所謂「怊悵自失」、「無故自恐」，正是在即將失去或跨出界線的霎那間，一種就在悲哀或驚恐裡所體現的個體意識。情欲或欲望如果並非指向單一對象，而是體現一種處境承受

補六臣注文選》（華正，1977 年），頁 244。

〔註35〕嵇康〈琴賦〉，李善注：《昭明文選》（台北：河洛，1975 年）第十八卷，頁 377。

〔註36〕宋玉〈高唐賦〉，李善注：《昭明文選》（台北河洛，1975 年）第十九卷，頁 393～397。

度的話，追聲逐色——不論是物色、聲色或美色，都顯然會在探測的極致逼顯出個我的邊界。而這所謂「個我」正是處境知覺的關結點。

「牽引於環境的體氣變化」這個前提，飄風搖落的不只是草木，也直接憔悴化人身處境；這不是以時節比喻處境，而直接就是總說人身、外物相磨盪、相出入的存在樣態。所謂「抒情」，抒發的並不完全只是一個封閉、內在的情意我，而是向外開放的體氣通流；而陳述的內容自然也不應該只是個別的人事遭遇，反而是在情感的沉迷或纏結過程中，逐層展布出的情思氣氛。換言之，所謂「抒情」應該可以容納不同向度的體氣震盪，這不拘限於任何題材（聲色萬物或情志個性）或目的（如群己關係或天人關係），而是體現一個動情盪氣的世界。

世界顯然被認為是可以引起同情共感的「詩意」（poetic）的世界。如果以〈遠遊〉這段話做個例子：

> 遭沉濁而汙穢兮，獨鬱結其誰語。夜耿耿而不寐兮，魂營營而至曙。……步徙倚而遙思兮，怊惝怳而永懷。意荒忽而流蕩兮，心愁悽而增悲。〔註37〕

殷憂不寐的個體，透過「怵惕」、「沸動」來共鳴或傳響這個共有的「抒情」世界。

（二）感官意識的覺醒

1、魏晉風度的人生選擇

人的五官感覺，人的身體感受，在其活動與表現中，都具有其時代社會的、文化的性質與內涵。因為感官與身體是一切的中介場所，所以它所有的活動，皆負載著情感與思想的含意。感官身體的表達豐富多樣，神祕而有趣，法國哲學家梅洛·龐蒂（Merleau-Ponty）說：「我即是我的身體（I am my body）。」我的身體像是一個天然的主體，也像是我整個存在的一個暫時輪廓，人因有了感官與身體，才能進入

〔註37〕朱熹：《楚辭章句》卷五〈遠遊〉（台北藝文，1983年），頁198～199。

豐富的生活世界，也因此才開顯存在的意義，是以「身體」不只是物質性的，它也具有豐富的精神性。

　　首先就「感官意識的超然性」談起，嵇康深信道家養生之術，並認爲服藥食氣可以延年久壽，是以〈養生論〉開宗明義即肯定世上有神仙與長壽之人：

> 世或有謂神仙可以學得，不死可以力致者。或云上壽百二十，古今所同，過此以往莫非夭妄者。此皆兩失其情，請試粗論之。夫神仙雖目不見，然記籍所載，前史所傳，較而論之，其有必矣。似特受異氣，稟之自然，非積學所能致也。至於導養得理，以盡性命，上獲千餘歲，下可數百年，可有之耳。而世皆不精，故不能得之。〔註38〕（張本頁 1367）

嵇康肯定神仙爲實有，但不認爲「神仙可以學得，不死可以力致」，而是認爲神仙「似特受異氣，稟之自然，非積學所能致也」，神仙是與人之材質有關，但是一般人如果「導養得理，以盡性命」，那麼上壽千餘歲，下可數百年，則是可以求得的。至於「導養之理」爲何？嵇康的養生思想既注重道家的精神之養，復援引道教的形軀之養，而成其形神兼重的養生論。首先討論〈養生論〉中養形的部份：

> 故神農曰：上藥養命，中藥養性者，誠知性命之理，因輔養以通也。而世人不察，五穀是見，聲色是耽。目惑玄黃，耳務淫哇。滋味煎其府藏，醴醪煮其腸胃。香芳腐其骨髓，喜怒悖其正氣。思慮清其精神，哀樂殃其平粹。夫以蕞爾之軀，攻之者非一塗，易竭之身，而外內受敵，身非木石，其能久乎？其自用甚者，飲食不節，以生百病；好色不倦，以致乏絕；風寒所災，百毒所傷，中道夭於眾難，世皆知笑悼，謂之不善持生也。（張本頁 1368）

嵇康認爲飲食五穀，會使得「滋味煎其府臟，醴醪鬻其腸胃，香芳腐

〔註38〕張溥：《漢魏六朝百三名家集》（文津，1979），散文皆引此書，僅於文後標頁碼，不另加註。

其骨髓」，五穀既爲易腐之物，入於腑臟，易生災蠱，此乃養生辟穀
的原因。另一方面，嵇康強調目惑玄黃、耳務淫哇，或是滋味芳香、
喜怒哀樂等聲色追求與思慮的干擾，皆有害於養生。因爲嵇康認爲耽
溺聲色、滋味的官能欲望之享受，或墮入飲食、視廳、嗅味，甚至情
緒的豐富變化中，則在官能漫無節制的刺激下，功能疲累不堪，身體
日益虧損勞瘁，甚至多病早夭，乃謂之不善持生，即有害於養生。嵇
康此種養生論，實乃前有所承，《淮南子》的養生觀亦建立在此種「省
嗜欲」的基礎上。

　　嵇康在〈養生論〉中，明白指出養生的精神，既要少私寡欲，清
虛靜泰，又要服食靈芝，潤以醴泉，以使形神相親，表裡相濟：

> 善養生者則不然矣。清虛靜泰，少私寡欲，知名位之傷德，
> 故忽而不營，非欲而彊禁也；識厚味之害性，故棄而弗顧，
> 非貪而後抑也。外物以累心不存，神氣以醇泊獨著，曠然
> 無憂患，寂然無思慮，又守之以一，養之以和，和理日濟，
> 同乎大順。然後蒸以靈芝，潤以醴泉，晞以朝陽，綏以五
> 絃，無爲自得，體妙心玄。忘歡而後樂足，遺生而後身存。
> 若此以往，恕可與羨門比壽，王喬爭年，何爲其無有哉？
> （張本頁 1369）

〈養生論〉中論及形、神問題云：

> 是以君子知形恃神以立，神須形以存，悟生理之易失，知
> 一過之害生，故修性以保神，安心以全身，愛憎不棲於情，
> 憂喜不留於意，泊然無感，而體氣和平，又呼吸吐納，服
> 食養身，使形神相親，表裏俱濟也。（張本頁 1368）

文中認爲形神乃相互依存，「形恃神以立，神須形以存」。但嵇康認爲
精神往往具有主導形體軀骸的作用，〈養生論〉云：「精神之於形骸，
猶國之有君也；神躁於中，而形喪於外，猶君昏於上，國亂於下也。」
嵇康重視「養神」的觀念，雖前有所承，然而嵇康更進而探討精神如
何不受感官與外物的惑引，去累除害的方法，〈答難養生論〉云：

> 夫不慮而欲，性之動也；識而後感，智之用也。性動者，

遇物而當，足則無餘。智用者，從感而求，倦而不已。故
世之所患，禍之所由，常在於智用，不在於性動。今使聵
者遇室，則西施與嫫母同情。瞶者忘味，則糟糠與精米等
甘。豈識賢、愚、好、醜，以愛憎亂心哉？君子識智以無
恆傷性，欲以逐物害性。故智用則收之以恬，性動則糾之
以和。使智止於恬，性足於和，然後神以默醇，體以和成，
去累除害，與彼更生。所謂不見可欲，使心不亂者也。（張
本頁 1372）

所謂「性動」乃不慮而欲，「智用」則是識而後感，世之禍患在開啓
智用之追逐，人若能認識智用以無恆傷性，欲望以逐物害性，故能收
智以恬，糾性以和，勿使外馳以亂心，則「縱令滋味當染于口，聲色
已開于心，則可以至理遣之」如此便可免感官受外物惑引之累，亦能
無憂患思慮、愛憎憂喜之苦。

　　感官嗜欲雖是人所同有，但卻不因其存在就必須全然接受，所以
「君子識智以無恆傷生，欲以逐物害性，故智用則收之以恬，性動則
糾之以和，使智上於恬，性足於和，然後神以默醇，體以和成，去累
除害，與彼更生，所謂不見可欲，使心不亂者也，縱令滋味當染於口，
聲色已開於心，則可以至理遣之」，生命所當追求的是恬靜和諧，感
官物欲的誘惑，應該用自然之至理去消除，如此才能形神相親而神超
形越。

　　〈難嵇叔夜養生論〉〔註 39〕是向秀質疑嵇康節制嗜欲以養生的
觀點，以為聲色滋味皆生於自然，宜從欲以通達人之性氣情志，這正
代表時人的看法：

若夫節哀樂、和喜怒、適飲食、調寒暑，亦古人之所修也。
至于絕五穀、去滋味、寡情欲、抑富貴，則未之敢許也。
何以言之？夫人受形于造化，與萬物並存，有生之最靈者
也。異于草木，草木不能避風雨、辭斤斧，殊于鳥獸，鳥

─────────────

〔註39〕嚴可均校輯：《全上古三代秦漢三國六朝文》第二冊〈全晉文・卷72〉，
　　　　頁 1876。

> 獸不能遠網羅，而逃寒暑。有動以接物，有智以自輔，其
> 有心之益，有智之功也。若閉而默之，則與無智同。何貴
> 于有智哉？有生則有情，稱情則自然，若絕而外之，則與
> 無生同，何貴于有生哉？（嚴本頁 1876）

文中反對養生要「絕五穀、去滋味、窒情欲、抑富貴」等控制感官欲
望的說法，向秀提出人之所以為萬物之靈者，乃因其有智，故運用心
智以謀生活之舒適，以滿足物質欲望，這是合理的要求。蓋為人必須
享受人生，人生才有意義，否則無智乏情，與草木鳥獸有何區別。向
秀因此更進而提出：「且夫嗜欲，好榮惡辱，好逸惡勞，皆生於自然」
不但肯定感官嗜欲的地位，更指出好逸惡勞、好榮惡辱乃人性之自
然；富貴、名利，只要不違背道德，不傷天害理，皆「不得相外也」。
故其〈難嵇叔夜養生論〉云：

> 夫人含五行而生，口思五味，目思五色，感而思室，飢而
> 求食，自然之理也。（嚴本頁 1876）

他認為五味、五色、飲食、情欲，皆足以悅生，是人生自然之理，對
於感官情欲採取積極肯定的態度。反過來說，嵇康認為節制感官物
欲，才能得到內心的平和，他認為這是妄想：

> 今五色雖陳，目不敢視；五味雖存，口不得嘗；以言爭而
> 獲勝則可，焉有芍藥為茶蓼，西施為嫫母，忽而不欲哉？
> 苟心識可欲而不得從，性氣困于防閑，情志鬱而不通，而
> 言養之以和，未之聞也。〈難嵇叔夜養生論〉（嚴本頁 1876）

五色、五味在眼前，卻不敢視不得嘗，對於感官嗜欲壓抑隱忍，終將
使情志性氣鬱而不通，想透過此種方式培養平和之心，向秀提出質
疑。至於辟穀養生，向子期更認為是違反先王之道，因為先王「為此
春酒，以介眉壽」，「上帝是饗，黍稷惟馨」，這些天生的美食，是符
合人體自然的需求，也是先聖先賢百代不廢的食物，所以不應該在飲
食上節制排除。至於人類的長生久壽，他認為這與導養食藥無關，蓋
「天命有限，非物所加耳」，就像松柏在樹木中較為長久，是天生如
此，並非後天的調養。向秀的說法，實有相當理性的成份，然其歸結

常是不必養生，而可從欲：

> 且生之爲樂，以恩愛相接；天理人倫，燕婉娛心，榮華悅
> 志；服饗滋味，以宣五情；納御聲色，以達性氣。此天理
> 之自然，人之所宜，三王所不易也。今若舍聖軌，而恃區
> 種，離親棄歡，約己苦心。欲積塵露，以望山海。恐此功
> 在身後，實不可冀也。縱令勤求，少有所獲，則顧影尸居，
> 與木石爲鄰，所謂不病而自災，無憂而自默，無喪而疏食，
> 無罪而自幽，追盧傲宰，功不答勞。以此養生，未聞其宜。
> 故相如曰：必若欲長生而不死，雖濟萬世，猶不足以喜。
> 言背情失性，而不本天理也。長生且猶無歡，況以短生守
> 之耶？〈難嵇叔夜養生論〉（嚴本頁1877）

嵇康與向秀都主張「自然」，前者的自然是一種恬淡虛靜的生命態度，
而後者的自然則是稱情以往，充分享受自己的生命。向子期認爲養生
而至於絕去榮華、滋味、聲色，使生命蒼白無歡，即使長生，也不值
得羨慕。何況離親棄歡，約己苦心，節欲禁性，摒除人的自然本能，
使情性不得宣洩，據此以言養生，有時反而短生。如此的刻苦養生，
「長生且猶無歡，況以短生守之耶？」不好好去過自然的人類生活，
享受天賦的感官情趣，卻希冀邈不可求的神仙世界，此種想法實不足
取。此種生命態度不但與嵇康養生論相反，甚且與傳統養生觀念完全
不同。且以《晉書・郭璞傳》以相印證：

> （郭璞）性輕易，不修威儀，嗜酒好色，時或過度。著作
> 郎干寶常誡之曰：「此非適性之道也。」璞曰：「吾所受有
> 本限，用之恒恐不得盡，卿乃憂酒色之爲患乎！」（張本頁
> 2236）

郭璞嗜酒好色時或過度，干寶加以勸誡，郭璞卻恐無以在命限之際盡
享酒色之歡，對於酒色傷生，不以爲患，可見嗜酒好色以樂生者，每
從生命苦短的覺察中追求享樂的密度，甚至以爲唯有如此，方是真正
的適性達生，所謂「高士必在於縱心調暢」，此亦可見當時士人由命
限之悲轉成遂生之樂的普遍心態。

2、文學作品中的物我關係

　　魏晉養生論大致可分爲二種不同的身心觀念,一者乃延續著傳統的養生論,認爲超離感官的陷溺,追求形神的和諧,以符應宇宙自然之理,並將此理論深化、發展爲修鍊形體的完整系統,是道家養生論者的特點。另一種不同的身心觀,則是積極追求感官的享樂,即不論耳、目、鼻、舌、身、意,皆不應節欲禁性,而應充分享受生命的快樂。此二種不同的感官態度,代表魏晉對感官的反省與思索,亦發展成爲不同的美學觀念,其又相辯證影響,融會成輝煌多姿的六朝文學風貌。

　　士人的感官意識的覺醒而促成有情個體的自覺,發現了人類情感的美學意蘊,並認定理想的人格是有情的。王弼提出「聖人有情」的說法,正是自覺的產物。這種活潑靈動、充滿生命力的聖人形象,不再是遙不可及的夢想,反而是一種可及的理想人格境界。聖人尚且有情,則有情非惡非累;相反的,「有情」正是人之所以爲人的本質所在。情既被視爲人的本質,則時人不但以多情爲美,更以任情自許,《世說新語》的記載可見一斑:

> 王戎喪兒萬子,山簡往省之,王悲不自勝。簡曰:「孩抱中物,何至於此?」王曰:「聖人忘情,最下不及情:情之所鍾,正在我輩。」簡服其言,更爲之慟。〈傷逝四〉

> 桓子野每聞清歌,輒喚「奈何」。謝公聞之,曰:「子野可謂一往有深情。」〈任誕四十二〉

> 王長史登茅山,大慟哭曰:「瑯琊王伯輿,終當爲情死。」〈任誕五十四〉

> 任育長年少時,甚有令名。……嘗行從棺邸下度,流涕悲哀。王丞相聞之曰:「此是有情癡。」〈紕漏四〉〔註40〕

而文人有情個體的自覺常藉空間觀照時間,空間經驗往往伴隨時間意

〔註40〕余嘉錫:《世說新語校箋》,頁 638,757,764,912。世說新語條例皆引此書,僅於文後標頁碼,不另加註。

識的開展。誠如葉太平所言：

> 中國古代作家，對時間存在的感知、感受，總是和具體事
> 物聯繫在一起，將無形時間黏附於各種有形的表象上，使
> 無形時間有形化，使時間獲得一種可感可觸的感性特徵。
> 包括「春風春鳥」、「秋月秋蟬」等自然事物，包括自己在
> 內的人這樣的社會事物，一切生命現象，都是時間現象！
> 生命存在就是時間存在，一切生命體都是時間存在的感性
> 表象形式。因此，對於勁秋落葉之悲，對於流逝四時之嘆，
> 其實就是一種深刻的「時間憂患」、「時間悲哀」，從直接的
> 意義上，對自己生命的悲哀！〔註41〕

而之間的「物我關係」又是如何的存在，例如曹植〈雜詩〉：

> 轉蓬離本根，飄飄隨長風。何意迴飆舉，吹我入雲中。高
> 高上無極，天路安可窮。類此遊客子，捐軀遠從戎。毛褐
> 不掩形，薇藿常不充。去去莫復道，沉憂令人老。〈曹植雜
> 詩七首其二〉（逯本頁456）

詩人飄泊無依的身世遭遇與轉蓬「飄飄隨長風」的生命本質一拍即
合，物我一時之間泯沒了界限，「何意迴飆舉，吹我入雲中」既是對
轉蓬遭遇的描述，也是詩人身世的告白：「我」字既是指向轉蓬也是
詩人自況，因此，詩歌末了是作者對於一己漂泊命運的自憐自艾。再
來看另外的例子：

> 西北有浮雲，亭亭如車蓋。惜哉時不遇，適與飄風會。吹
> 我東南行，行行至吳會。吳會非我鄉，安得久留滯。棄置
> 勿復陳，客子常畏人。〈曹丕雜詩二首其二〉（逯本頁401）

「西北有浮雲，亭亭如車蓋，惜哉時不遇，適與飄風會」本是對浮雲
的描寫，但是接以「吹我東南行」一句，便把物我之間聯繫在一起，
既寫西北的浮雲又述客子的心境。寫詩的當下，浮雲是客子，客子亦
是浮雲。詩人既因浮雲推及人事；又藉浮雲表述人生，自然物色在此
與詩人內心情志可謂完全融合無間。又如：

〔註41〕葉太平：《中國文學的精神世界》（台北正中，1995年），頁16。

　　總轡登長路，嗚咽辭密親。借問子何之？世網嬰我身。永
　　歎遵北渚，遺思結南津。行行遂已遠，野途曠無人。山澤
　　紛紆餘，林薄杳阡眠。虎嘯深谷底，雞鳴高樹巔。哀風中
　　夜流，孤獸更我前。悲情觸物感，沉思鬱纏綿。佇立望故
　　鄉，顧影悽自憐。〈陸機赴洛道中作詩二首其一〉（逯本頁
　　684）

此詩可由「悲情觸物感，沉思鬱纏綿」一句推敲詩人與物色的密切關
係，在悲情的主導之下，使得詩人似乎無心賞玩途中景色，倒是鳥獸
的鳴嘯、夜晚的風聲特別引人愁思，「哀風」一詞所透露的正是詩人
情意對自然物色的灌注。

　　何以世界之大，而詩人卻心繫朝露、飛蓬？何以宇宙之久，而詩
人卻長興「日月其邁」、「日月不居」、「日月不恆」、「人生忽如寓」的
感慨呢？人在面對自然物色之時，究竟是怎樣一種態度，從而使得詩
中處處是令人觸目驚心的「悲」、「感」等字眼、篇篇是「感物傷心」、
「中心感時物」、「余情偏易感」的惆悵基調呢？呂正惠說：

　　「物色」論最原始的、最具原創性的部份是以「歎逝」的
　　角度去觀察大自然，從而賦予大自然以一種變動不居、淒
　　涼、蕭索而感傷的色澤，並把這一自然「本質化」、「哲理
　　化」，使渺小的個人在其中感悟到生命的真相，而歎歔不
　　已。〔註42〕

又說：

　　緣於漢、魏、晉人對於無常的生命的自覺，他們才「發現」
　　了「這樣」的物色，才「發展」出「這樣」的感物方式。
　　也就是說，是他們的基本人生態度，「決定」了他們獨特的
　　「觀物」方法，從這種「觀物」法才引導出「物色」論與
　　「感物」說的原始樣態。

正是這樣一種深永的心靈的感傷，使得漢末、魏、西晉之際古詩中的

〔註42〕呂正惠：〈「物色」論與「緣情」說──中國抒情美學在六朝的開展〉，
　　　　收入中國古典文學研究會主編《文心雕龍綜論》（台灣學生，1988
　　　　年）。

物色，總爲一層濃郁的不定感與不安感所暈染。時節交替之際，人的心靈愈發敏銳，「明月」、「促織」、「白露」、「秋蟬」、「玄鳥」這些應景的自然景物，無不感召著詩人，於是引發一連串的感時傷逝之悲。「感時」者，正是對歲月流逝深沉的悲哀。「感時」通常是在季節交替的時候發生，四時物色隨著物換星移、春秋代序而有不同的姿容樣貌，易感的心靈則在四時物色的感召之下，掉入深沉的歎逝之情中。

而物我關係最後「我明顯，物模糊」：

> 夙駕出東城。送子臨江曲。密席接同志。羽觴飛鄖溽。登樓望峻陂。時逝一何速。〈陸機・贈斥丘令馮文羆書〉（逯本頁 691）

基本上都是在「感物而悲」的反應模式下，使人跌入悲痛的深淵之中而不可自拔。在此，詩人以歎逝之情去對待萬物，進而情景交融。眼前的物色不但是內在生命體會的關鍵，同時也成爲詩人生命的一部份，人與物因著命運的相似或遭遇的相同而成爲一體，物我相即相融，不可分割。原是大自然中獨立存在的物色，現在已然與詩人的內心契合爲一，成了詩人的命運共同體。正因爲物色被憂鬱深沉的詩人賦予了情感，外在的形色姿容也就不爲詩人所關注留意，因此詩人甚少對物色作細部的刻劃、描繪而只作整體的敘述，很多時候甚至省略了物色形象的交代，只是作爲感興的媒介，其原因就在於此。劉翔飛說：

> 因爲大家都習慣把因物生感的心理反應導向悲哀的方向，「感物」便成了概括此一心理過程的成詞，所感者爲悲哀之情已經是不言自明的了。在詩中，詩人屢用「感物」一詞，而對刻劃所以引起感觸的物象反而趨於簡略。換言之，「感物」被概念化，成了一個抽象的意念。〔註43〕

鄭毓瑜也有相似的見解：

> 所謂「中心感時物」的「感物」，也就爲了因時興懷、藉物

〔註43〕劉翔飛：〈古詩中形象描寫的演變〉，《臺大中文學報》第三期，1989年十二月。

　　　　寓志，難免壓縮景物、化約爲一種方便使用的共通概念，
　　　　如春之向榮、秋之衰落；也可能隨意想像，或扭轉了景物
　　　　的普遍類性、突出特例，如春布朔氣、秋含綠滋。〔註44〕

正是因爲感物後的情感是指向生命深沉的體會，而此生命的體會又往
往是生命中的悲情，因此，雖然觸物起情的媒介是自然物色，然而，
感物而興悲，這悲涼的意緒才是詩歌的主體與詩人的繫念所在，例如
曹植〈吁嗟篇〉中對於轉蓬的描寫少有眼前當下的描繪，反而多出很
多詩人設身處地的想像之辭：「自謂終天路，忽然下沉泉」、「飄颻周
八澤，連翩歷五山」等句的敘寫，絕非詩人親眼所見，而是對轉蓬處
境的設想，因此劉翔飛說：

　　　　吁嗟篇是樂府詩。正如許多樂府作品，其中的形象描寫往
　　　　往不注重對客觀眞實事象的忠實，而只爲了滿足夸飾的趣
　　　　味，吁嗟篇中的描寫，也並非著重指涉一個眞實的自然景
　　　　象，其終極意旨在將具象的自然抽象化，以突顯其所暗喻
　　　　的概念。〔註45〕

吁嗟篇所暗喻的概念應是「生命的無常」與「命運的無奈」。然而，
曹植創作此篇的出發點，在描述一己眞實的生命遭遇與身世感慨。〈吁
嗟〉篇中的「我」，既是轉蓬也是作者自陳：「吁嗟此轉蓬，居世何獨
然」既是轉蓬的悲哀，也是曹植的悲哀；「流轉無恆處，誰知吾苦艱」
既是轉蓬的無奈，也是曹植的無奈。因此，此詩的重點並不在轉蓬形
象的描寫，而是在轉蓬處境的敘述之上，而轉蓬生命處境實乃詩人生
命處境的折射，詩歌的旨趣在於個人情意的宣洩而非客觀寫物甚明。

（三）感知外在世界的方式軌跡

1、方式──遊心與物化

　　心靈境界的產生，有賴心靈之作用，而心靈之作用，依莊子之言，

〔註44〕鄭毓瑜：《六朝情境美學》，〈觀看與存有〉，（台北里仁，1997年），
　　　　頁150。
〔註45〕劉翔飛：〈古詩中形象描寫的演變〉，《臺大中文學報》第三期，1989
　　　　年十二月。

可分為「遊心」和「物化」兩種方式〔註46〕。所謂「遊心」，是指心靈超越特定的立場、觀點之限制，而可以自由自在的活動〔註47〕。《莊子‧外物》曰：

> 胞有重閬，心有天遊。室無空虛，則婦姑勃谿。心無天遊，
> 則六鑿相攘。大林丘山之善於人也，亦神者不勝。〔註48〕

所謂「特定的立場、觀點之限制」，是指成見、偏見、是非，而「欲望」則是由成見、偏見、是非而來的好惡。兩者皆由於心靈受限於特定的立場、觀點，莊子稱為「成心」〔註49〕。心靈脫離特定的立場、觀點之束縛，而得到自由；此之謂「心之天遊」。《莊子》中極生動地描述、讚嘆心靈的自由，如：「俛仰之閒，而再撫四海之外」〈在宥〉，「上闚青天，下潛黃泉，揮斥八極」〈田子方〉等等。心靈不受特定的立場、觀點、乃至形骸之束縛，而超越於一切束縛之上，置身於外，冷眼旁觀，彷彿夢中醒來，視夢中一切，均無關於己，而可以無動於衷，冷靜視之。

心靈能超越，則不受到主觀情緒的干擾，對於外在事物可以有冷靜、客觀、清晰之認識（所謂「明」），猶如一面明鏡，如實地映照外物的形象。「遊心」之「置身於外」、「冷靜觀照」，頗類似於尼采所謂的日神阿波羅，「憑高普照，世界一切事物藉他的光輝而顯現形相，他怡然泰然地像做甜蜜夢似地在那裡靜觀自得」〔註50〕。此中涵蘊「客觀」之精神。尼采以為希臘的造形藝術，即此種精神的表現〔註51〕。如陶淵明的詩作作品：

〔註46〕張森富：《莊子心性思想之研究》，國立政治大學中文系碩士論文，1991年，頁101～111。
〔註47〕徐復觀：《中國人性論史》（台灣商務，1987年），頁385。
〔註48〕郭慶藩：《莊子集釋》（台北河洛，1974年），頁939。
〔註49〕張森富：《莊子心性思想之研究》，國立政治大學中文系碩士論文，1991年，頁84～87。
〔註50〕朱光潛：《詩論》（五南圖書，2006年），頁60。
〔註51〕尼采著、李長俊譯：《悲劇的誕生》（台北三民，1972年），頁 17～18。

　　　結廬在人境，而無車馬喧。問君何能爾，心遠地自偏。

　　　採菊東籬下，悠然見南山。山氣日夕佳，飛鳥相與還。

　　　此還有眞意，欲辨已忘言。〈飲酒其五〉（逯本頁 998）

由「悠然見南山」可以看到人的活動乃至大自然的景物生態之間乃自
成一流轉的連結生態。蘇軾曾評這一句爲：「『採菊東籬下，悠然見南
山』因採菊而見山，境與意會，此句最有妙處，近歲俗本作「望南山」，
則此一篇神氣都索然矣」〔註52〕，「會」便是一種自然而然的心靈體
悟，不再固限自我與自然的分隔。當人把現實的界域打破了，於是人
的心靈就自然地流轉在各種人的活動與自然的生機之中，陶淵明的詩
正開創這樣一種境界。陶淵明流轉無限的生命觀（感受），爲「神」
提供很重要的心靈基礎。

　　和「遊心」相反的，是「物化」。「物化」即化爲物、內在於物之
意，即心靈內在化於物之具體生命之中。《莊子·齊物論》云：

　　　昔者莊周夢爲胡蝶，栩栩然胡蝶也，自喻適志與！不知周
　　　也。俄然覺，則蘧蘧然周也。不知周之夢爲胡蝶與？胡蝶
　　　之夢爲周與？周與胡蝶，則必有分矣。此之謂物化。〔註53〕

莊周夢爲蝴蝶，其心即內在化於蝴蝶之中，而自喻適志，體現蝴蝶的
具體生命之感受。此非外在於蝶而觀蝶，故「不知周也」。化爲其他
之物亦然，故曰「夢爲鳥而厲乎天，夢爲魚而沒於淵」。

　　「物化」之「內在於具體生命之中」，亦頗類似於尼采所說的酒
神戴奧尼索斯，「賦有時時刻刻都在蠢蠢欲動的活力與狂熱，同時又
感到變化無常的痛苦，於是沈一切痛苦於酣醉，酣醉於醇酒婦人，酣
醉於狂歌曼舞」〔註54〕。此中涵蘊「主觀」之精神。尼采以爲希臘的
非視覺藝術（音樂），即此種精神之表現〔註55〕。再以陶淵明作品證

〔註52〕蘇軾提出「境」與「意」所以能以「會」的方式合一，關鍵乃在於
　　　　動詞「見」。見蘇軾：〈題淵明飲酒詩後〉。孔凡禮點校：《蘇軾文集》
　　　　（北京中華，1986），冊 5，頁 2092。

〔註53〕郭慶藩：《莊子集釋》（台北河洛，1974 年），頁 112。

〔註54〕朱光潛：《詩論》（台北五南，2006 年），頁 59～60。

〔註55〕尼采著、李長俊譯：《悲劇的誕生》（台北三民，1972 年），頁 17～18。

之：

> 藹藹堂前林，中夏貯清陰。凱風因時來，回飆開我襟。
> 息交遊閑業，臥起弄書琴。園蔬有餘滋，舊穀猶儲今。
> 營己良有極，過足非所欽。春秫作美酒，酒熟吾自斟。
> 弱子戲我側，學語未成音。此事真復樂，聊用忘華簪。
> 遙遙望白雲，懷古一何深。〈和郭主簿〉（逯本頁 978）

由「藹藹堂前林，中夏貯清陰」可以看出「林」這個空間，具有貯聚（收納）的功能。當「凱風」吹入此空間之中，不僅打開了詩人的衣襟，也打開了詩人的心胸。此時，風進入了「林」中空間，世界也進入了詩人心中的空間。屋舍與其前的「林」中空間都與詩人的衣襟（自我）合而為一，一切也都融入進來。整體來說，陶淵明詩中的田園空間既是一種生存空間，但同時又是一種理想的世界，他所以常把「園林」與「人間」對立起來，正是因為他心目中的「園林」已經不是「現實的人間」，而成了「桃源社會的象徵了」〔註56〕。

文學、藝術所重在內在的感受，必其心內在於具體生命之中而後可，故為「物化」之所得。科學、哲學所重在外在的知識（關係），必其心逸出於事物之外而後可，故為「遊心」之所得。「遊心」和「物化」看似相反，其實相反而相成，莊子稱之為「知恬交養」。《莊子·繕性》云：

> 繕性於俗學，以求復其初；滑欲於俗思，以求致其明；謂之蔽蒙之民。古之治道者，以恬養知；知生而無以知為也，謂之以知養恬。知與恬交相養，而和理出其性。〔註57〕

若以圖示之：

〔註56〕諸如「靜念園林好，人間良可辭」（〈庚子歲五月中從都還阻風於規林〉）以及「詩書敦夙好，園林無世情」（〈辛丑歲七月赴假還江陵夜行塗口〉）等詩，都是把「園林」和世俗「人間」對立起來。參閱張少康：〈象外之象，景外之景＋論司空圖的《詩品》〉，《古典文藝美學論稿》，（台北淑馨，1989），頁 349。

〔註57〕郭慶藩：《莊子集釋》（台北河洛，1974 年），頁 547～548。

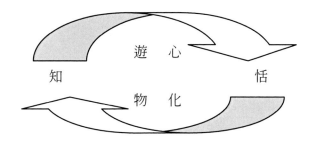

2、軌跡──徬徨憂懼與俯仰往返

　　屈原對於空間的思考是很深刻的,他對於空間的感知甚至放在天地上下還未成形之前:

> 曰:遂古之初,誰傳道之?上下未形,何由考之?冥昭瞢
> 闇,誰能極之?馮翼惟像,何以識之?明明闇闇,惟時何
> 為?陰陽三合,何本何化?〔註58〕

他思考著在天地未成形之前的那種渾沌的狀態之中「冥昭瞢闇」,人要如何能夠窮極宇宙空間,透露出渴望窮極天地的心態與焦慮。

　　至於在〈離騷〉之中,屈原更是在空間的上下不同方位不斷地求索:

> 朝發軔於蒼梧兮,夕余至乎縣圃,欲少留此靈瑣兮,日忽
> 忽其將暮。吾令羲和弭節兮,望崦嵫而勿迫,路曼曼其脩
> 遠兮,吾將上下而求索。〔註59〕

這裡展開了一種即為廣闊的「時空幅度」〔註60〕。在中國傳統中,屈原可以說是在空間中企圖展開行動遊走的開山祖(雖然這種行動終歸是一種想像,不是真正具體的行動)。雖然他把行動與空間概念(方位)合起來,但是,在這空間方位的移動中總是以著時間的推移來帶領(朝發軔於蒼梧兮,夕余至乎縣圃),時間的推移始終為他所深深自覺,因而在行動之中,似乎一直為時間所壓迫(日忽忽其將暮)。

〔註58〕洪興祖:《楚辭補注》〈天問〉,(台北長安,1984年),頁86。
〔註59〕洪興祖:《楚辭補注》〈離騷〉,(台北長安,1984年),頁26。
〔註60〕李元洛:《詩美學》(台北東大,1990年),頁369。

王逸在《遠遊序》中就提到屈原在空間的行動中其實是懷著憂思：

> 遠遊者，屈原之所作也。屈原履方直之行，不容於世，上
> 爲讒佞所讒毀，下爲俗人所困極，章皇山澤，無所告訴。
> 乃深惟元一，修執恬漠，思欲濟世，則意中憤然，文采鋪
> 發，遂敘妙思，託配仙人，與俱游戲，周歷天下，無所不到；
> 然猶懷念楚國，思慕舊故，忠信之篤，仁義之厚也。〔註61〕

雖然屈原用想像力在空間之中展開遊歷，但是在這種行動式的遊走中所帶來的卻不是超越之感，而是最後又回到現實的焦慮之感中。不過，屈原在這行動之中的憂慮倒不是來自於空間本身的無法克服，他顯然可以「周歷天下，無所不到」，眞正讓他感到憂慮的其實是情感「懷念楚國，思慕舊故」。

另一方面中國感知方式的特殊性，畢竟還是以「俯仰天地，容與中流，靈嶼瑤島，極目悠悠」爲主〔註62〕，這是對於無窮空間的態度，總是因著「俯仰天地」的心靈嚮往方式感到悠悠從從。如陸機〈文賦〉中所說：「佇中區以玄覽，頤情志於典墳；……。其始也，皆收視反聽，耽思傍訊，精騖八極，心遊萬仞」，用心靈去包納空間乃至整個宇宙，在這種俯仰的宇宙觀之中，詩人對於空間乃至外界的感知方式不是直接，而是一種距離的、間隔的、審美的感知。

在這個超越傳統之中，人並不行動，但卻可以在一個時間的瞬間完成對於空間宇宙的包納。而這種俯仰與其說是具體的動作，不如說是一種心靈的遠遊，簡單地說，這是一種「流動著飄瞥上下四方，一目千里」的方式〔註63〕。

在中國傳統中，感官與空間之間一直有著密切的關係，許多詩文或評論就常出現感官與空間對舉的方式。例如：「謂阮籍《詠懷》之

〔註61〕洪興祖：《楚辭補注》〈遠遊序〉，（台北長安，1984 年），頁 163。
〔註62〕宗白華：〈中國詩畫中所表現的空間意識〉，《美學與意境》（台北淑馨，1989），頁 259。
〔註63〕宗白華：〈中國詩畫中所表現的空間意識〉，《美學與意境》（台北淑馨，1989），頁 246。

作，言在耳目之內，情寄八荒之表。」〔註64〕即是感官（「耳目」）與空間（「八荒」）對舉。如劉勰就說：「思接千載，視通萬里」〈神思〉，即是以感官的運作來表徵心靈（想像力）的感知，強調在某種境界中，人的感官可以超越一般性的知覺範圍（如視覺感官可以擴大到萬里之遙）。又如陸機所說：「觀古今於須臾，撫四海於一瞬」〈文賦〉，也是以感官（視覺與觸覺）表徵某種心靈境界，當人達到某種境界，就可以超越時間與空間，並進而在瞬間完成對於至大之時間與空間（宇宙）的認識。在某種生命境界之中，人的感官（乃至心靈）就能超越一般極限：「乾坤萬里眼，時序百年心」，都可視為俯仰宇宙觀的延伸。在這些超越固常狀態的感官運作中都是心的運作：「目既往還，心亦吐納。……。情往似贈，興來如答」〈物色〉。以嵇康作品觀之：

> 息徒蘭圃，秣馬華山。流磻平皋，垂綸長川。
>
> 目送歸鴻，手揮五絃。俯仰自得，游心太玄。
>
> 嘉彼釣叟，得魚忘筌。郢人逝矣，誰與盡言。（遼本頁483）

「目送歸鴻，手揮五絃」即是在由視覺而觸覺、而聽覺中感到「俯仰自得，遊心太玄」的境界，兩種以上的感官所以可以一起運作，而又形成一種協調的氣氛，那自然是因為心的統合。或者說，心都不在此任何一種感官身上，這手與目似乎是朝向兩個不同的方向，心不在手，也不在目，而在於意。在超越式的感官運用方式中，心的俯仰往返既聽又看，但在這種分散的專注之中，卻能夠將這些不同感官所感受到的東西協調起來，並統合為一種類似於音樂性躍動的心靈意境。

第三節　人與空間的相互定義

（一）空間的展演

1、「空間」的定義

宇宙境域就是我們一切經驗的基礎，在這基礎上所衍生的自然空

〔註64〕鍾嶸著，陳延傑注：《詩品注》（北京人民文學，1985），頁15。

間、人爲環境、精神世界等現象，就策動了文學意象空間的創生。

所謂「自然空間」的場域，往往涵蓋了名山海域、阜丘川流、樹石花鳥、禽魚花草、田園莊稼等豐富多元的有機體；更重要的是，中國文人往往在面對「自然空間」，興發情思感懷，哲理意境，進而撰作文學作品，就此而言「自然空間」實是一種文學之素材來源。

因此，當人爲造境的建築空間加上大化流衍的自然環境後，寄寓其中的芸芸蒼生、纏綿世間的滾滾紅塵，遂成爲包羅萬有的生命風景，這生命風景正是文學所欲攝取的書寫對象，因爲它總是我們視覺場域中不曾須臾或離的地方景致﹝註65﹞。

那麼「人文空間」則係有「眞實的」經驗或事件之參與，由此「人文空間」，諸如：宮殿建築、亭台樓閣、園林池榭等人爲建造的地景，因爲「主體我」的存在、設計、觀看、投射，而不斷賦予其深刻的意義，遂成了一個有意義的「人文空間」。

> 透過人與空間經常性的互動關係，空間一詞所代表的意義
> 於是熟悉化而爲地方，而人的感受亦漸次由空間生疏感轉
> 化成爲地方的熟識感﹝註66﹞。

換言之，也就是突顯出一個「主體我」與「空間」的互動，觀察兩者之問的對話與印記，根據人文地理學的研究指出，任何一種地理景觀，都是一種「歷史重寫本」或是「文化記憶庫」，不能把地理景觀僅僅看作物質地貌，而應該把它當作可解讀的文本﹝註67﹞，亦即空間景觀，其實涵藏了時間的足跡，任何地理空間，都看得到其中殘留的歷史餘影。

再從「神聖空間」來看，西方宗教神話學大師耶律亞德（Mircea

﹝註65﹞尤雅姿：〈文學世界中的空間創設〉，（中央研究院中國文哲研究所，2000 年），頁 157～158。

﹝註66﹞參考王文進對「空間」與「地方」的理解，詳見氏著：〈陶謝並稱對其文學範型流變的影響——兼論陶謝「田園」、「山水」詩類空間書寫的區別〉，頁 99。

﹝註67﹞Mike Crang 著，楊淑華、宋慧敏翻譯：《文化地理學》，（南京大學，2005 年），頁 37。

Eliade）曾提出「神聖空間」與「凡俗空間」兩種存在型態，其云：

> 空間具有兩種存在模式——神聖與凡俗。從凡俗的經驗來
> 看，空間是同質性的，是中性的；但對宗教人而官，空間
> 卻具有非同質性，他會經驗到空間中存在著斷裂點
> （interruptions）或突破點（breaks）。這就是宗教人所體驗
> 到的神聖空間（眞實與實存的空間）與其他空間（非神聖
> 性的、不具結構或一致性、是無特定形態的空間）之間對
> 立關係的經驗。〔註68〕

以此觀之，「神聖空間」的徵顯係宗教人出入「聖凡」之特殊經驗，
因之，宗教人總希望將自己立足於眞實的「神聖空間」，而此「神聖
空間」之特徵，誠如耶律亞德（Mircea Eliade）所說，就是「世界的
中心」〔註69〕。換言之，「中心」的象徵與體系，實爲討論「神聖空
間」所必須面對的重要課題，而以「中心」作爲輻輳，往外延展的「四
方」界誌，如何共構爲一「空間圖像」？而此圖像又有何深義，可供
發掘？

　　那麼「空間」與「文學」又是如交涉？語言是人類表述心靈圖景、
書寫世界印象的符號投影，一切的文學可以看作是由語言地圖（Verbal

〔註68〕耶律亞德（Mircea Eliade）著，胡素娥譯：《聖與俗——宗教的本質》，
　　　　（臺北桂冠，2000年），頁28～29。

〔註69〕耶律亞德（Mircea Eliade）認爲：「『中心』就是宇宙面發生突破點
　　　　（break）之處，在那裡，空間成了神聖的，因而也成了最眞實的。」
　　　　並分析「中心」的各種形態，諸如：宇宙軸或聖柱、宇宙山、聖地
　　　　與聖殿、古金字塔型的殿宇、國家、城市、聖殿或宮殿、自己的住
　　　　家等，都是「世界的中心」。詳見氏著：《聖與俗一宗教的本質》（台
　　　　北：桂冠出版社，2000年），頁28～32。又，耶律亞德（Mircea Eliade）
　　　　在《宇宙與歷史——永恆回歸的神話一書，歸納「中心」之類型，
　　　　如下：1、聖山——天地交會之處——位於世界中心。2、所有的寺
　　　　廟與宮殿—擴而充之，所有的聖殿與王居——皆是聖山，因此也都
　　　　是中心。3、聖城、寺廟等乃是宇宙之軸，爲天、地、地下三界交會
　　　　之點。詳見氏著：《宇宙與歷史——永恆回歸的神話》，楊儒賓譯（台
　　　　北聯經，2000年），頁9。而有關耶律亞德（Mircea Eliade）在兩岸
　　　　三地的傳播與接受，可以參考鄭振偉：《意識‧神話‧詩學——文本
　　　　批評的尋索》（北京：中國社會科學出版社，2005年），頁56～77。

maps）〔註 70〕所創設的世界風景，這個由能指、所指和符號架構而成的多維空間，自然是隱喻藏焉、脩焉、息焉、遊焉的活動場域。作者利用書面文字在紙幅上杜撰世界，散播意義，讀者在字行裡行間行幽訪勝，神遊其境；兩者都是憑虛構像，虛擬實境〔註 71〕，透過文字再造境相，將對人生和宇宙的相關經驗反照於思維境域。

蘇珊・朗格（Susanne K. Langer）也曾經強調：文學的勝境正是詩人憑藉語辭所創造的生活幻境，她在《情感與形式》中說：

> 在現實生活中事件的外觀是支離破碎的，是轉瞬即逝的，而又常常是撲朔迷離的，儘似我們的大多數經驗，例如：我們賴以生活的空間，我們所感覺流逝的時間，刺激我們的人的或非人的力量，等等。詩人務求創造「經驗」的外觀，感受和記憶事件的外貌，並把它們組織起來，於是他們形成了一種純粹而完全的經驗與現實，一個虛幻的生活與片段。這段虛幻生活可以是偉大的，也可以是渺小的。
> ——偉大至如《奧德賽》，渺小則僅含一椿小事，如一念之動，一景之察。但使它迥異於實際生活片段的突出標誌，是它所含的事件被簡化了，同時卻又經受了益加充分的覺察和評價……由那些巧妙錯迭的印象而創造出來的虛幻經驗……宛如一幅彩色繽紛的圖畫藉助一組顏料將其中的全部形象在虛幻的空間範圍之內統一起來。那種生活的幻象是所有詩歌藝術最基本的幻象。〔註 72〕

依據朗格的論述，文學世界可以視之爲一個由虛幻事件所構設的虛幻

〔註 70〕徐道鄰：《語意學概要》（台北友聯，1983 年），頁 74。

〔註 71〕虛擬實境（Virtual Reality），又稱之爲虛擬實境（Virtual Environment）或虛幻空間（Cyberspace），原是指一種結合多項科技於一體的人機介面通訊媒體，透過這個媒體的操作，使用者置身於一個由電腦建構的人工虛擬環境中，能感受到視覺、觸覺和聽覺等綜合效果，彷彿親歷其境。虛擬實境的技術也能創造出一些原本不可能出現在現實生活中的人物、動作和環境。由於文學在創制過程中頗類於此，故援用之。

〔註 72〕蘇珊・朗格（Susanne K. Langer）著，劉大基等譯：《情感與形式》（台北商鼎，1991 年），頁 241〜242。

空間，這些虛幻事件係由現實生活經驗化生而成的生活幻象，由於他們是現實生活的抽象萃取，因此具有比現實世界更深刻凝練的意義。

因此，縱然是一個化外時空的意象境域，縱然是亦真亦幻的實境虛擬，文學符號的虛幻世界，依然閃耀著真實鮮活的生命情感。再說，就觀者與作者、作品與意象而言，他們又各自屬於一個生命實體。

而在魏晉時期，文人往往會出現臨界空間的體驗〔註 73〕。多數人在這種臨界時空下，逐漸曉悟到現實人生的意義密度已然低於理想人生的意義密度，且政治謀害的速率也激發魏晉文士急流勇退，放手抽身地躍離現實面。因此，在魏晉文學中，不論是詩、文、辭、賦，或者是志人、志怪小說，經常出現種種游離自現實生活世界，並與現實生活世界成雙元相對的幻象空間，如酒國、仙界、異域、世外桃源等。這些二元相對補襯的空間現象〔註 74〕，應當可以理解為相變自魏晉環境和文士心態的參數變化指數已經臻於一觸即發的臨界鞍點之上，導致下述種種臨界空間的情態一一出現，如：介於想像與真實世界的神話空間、介於迷狂與清醒的醉酒空間、介於異鄉與故鄉的飄泊空間、介於自由與規訓的棲隱空間、介於陰陽分野的生死界域、介於夢幻與意識的夢境空間，和介於理想與塵世的虛擬社區等等。

就生命情感而言，這種種相變不定，續續斷斷的臨界體驗，必然也會使魏晉文士在希望與失望之間備受煎熬；然而無可否認地，這顯

〔註 73〕至於臨界空間的觀念則衍自物理學的「相變與臨界現象」（Critical Phenomena，意謂同一種物質在因應不同的外在變因等參數變化時，其所表現出的不同行為或不同狀態。臨界現象亦可以指涉因社會轉型或遭逢環境驟變時所造成的臨界時空（liminal time/space）；或是指那些肇因於臨界時空而衍生出的文化臨界（cultural liminality）現象，以及上述這些臨界現象在文學空間裡的多重投射表現。

〔註 74〕浦安迪（Andrew H. Plaks）曾提出「二元補襯」（complementary bipolarity）的觀念以解釋中國古典小說的結構模式，所謂「二元補襯」係指萬物在兩極之間不斷地交替循環。它們經常表現在冷熱、明暗、生死之間交替。此說亦可參列維‧斯特勞斯（Levi-strauss）的雙元對立說。在中國，陰陽化生的觀念早見於《周易》及《老子》諸書。浦氏此說可參其《中國敘事學》（北京大學，1999 年），頁 95。

然是游走於險惡世道的一個妙計，是救亡圖存的生命法則。

2、「空間」展演的途徑

從這個「臨界空間」角度來看，是否意味著這些看似能自由行動的個體生命，其實是潛藏著在塵網中游離飄盪的孤獨與寂寞，幾經謀生營利的淘洗後，他們或者已經覺察到與其任由自己東西南北地轉徙，不如就回歸到植物在地生根的生命型態，讓餘生止泊於桃源境內，庶幾可以反身而誠，樂莫大焉。故其「臨界空間」展演書寫往往有這些特徵，以下就陶淵明〈桃花源記〉作一分析，首先映入眼簾的是：

> 忽逢桃花林，夾岸數百步，中無雜樹，落英繽紛。
>
> 初極狹，才通人，復行數十步，豁然開朗。（張本頁 2451）

在此代表入境，是臨界閾門的開啓，狹長的隧道是空間中的定向指標；深幽的洞穴是生命途程中的深度導航，它們象徵著人生圖景在本質上的改易。它象徵著從一個世界過渡到另一個世界的轉移場所，或是這種人生型態與彼種人生型態的頓悟鞍點，弗萊（Northrop Frye）將它命名爲「顯靈點」（point of epiphany）〔註75〕。此外，近代人類學家特納（Victor Turner）所提出的「閾門」（liminal）或「類閾門」（liminoid）觀念，亦可進一步說明這種臨界文化現象。〔註76〕

而不論是在文字造境的虛擬社區中神遊，或是以肉身實現流體般四處遊走的生命型態，類閾門般作用的顯靈點都具有重要的中介意義，生命在這關鍵場所等待接駁，準備棲遊於清靜自得的桃源境域。再來一定要提及的是，光與感官的意象：

> 山有小口，彷彿若有光，便捨船，從口入。

傅柯（Michel Foucault）曾說：「光——存在使可見性可見或可感覺，而語言——存在則使陳述可陳述、可說或可看清。」〔註77〕是以當魏

〔註75〕諾思羅普・弗萊（Northrop Frye）著，陳慧、袁憲軍、吳偉仁譯：《批評的剖析》（天津百花，1999 年），頁 248～249。

〔註76〕李亦園：《文化的圖像》（台北允晨，1992 年），頁 123。

〔註77〕米歇爾・傅柯（Michel Foucault）著，謝強譯，收入杜小眞編選：《傅柯集》（上海遠東，1998 年），頁 571。

晉作家在書寫仙鄉之時，就結合了「光」與「陳述」進行空間的創設，令這個虛擬實境的靈質空間在顯影於入境者之前，就刻意先釋出了光源的訊息。光源，使仙界的景色得以顯露，但相對的也勢必會照耀出他境界與現境界的距離與差異。魏晉文學在「光」這方面的描繪不一，作者有時直接寫出，有時僅以黑暗的配景作一反面映襯。

　　因為有美麗新世界的光泉照耀，甬道裡的黑暗狀態就得以終結，境外桃源的生命圖像也就一覽無遺地對問津者做全視域的展開。而在此桃花源中是一個四重整體的優勝美地：

> 從一種原始的統一性而來，天、地、神、人「四方」歸於一體。大地（die Erde）是承受者，開花結果者，它伸展為岩石和水流，湧現為植物和動物……。
>
> 天空（der Himmel）是日月運行，群星閃爍，四季輪轉，是晝之光明和隱晦，是夜之暗沈和啓明，是節氣的溫寒，是白雲的飄忽和天穹的湛藍深遠。……
>
> 諸神（die Gottlochen）是神性之暗示著的使者。從神性的隱而不顯的運作中，神顯現而入於其當前，或者自行隱匿而入於其掩蔽。……
>
> 終有一死者（die Sterblichen）乃是人。人之所以被叫作終有一死者，是因為人能夠赴死。赴死意味著能夠承受死亡的死亡。……
>
> 我們把這四方的純一性稱為四重整體（das Geviert）。終有一死的人通過棲居而在四重整體中存在。〔註78〕

但無論此空間多麼美好，終將只是暫時的心靈棲居，所以在最後往往暗示著理想的幻滅及不可得：「後遂無問津者」代表著出境，臨界閾門的關閉。魏晉文人在這些意義豐富的空間書寫中，為在世存有的生命創設出多元且不斷深化的空間層次，這些出入偃抑於虛實、雅俗、

〔註78〕海德格爾（Martin Heidegger）著，孫周興譯：〈築‧居‧思〉，收入黃頌杰主編：《二十世紀哲學經典文本》（上海：復旦大學，1999年），頁 468～469。

清濁、淳薄、靜躁、豐儉、醉醒、久暫等臨界空間現象的文學作品，在在象徵著魏晉文士無盡攀昇的生命情感。

（二）生命的論述

1、距離變換下的身體流離

根據梅洛‧龐蒂的距離定義，距離是「關係到我們掌握到他能力的對象情境之辭」，而所謂的「情境」，在梅洛‧龐蒂的認定中是「物質之序、生命之序、心靈之序」的三序合一。因此在這個定義下，距離大約可分為三種：第一種稱為「空間的距離」，第二種為「時間的距離」，第三種為「心理的距離」〔註79〕。不管是空間上的距離或是心理上的距離，這兩者往往互為表裡，試看《世說新語》中的描寫：

> 晉明帝數歲，坐元帝膝上。有人從長安來，元帝問洛下消息，潸然流涕。明帝問何以致泣，具以東渡意告之；因問明帝：「汝意謂長安何如日遠？」答曰：「日遠。不聞人從日邊來，居然可知。」元帝異之。明日，集羣臣宴會，告以此意，更重問之。乃答曰：「日近！」元帝失色，曰：「爾何故異昨日之言邪？」答曰：「舉目見日，不見長安。」〈夙惠三〉（頁590）

長安如何日遠？元帝所提的問題，不但問出了物理空間的距離觀察，更問出了離鄉者繾綣挫折的深層心理。遠、近是人對距離的感受，就物理空間來講，太陽距離人的位置，當然較長安遠的多，這也就是明帝第一次回答「日遠」的原因。但在國家動盪、空間錯位、故國空間消亡的背景之下上，近在咫尺的長安，成了可望而不可及的地點；在心理距離的烘托下，長安對離鄉者而言，更遠甚於太陽，它成了咫尺天涯、萬里難見的所在。這也就是聽聞洛下消息，便禁不住潸然流涕的元帝，心中以不樂為樂的悽愴原因了。

因此這個距離感，也許是自我與故鄉之間的路途，也許是亂世倥傯下的悲涼之嘆，也許是自我對自我的放逐，更也許是理想與現實的

〔註79〕鄭金川：《梅洛‧龐蒂的美學》（台北遠流，1993年），頁40～43。

差異。「距離」一旦產生，人心便也隨之受到影響，或傷離別、或哀鄉愁、或悲山河崩毀、或嘆窮途末路……種種情懷意緒，便形成了各種不同的身體表情。

　　思鄉，一直是離鄉背井的人們，複雜卻又美麗的感情表現。而故鄉，更是遊子們心靈上的最後依歸。不論是故居、故鄉、故土或是故國，都是每個人曾經成長、發源、居留、安置、甚至展才……的活動空間，而這些所在，之所以成為「故舊」的地點，除了時間上的流逝之外，更多的可能，是空間上的變換。而空間上的變換，往往即是身體的流離所造成的。因為身體的流離失所，所以使人不得不與原鄉剝離，也造成了離鄉者心靈上的無所皈依。「距離感」往往是身體最直接感受空間變換的基因。「距離」也是人意識「空間」的重要因素。它使得身體意識到處在偌大空間之中的漂泊，也使身體游離於新與舊的空間之中，同時更造成了一股徬徨無依的氛圍，而這股氛圍，即是魏晉時期所普遍存在的。曹操在〈苦寒行〉中寫道：

> 谿谷少人民，雪落何霏霏！延頸長嘆息，遠行多所懷。我心何怫鬱，思欲一東歸。水深橋梁絕，中路正徘徊。迷惑失故路，薄暮無宿栖。行行日已遠，人馬同時飢。擔囊行取薪，斧冰持作糜。悲彼東山詩，悠悠使我哀。〈苦寒行〉（逯本頁352）

這些作品的空間書寫大多著眼於離家遙遠的陌生地域，詩人們以流浪者的視角觀察他鄉，眼角總是漾著惆悵的淚光。如陶潛〈箕子〉說：

> 去鄉之感，猶有遲遲。豹伊代謝，觸物皆非。（張本頁2460）

至於經常「率意獨駕，不由徑路，車跡所窮輒痛哭而反。」《晉書·阮籍傳》的阮籍，其失落的鄉愁更遍植於他的〈詠懷詩十七〉：

> 獨坐空堂上，誰可與歡者，出門臨永路，不見行車馬。登高望九州，悠悠分曠野。孤鳥西北飛，離獸東南下，日暮思親友，晤言用自寫。（逯本頁500）

在魏晉時期，文士們身處於板蕩險惡的動亂時代，版圖時經更迭，生存空間也歷經威脅，身體處在如此亂世之下，只好不斷地游離、不斷

地尋求新的棲身之所。但他們在適應新環境的同時,卻又忍不住一再地回眸凝視那塊令自己魂牽夢縈、藕斷絲連的故土,就如同薩依德所說的:

> 有一種風行但完全錯誤的認定:流亡是被完全切斷,孤立無望地與原鄉之地分離。但願那種外科手術式、一刀兩斷的劃分方式是真的,因為這麼一來你知道遺留在後的就某個意義而言是不可想像的、完全無法恢復的。……對大多數流亡者來說,難處不只是在被迫離開家鄉,而是在當今世界中,生活裡的許多東西都在提醒:你是在流亡,你的家鄉並非那麼遙遠,當代生活的正常交通始你對故鄉一直可望而不可即。因此,流亡者存在於一種中間狀態,既非完全與新環境合一,也未完全與舊環境分離,而是處於若即若離的困境,一方面懷鄉而感傷,一方面又是巧妙地模仿者或秘密的流浪人。〔註80〕

對這些失去故有版圖的魏晉文士來說,並非找到了新的棲身之所便解除了流亡的陰影;相反的,身體所面臨的空間變動,也導致他們心理上充滿了無盡的漂流感,他們總在舊地與新居之間徘徊,一方面想要快速的融入新環境,一方面卻又對舊環境難以割捨。因此他們的心情始終帶著矛盾的思維,任何一草一木、一山一水,都足以提醒他們自己所面臨的漂泊:見江水而嘆茫茫、見江山而感萬里、風景不殊,卻飽含山河之悲。甚至在距離的烘托之下,新鄉的一切都不如故鄉的美好,例如:

> 陸機詣王武子,武子前置數斛羊酪,指以示陸曰:「卿江東何以敵此?」陸云:「有千里蓴羹,但未下鹽豉耳!」(言語二十六)(頁88)

> 張季鷹辟齊王東曹掾,在洛見秋風起,因思吳中菰菜羹、鱸魚膾,曰:「人生貴得適意爾,何能羈宦數千里以要名

〔註80〕艾德華‧薩依德(Edward W.Said)著、單德興譯:《知識分子論》(台北麥田,2000年),頁86～87。

爵！」遂命駕便歸。俄而齊王敗，時人皆謂爲見機。（識鑒
十）（頁 393）

在離鄉的背景下，故鄉的一切，就算是一碗簡單的菰菜羹、鱸魚膾，
都顯得美好而令人懷念。可知，在離鄉者的心理，新居的一切事物，
都足以讓他們懷想到故鄉。而這空間的改換，之所以造成情感張力，
絕大部分是因爲「距離」的存在。因爲「距離」突顯出離鄉者與故舊
的一切是處於分隔兩地的景況。他們難以突破這空間上的藩籬，故而
在面對這個分隔時，將更加意識到故人不再、故鄉難見的窘況，而「距
離」也顯示出故鄉的早已遠去，不復存在目前的新時空。因此離別的
愁緒，便形成離鄉者情感上的一個缺口。而離鄉者也將爲這個情感缺
口尋找填補的空間，所以便形成「回憶」的動因，離鄉者藉著「回憶」
在心靈中另闢疆土，爲故鄉、故物開啓了另——個心靈空間。

2、生命不可承受之輕

魏晉文士在面對新舊環境的更迭時，難以泯除故園舊鄉的思念之
情，因此，在異地的空間經驗總是牽扯著漂泊無依的感慨；若是政途
失意，托足無門，這種鄉愁情懷就愈加纖密，而他們縱使必須老死異
域地長期居留，也難以袪除流浪者心底的憂傷與疏離。

關於這種漂泊零落的鄉愁意識，海德格爾（Martin Heidegger）
在其〈築·居·思〉一文中曾有說明，他認爲人類真正棲居困境其實
並非在於無家可歸的現實層面，如築造空間匱乏的問題，而在於無家
可歸的心靈狀態。如果人類尚不能確認出本身的位置，他就無法根據
這個位置設置出一個能讓生命自由棲居的空間。〔註81〕顯然的，魏晉
文人的漂流虛無感既肇因於客觀上的空間問題，也導因於主觀上的心
境問題。

流離者飽受著鄉愁的折磨，故鄉已不在場，彌留的故國記

〔註81〕海德格爾（Martin Heidegger）著，孫周興譯：〈築·居·思〉，收入
黃頌杰主編：《二十世紀哲學經典文本》（上海：復旦大學出版社，
1999 年），頁 478。

憶多是「社稷焚滅，山陵夷毀」；而在場的明媚風景，卻又
醒目地告示著「山河之異」，因此，流離的文士在這種臨界
心態下，會以一種特殊的雙重視角去看待棲居的環境以及
生存的問題，薩依德（Edward W. Said）說：流亡是最悲慘
的命運之一。在古代，流放是特別恐怖的懲罰，因爲不只
意味著遠離家庭和熟悉的地方，多年漫無目的的遊盪，，
而且意味著成爲永遠的流浪人，永遠離鄉背井，一直與環
境衝突，對於過去難以釋懷，對於現在和未來滿懷悲
苦……。

……流亡者同時以拋在背後的事物以及此時此地的實況這
兩種方式來看事情，所以有著雙重視角（double
perspective），從不以孤立的方式來看事情。新國度的一情
一景必然引他聯想到舊國度的一情一景。就知識上而言，
這意味著一種觀念或經驗總是對照著另一種觀念或經驗，
因而使得二者有時以新穎、不可預測的方式出現：從這種
並置中，得到更好、甚至更普遍的有關如何思考的看法。〔註
82〕

他們透過追憶和想像，努力喚起故土的共同記憶——舊邦曾是如此的
遼闊、豐饒、完整和長久，藉以抗拒現實環境破碎、短暫和不確定的
羞憤。

　　這些作品普遍瀰漫著懷園憶夢的感傷氛圍，但也表現出一種飄盪
式的空間視野，它通常轉輾於兩個或兩個以上的地域，在原鄉與異邦間
游離著悲歡不定的情緒，對於這種錯綜複雜的鄉情，近人薩依德曾以放
逐者的身份現身說法，他在〈知識份子論〉道出箇中的悲愁與難堪：

有一種風行但完全錯誤的認定：流亡是被完全切斷，孤立
無望地與原鄉之地分離。但願那種外科手術式，一刀兩斷
的劃分方式是眞的，因爲這麼一來你知道遺留的就某個意
義而言是不可想像的，完全無法恢復的。這種認知至少可

〔註82〕艾德華・薩依德（Edward W. Said）著，單德興譯：《知識份子論》（台
　　　北：麥田，1997 年），頁 85、97～98。

以提供些許的慰藉。事實上，對大多數流亡者來說，難處
不只是在於被迫離開家鄉，而是在當今世界中，生活裡的
許多東西都在提醒：你是在流亡……因此，流亡者存在於
一種中間狀態，既非完全與新環境合一，也未完全與就環
境分離，而是處於若即若離的困境，一方面懷鄉而感傷，
一方面又是巧妙的模倣著或秘密的流浪人。〔註83〕
作為流亡者的知識份子傾向於以不樂為樂，因而有一種近
似消化不良的不滿意，彆彆扭扭，難以相處，這種心態不
但成為思考的方式，而且成為一種新的，也許是暫時的，
安身立命的方式。〔註84〕

而在選擇心靈暫時棲居的空間時，各種空間的塑造都是選項，如酒域
或仙鄉，簡政珍在〈沈默‧語言‧閱讀〉中說：

放逐詩中的存在指涉不存在，以現有的時空追憶已逝去的
時空，時空的變化引發遊子思鄉，人脫離原有時空後，試
圖在新時空中找到自我的定位，但舊有的時空雖然在外在
的空間消失，卻在心靈的空間駐足。〔註85〕

易言之，酒域仙鄉之存在於文字，正意味著酒域仙鄉之不存在於現
實；而塵俗之必然存在於現實，正意味著必然有酒域仙鄉之存在於詩
境。由於理想的蓬萊仙境總是在現實世界中缺席，作家因而以文字造
境，賦予酒域仙鄉一個恆定存在的棲所，又由於文學幻境隔開了現世
實境的染指，此一文字上的樂園乃成為長遠存在的符號空間。

但現實的人生生活也是一種決定，如嵇康在〈與山巨源絕交書〉
中說：

今但願守陋巷，教養子孫，時與親舊敘闊，陳說平生，濁
酒一盃，彈琴一曲，志願畢矣。〔註86〕（張本頁1360）

〔註83〕艾德華‧薩依德（Edward W. Said）著，單德興譯：《知識份子論》（台
　　　　北：麥田，1997年），頁86～87。
〔註84〕艾德華‧薩依德（Edward W. Said）著，單德興譯：《知識份子論》（台
　　　　北：麥田，1997年），頁91。
〔註85〕簡政珍著：《語言與文學空間》（台北漢光，1991年），頁51。
〔註86〕北京大學中國文學史教研室選注：《魏晉南北朝文學史參考資料》，

他們歷經萍蹤波折，東西遊走，在流浪無成後，終於決意回歸家庭與自我，陶潛的〈歸去來兮〉〈歸園田居〉〈移居〉〈和郭主簿〉以及〈飲酒〉詩組等，均傳達出結廬棲居的想望與事實。

但當他們在追尋自我生命的原鄉時，文學的視域總是離不開土地與家園。現實的棲居困境也許仍無法化解，但生命的棲居困境已經在追問中逐漸消褪，海德格爾在〈築‧居‧思〉一文中如此作結：

> 一旦人去思考無家可歸狀態，它就已經不再是甚麼不幸了。正確思之並且好好牢記，這種無家可歸狀態乃是把終有一死者喚入棲居中的唯一呼聲。然而，終有一死者除了努力盡自身力量由自己把棲居帶入其本質的豐富性之中，此外又能如何響應這種呼聲呢？而當終有一死者根據棲居而築造並且為了棲居而運思之際，他們就在實現這種努力。〔註87〕

只有對一切權力空間的世俗性與無意義性作徹底的確信，魏晉文士在意義豐富的空間書寫，才有可能從廢墟的碎夢中重新築造生命的棲所；我們也不難從魏晉的文學作品中閱讀到這些在臨界空間轉輾的心境圖景，生命論述：它們在心靈原鄉與異鄉，在想像界與現實界，在漂泊與安棲，在樂與不樂，以及移位與重新定位之間，試圖建構出自身的原鄉空間。不過，這種歸返的體驗也並非能持定恆久，有時竟又是稍縱即逝，當生命體再觸塵網之際，可能又被冷峻的現實侵擾，而再次失落平寧的棲居感。〔註88〕

頁 230、615。

〔註87〕 海德格爾（Martin Heidegger）著，孫周興譯：〈築‧居‧思〉，收入黃頌杰主編：《二十世紀哲學經典文本》（上海：復旦大學出版社，1999年），頁 479。

〔註88〕 高友工在〈中國敘述傳統中的抒情境界〉說：「但此一理想自有其限制，如上所述，其體驗不免是私密而稍縱即逝。不過，藉由美感經驗中所生的瞬間懸離感（momentary suspension），它或許並不受此限。這乃由於詩人已發展出一信念，相信此一『懸離』要遠比其他意義更具深意。雖然，現實總俟於一側，在抒情時刻過後再度席卷詩人。時間和空間的兩軸再次成為一加諸詩人身上的參證格式，詩

（三）自然與人文的交織

1、身體遊觀下情感空間

　　山水自然在魏晉時期的客觀化，其實是伴隨著自我意識／身體感受的出現，由於「自我／身體」突出了，山水自然的客觀性才被區隔出來，這種山水美學的遊觀型態，既重行動的「遊」，亦重感官之「觀」，而也正是行動、感官之身體遊觀，「身體／我」「進入」到山水自然，山水自然亦進入了「身體／我」，可以見《世說新語‧言語》：

> 王子敬云：「從山陰道上行，山川自相映發，使人應接不暇。
> 若秋冬之際，尤難爲懷。」（言語九十一）（頁 145）

> 簡文入華林園，顧謂左右曰：「會心處，不必在遠。翳然林
> 水，便自有濠、濮閒想也，覺鳥獸禽魚，自來親人。」（言
> 語六十一）（頁 120）

王子敬「行」於山陰道上，與晉簡文帝「入」華林園，身體行動引領山水之遊，前者從「山川自相映發」到「應接不暇」而「尤難爲懷」，以及後者「翳然林水」、「鳥獸禽魚」不必在遠，而「自來親人」的「會心」，消融了自然與人、主、客觀的對立隔閡，優遊山水所獲得的「應目會心」山水美感，更是一種從「視覺」（山川映發、翳然林水）到「心理」（爲懷、會心）的觀看。

　　「應目會心」之際，山水常會因爲人文素質，如地理位置、歷史記憶、現實處境，使這樣的山水美感，進一步成爲省察生命的基礎，山水既非客觀、人亦非主觀，而是主客交融，現場實景加上記憶材料，使人「感物吟志」，匯聚爲一篇篇動人眞摯的佳作。

　　而登臨覽望，身處於自然山水之中，記憶材料、氣氛、情緒、節候、空間、時間與身體交接往還，觸發一連串的情感感興，主體與客

　　人須重爲其視境定座標，努力與外在世界重做接觸。即使詩人自外
　　於社會關心，他亦無法完全逃避時空距離：此一時空距離的侵入常
　　以兩種不斷重複的母題出現：詩人與他人的疏離以及人生的短暫
　　感。」此文收錄於浦安迪：《中國敘事學》，頁 203〜204。

體相互包融，情感不只是內在與我，空間也不外在於我，登臨構成一充滿意象的「情感空間」。

　　登臨通常帶有「情」的成分，特別是遊覽，爲暢神、抒懷、消憂而登，希望山水遊賞可以悅目娛情，而隨著身體下到上、上到下的過程中，情感確實發生著變化：或世俗繁瑣得暢懷而樂，或遊樂之心因感物而憂，亦可能是憂而更憂。茲舉王粲〈登樓賦〉中王粲登樓後，放眼四望所見之景爲例，是希望展現王粲覽觀之景所蘊含的身體姿態：

> 登茲樓以四望兮，聊暇日以銷憂。覽斯宇之所處兮，實顯敞而寡仇。挾清漳之通浦兮，倚曲沮之長洲。背墳衍之廣陸兮，臨皋隰之沃流。北彌陶牧，西接昭丘，華實蔽野，黍稷盈疇。（張本頁 1193～1194）

王粲登樓四望，從高處與四周的對比，立即得到「覽斯宇之所處兮，實顯敞而寡仇」的空間印象，繼而旋望四野，是漳水、沮水通浦成洲，有墳有衍有廣陸，有皋有隰有沃流，北西更有陶牧昭丘，並且「華實蔽野，黍稷盈疇」。事實上「樓」雖然作爲一個有限制的空間，仍是可以在其中「步棲遲以徙倚」，如同中國山水畫的散點透視，旋轉的身體邊走邊看，不定的東西南北視角，既是臨亦是背，而「挾」、「倚」、「背」、「臨」本作爲人類的身體動作，用在山水景物的連屬關係中，彷彿空間之於身體的應照，構成一空間與身體的隱喻體系，〔註89〕身體與空間相互包容、彼此寄託。

　　〈登樓賦〉開篇，即說明登樓之爲「銷憂」目的，王粲登上高樓、站在高處，四望輻輳出樓的所在位置和開闊景觀，隨著上升的動作，身體期待、愉悅，登高遠望遍覽周野，視聽嗅觸豐富多采，但是面對著「華實蔽野，黍稷盈疇」，原來自足的情緒卻頓成過去，陡然轉折爲「雖信美而非吾土兮，曾何足以少留」的失落感觸，興發一連串「憂

〔註89〕雷可夫（George Lakoff）、詹森（Mark Johnson）著，周世箴譯注：《我們賴以生存的譬喻》（台北聯經，2007 年），頁 27～41。

思」：

> 遭紛濁而遷逝兮，漫踰紀以迄今。情眷眷而懷歸兮，孰憂
> 思之可任？憑軒檻以遙望兮，向北風而開襟。平原遠而極
> 目兮，蔽荊山之高岑。路逶迤而修迴兮，川既漾而濟深。
> 悲舊鄉之壅隔兮，涕橫墜而弗禁。昔尼父之在陳兮，有歸
> 歟之歎音。鍾儀幽而楚奏兮，莊舄顯而越吟。人情同於懷
> 土兮，豈窮達而異心？惟日月之逾邁兮，俟河清其未極。
> 冀王道之一平兮，假高衢而騁力。懼匏瓜之徒懸兮，畏井
> 渫之莫食。

賦引用孔子、鍾儀、莊舄等關涉「思歸」、「懷鄉」的典故，感嘆自己
多年來身處紛亂局勢、遷徙不定，又因地遠、山高、路長、川深等阻
隔，故鄉難達，而心中雖有懷土望歸之情，但是匏瓜徒懸、井渫莫食，
空有才幹抱負卻未得重用，王粲之「憂」，不但是「身遠」之憂，其
實更是「失志」之悲。其本爲消憂而登樓遊覽，但憂思顯然未獲排解，
登高之時的期待心理，在覽觀顯敞寡仇此番開闊豐盈的短暫喜悅之
後，反覆的竟是身遠失志的哀愁，最後王粲仍舊是懷憂下樓：

> 步棲遲以徙倚兮，白日忽其將匿。風蕭瑟而並興兮，天慘
> 慘而無色。獸狂顧以求群兮，鳥相鳴而舉翼。原野闃其無
> 人兮，征夫行而未息。心悽愴以感發兮，意忉怛而憯惻。
> 循階除而下降兮，氣交憤於胸臆。夜參半而不寐兮，悵盤
> 桓以反側。

在樓上「憑軒檻以遙望兮，向北風而開襟」，將自己放入自然之中、
快哉暢神的身體姿態，下樓時卻收攏在「氣交憤於胸臆」。白日將匿、
天慘無色，風蕭瑟、獸求群、鳥悲鳴、征夫行，眼中所見、耳中聽聞、
甚至是身體接觸感受到的，感官處於緊窒氛圍，煩憂在身體內亂竄，
無處可逃，隨著階除降下，情緒也愈益低下，徘徊縈繞久久不去。身
體上下的行動中，情緒亦伴隨登降轉變，王粲的登臨或許沒有達到消
憂效用，其登降徘徊的孤獨形象，卻留給後人深刻鮮明的印象。

　　登臨書寫的主要內容，在於登高覽望的所見，及所興發的情感和

志向，從「見」而「興」而「感」的過程，「觀看」是登上高處後身體感官最初也是最直接的活動，無論是具隨意性的「見」，或暗示渴望和努力的「望」〔註90〕，存在於觀者與被觀者之間的「觀看」，既是由觀者發動，必定存有觀者的「我」的印記──經驗、立場、記憶，被觀看的山水，自然也就成為帶有觀者眼光的「情感空間」。茲舉鮑照〈蕪城賦〉為例：

> 迤邐平原，南馳蒼梧漲海，北走紫塞鴈門。柂以漕渠，軸以崑崗。重江複關之奧，四會五達之莊。當昔全盛之時，車挂轊，人駕肩。廛閈撲地，歌吹沸天。孳貨鹽田，鏟利銅山。才力雄富，士馬精妍。故能侈秦法，佚周令。劃崇墉，刳濬洫，圖修世以休命。是以板築雉堞之殷，井幹烽櫓之勤。格高五嶽，袤廣三墳。崒若斷岸，矗似長雲。製磁石以禦衝，糊赬壤以飛文。觀基扃之固護，將萬祀而一君。出入三代五百餘載，竟瓜剖而豆分！（第一段）（張本頁2728）

從高處觀看，鮑照首先注意到平緩的地理形勢，南北連綿渠道通達，自己正身處軸心中央；接著「當昔全盛之時」，此地過去擁有繁華於今之景：人車之密、鹽田之利、兵馬之精，商業娛樂活動頻繁，處處勝於秦周，乃至於「崇墉」、「濬洫」「板築雉堞」、「井幹烽櫓」、「磁石禦衝」、「赬壤飛文」，城之基扃固護，幾乎可以「修世以休命」、「萬祀而一君」，然而直至「出入三代五百餘載，竟瓜剖而豆分」，讀者方知鮑照眼下繁華巍峨之城，竟已是過眼雲煙！接著鮑照描述當下眼見之景：

> 澤葵依井，荒葛冐塗。壇羅虺蜮，階鬥麏鼯。木魅山鬼，野鼠城狐。風嗥雨嘯，昏見晨趨。飢鷹厲吻，寒鴟嚇雛。伏虣藏虎，乳血餐膚。崩榛塞路，崢嶸古馗。白楊早落，塞草前衰。稜稜霜氣，蔌蔌風威。孤蓬自振，驚沙坐飛。

〔註90〕田曉菲：《塵几錄──陶淵明與手抄本文化研究》（北京中華，2007年），頁30～36。

灌莽杳而無際，叢薄紛其相依。通池既已夷，峻隅又已頹。

直視千里外，唯見起黃埃。凝思寂聽，心傷已摧。（第二段）

昔日鹽田塵閈，今日俱已是「澤葵依井，荒葛罥塗」的荒煙漫草，昔日四通八達之道，今日也已「崩榛塞路，崢嶸古馗。白楊早落，塞草前衰」，除了眼目所見灰敗之景，還有虺蜮、䃺顒、鬼魅、鼠狐、飢鷹、寒鴟、疏虎，隨風雨晨昏嗥嘯見趨，空氣霜威，千里黃沙。特別在「凝思寂聽」之時，聲觸之感倍淒，更顯虛空遼曠，整體的空間環境呈現一片衰颯荒涼的氣氛，特別是與昔日繁盛對比，更顯今日之殘敗，姚鼐：「驅邁蒼涼之氣，驚心動魄之辭，皆賦家之絕境也。」〔註91〕

德國學者伯梅（Gernot Böhme，1937）打破主、客二分的美學架構，認為「氣氛」處在主客體「之間」（"and"，"in between"），是主客體彼此作用流動，而非單方面的施為，不只主體本身具備感受的能力，物的「外射」同樣起著作用，是主體與客體「在場」薰染，共同作用而成的情感空間〔註92〕。鮑照筆下今時之城的衰頹恐怖氣氛，正是鮑照與環境共同構成，空間與情感情感交織，空間成為鮑照抒發情緒的空間，或說帶有鮑照情感的空間。

登臨而覽遍四野，王粲登樓與鮑照登城，皆是一種時間空間溢出的觀看，由近及遠，在各自的情感空間中，兩人皆看向視線可及的範圍之外，王粲面對山水，「遙望」故鄉，試圖「透視」空間，欲「見」其「不見」；鮑照面對山水，周覽而發幽情，融史入地，則已是時間的「透視」，現場實景的空間融入主體的記憶材料，空間承載記憶，雖「不見」而「見」。

很多時候感官的記憶比腦海中的記憶更真實可靠、深刻鮮明，甚

〔註91〕姚鼐：《古文辭類纂・卷 70・辭賦類十》，轉引自鮑照著、錢仲聯增補集說校：《鮑參軍集注》（上海古籍，2009 年），頁 24。

〔註92〕伯梅（Gernot Bohme）著、谷新鵬、翟江月、何乏筆譯：〈氣氛作為新美學的基本概念〉，收錄於《當代》188 期，2003 年四月，頁 10～33。

至鞭策腦海去追尋，如西晉張翰的蓴羹鱸膾之思：

> 張季鷹辟齊王東曹掾，在洛見秋風起，因思吳中菰菜羹、
> 鱸魚膾，曰：「人生貴得適意爾，何能羈宦數千里以要名
> 爵！」遂命駕便歸。俄而齊王敗，時人皆謂爲見機。〈識鑒
> 十〉（頁 393）

味蕾的記憶代表的是一種對故鄉的思念，張翰「命駕便歸」固然有更
深層的緣由，但是在洛陽因爲感受到秋風吹起，因而懷想起家鄉菰菜
茱羹、鱸魚膾的味道，遂說明感官記憶的深刻鮮明。「當風」體勢感
受到的、視聽味觸之深刻鮮明，正是驅策知識分子一再登臨的身體記
憶。身體所形成的各種感官記憶，由「身體」來「體現」，表現爲一
種登臨的身體感、一種習慣記憶，身體正是記憶銘刻的場域，而所形
成的情感空間，更是表現自我心靈圖像的方式。

2、創傷記憶囿限與超越

　　知識分子寄情山水，如王粲和鮑照登臨，許多時候其實是帶著「創
傷」—時序推移而身遠、失志，在現實的囿限下，期望以山水遊覽來
達到超脫、超越。

　　登臨之感物興懷，幾乎不脫「傷時令」、「悲不遇」二類。魏晉時
期，文人期望尋訪自然、觀賞風景可以開闊個人胸襟，達到物我的和
諧一致，面對眼前永恆循環的自然山川之景，卻往往觸景興情。感於
個體時間的流逝，死亡之必然，毀滅的孤絕，對生存產生關注和反省，
對「自我」有了哲學的省思，在對社會喪亂現實的關懷、個人生命的
終極關懷中，恐於無法逃離、無法獲得「自由」—超脫於現實社會、
心靈空間上的自由。如阮籍：

> 阮籍時率意獨駕，不由徑路，車跡所窮，輒慟哭而反。（張
> 本頁 1346）

阮籍不由徑路而率意獨駕，車跡所窮輒慟哭歸返，「窮」暗示了世道
之喪亂，「獨」正表現其不同流俗之疏離人世，阮籍的「失道」—現
實空間的出口缺乏，也就是心靈空間的無法施放。「貌寢而體弱通侻」

故於仕途遭遇「不甚重也」之王粲〔註93〕，和「家世貧賤」〔註94〕、
「才秀人微」的鮑照〔註95〕，二人登臨遠望，感於社會與自然律的困
境，以自我為中心，周覽泛觀，透視時空阻隔之故鄉及歷史，高處的
位置，象徵了與現實經驗活動的空間差距。王粲、鮑照欲超脫政治現
實門閥不公的囿限，然而高處之孤絕疏離，亦象徵現實經驗活動之孤
獨寂寞；孤絕疏離，除了是空間上的孤絕疏離，亦是心靈上的孤絕疏
離，其獨白，情調因而總是悲涼慷慨。顏崑陽論述「士悲不遇」之心
靈模式，認為這樣的心靈模式，除了當代個人的經驗之外，更是受到
前代歷史經驗所型塑而成，如漢代文人此心靈模式的形成，即受屈原
現實的政治境遇、道德人格、價值理想等悲劇性經驗型塑，然而秦漢
以後，各種政治社會條件轉變，知識分子的文化性格與自然才性間隱
含可能的矛盾：

> 魏晉「文學」逐漸脫離政教而取得純文學地位，文學創作
> 的專業傾向使「文人」的涵義也部分被窄化為文學創作之
> 人，當文化性格與自然才性間矛盾（即價值意志與個人才
> 性無法相應的困境），仍以治國平天下之價值為意志，終而
> 構成才性不足以具現理想，卻又鬱鬱於「不遇」的虛幻性
> 悲劇〔註96〕

漢文人的「悲世」之怨，魏晉文人表現為價值理想與才性具現之失衡、
鬱鬱於「不遇」之悲，王鮑二人遠望當歸、登臨懷古：王粲心意悽愴
感發、忉怛惕惻，氣交憤胸臆，夜半不寐而盤桓反側，乃至鮑照承載
強烈身體能量的「吞恨」，時間流逝而平治天下之理想依然無據、依
然身遠失志的創痛悲恨，使得可行可望之山水，烙印了難以平復的記

〔註93〕趙幼文、趙振鐸：《三國志校箋》（成都巴蜀，2001 年），頁 782。

〔註94〕虞炎：〈鮑照集序〉，轉引自鮑照著、錢仲聯增補集說校：《鮑參軍集
注》（上海古籍，2009 年），頁 5。

〔註95〕張傅著、殷孟倫注：《漢魏六朝三百家集題辭注》（北京中華，2007
年），頁 227。

〔註96〕顏崑陽：〈論漢代文人「悲士不遇」的心靈模式〉，收錄於《漢代文
學與思想學術研討會論文集》（台北文史哲，1991 年），頁 209～253。

憶傷痕，使二人不忍居遊。在山水之外的政治現實，找不到安身立命的空間，故向山水尋求超脫，臨覽山水，登高賦詩，抒發情感亦寄託於未來。

歷史時間推衍之際，生命經驗儘管不同，此種創傷記憶超越方式，情感卻是共同而普遍的，在這點上，「我」並不孤獨。王羲之〈蘭亭集序〉在游目騁懷、內外相應上下同流，由人際和樂進入自然宇宙之和諧，將存在的剎那推至頂點之際，陡然一轉筆鋒，樂極而痛：

> 夫人之相與，俯仰一世，或取諸懷抱，悟言一室之內，或因寄所託，放浪形骸之外。雖趨舍萬殊，靜躁不同，當其欣于所遇，暫得於己，快然自足，不知老之將至。及其所之既倦，情隨事遷，感慨係之矣。向之所欣，俛仰之間，以爲陳跡，猶不能不以之興懷。況修短隨化，終期于盡。古人云，死生亦大矣，豈不痛哉！（第三段）（張本頁2376）

感覺經驗在時間中流逝，主觀情感倦怠，失落取代經驗，過去化爲「陳迹」，成爲無法擺脫之傷痕，人生短暫與落空成爲生存情境之悲劇性，時間亦成人永恆之焦慮。而唯有「情」的連繫，才是人生、生命的終極關懷：〔註97〕

> 每覽昔人興感之由，若合一契，未嘗不臨文嗟悼，不能喻之于懷。固知一死生爲虛誕，齊彭殤爲妄作，後之視今，亦猶今之視昔，悲夫！故列敘時人，錄其所述，雖世殊事異，所以興懷，其致一也。後之覽者，亦將有感于斯文。（最後一段）

經驗的省思再度深化、內化，由感覺的領域的自然山水，跨足思想的領域的人文歷史，自然和歷史交叉匯聚，歷史時間與存在時間再度獲得認同，而文學創作，顯然就是維繫認同的要素。魏晉時期相似的宴會，已經意識到，宴會參加者作的詩、宴會主人作的序，都會被後人

〔註97〕張淑香：〈抒情傳統的的本體意識——從理論的「演出」解讀《蘭亭集序》〉，收入《抒情傳統的省思與探索》（台北大安，1992年），頁47。

看到〔註98〕，如同王羲之所言「後之視今，亦猶今之視昔」、「後之覽者，亦將有感於斯文」，透過文字，饗宴就不再是一時歡樂，死生之重複具有召喚「重生」的共感之普遍意義。如同表面上越是毀壞禮教者，越是承認禮教、相信禮教，〔註99〕越是表示自己孤高耿介、異於流俗，其實越是需要被認同，甚至向後世尋求、期待，於是「寄意自然」成為一種文化傳播、個人情志被記憶的方式，知識分子既遭身遠、失志之「放逐」，乃藉由「寄意自然」來「反放逐」，〔註100〕以尋求心靈之療癒、超越。

（四）人與空間的相互定義：瀟湘與崗山經驗

空間因人物而意義化，而人物在此塑造的情感空間，讓人物與空間彼此之間相互定義。〔註101〕《文心雕龍・物色》篇云：

> 若乃山林皋壤，實文思之奧府，略語則闕，詳說則繁。然屈平所以能洞監風騷之情者，抑亦江山之助乎！

王夫之（1619～1692）《楚辭通釋・序例》亦云：

> 楚，澤國也，其南沅湘之交，抑山國也。疊波曠宇，以蕩遙情，而迫以崟嶔戍削之幽苑，故推宕無涯，而天采矗發，江山光怪之氣，莫能捚抑。〔註102〕

這兩則文字都在試圖為屈原的創作尋求地理環境上的解釋，而無論是中國古代文人還是近世學者，幾乎都相信人的性情思想與其生存的土地有關。

〔註98〕川合康三著、姜若冰譯：〈饗宴之歌〉，收錄於《二十一世紀漢魏六朝文學新視角：康達維教授花甲紀念論文集》（台北文津，2003年），頁164～181。

〔註99〕魯迅：〈魏晉風度及文章與藥及酒之關係〉，收錄於《魏晉思想乙編三種》（台北里仁，1995年），頁1～18。

〔註100〕鄭毓瑜：〈歸返的回音──地理論述與家園想像〉，收錄於《性別與家園──漢晉辭賦的楚騷論述》（上海三聯，2006年），頁55～113。

〔註101〕鄭毓瑜：《文本風景──自我與空間的相互定義》（台北麥田，2005年），導言〈抒情自我的詮釋脈絡〉。

〔註102〕王夫之：〈序例〉，《楚辭通識》（台北里仁，1981年），頁6。

故衣若芬強調所謂的瀟湘文化：所謂瀟湘文化的建構者，瀟湘文學的創作者，大多是有志難伸，有苦難言的失意人，他們來到異鄉湖南，在瀟湘的山間水湄吐露了心聲，流蕩著淒惻感傷，恨別思歸的情感，一如湘妃的眼淚，傾注於瀟湘文化的水脈，歷經千年，至宋代而不涸。〔註103〕

文學中的「瀟湘」在詩人的神遊底逐漸衍化為抽象的地理概念，實質的空間（physicalspace）遂具有文化的空間（cultural space）意義。文化的空間包括了具體的人為活動，直線發展的時間過程，也包括穿插跳躍的流動時序及文化系統所開出的象徵意涵，是一種「架構」（framework）或「母型」（matrix）〔註104〕，以「瀟湘」而言，湘妃的堅貞情愛、屈原賈誼的流落失意、陶淵明桃花源的隱逸嚮往，以及玄真子張志和船子和尚釋德誠等佛道思想，都在湖南的實質地理空間產生，共同匯集了「瀟湘」的文化脈絡〔註105〕，形塑其文化空間的性格，「瀟湘」非僅是創生文化的具體地域，也是寄寓情感，表達思想的活水源頭。

曾經有學者指出：「風景是一種文化想像，一種表述、建構或象徵環境的圖繪方式」，風景被書寫、被描繪都是經由選擇，形成帶有主觀視角的文化符碼，暗藏著值得探索的形式與意義。

從空間的角度看來，Susanne Langer 曾經指出：現實世界中的「空間」是沒有實際形狀的，即使在科學上，「空間」也只有「邏輯形式」，只有空間的關係而沒有具體的空間整體。我們所謂的「繪畫空間」只

〔註103〕 衣若芬：〈宋代題「瀟湘」山水畫詩的地理概念、空間表述與心理意識〉，收錄於李豐楙、劉苑如主編《空間、地域與文化──中國文化空間的書寫與闡釋》（中央研究院中文哲研究所，2002年），頁325～372。

〔註104〕 李慧漱：〈南宋臨安圖脈與文化空間解讀〉，收入區域與網路國際學術研討會論文集《區域與網路──近千年來中國美術史研究國際學術研討會論文集》（台灣大學藝術史研究所，2001年），頁57～90。

〔註105〕 衣若芬：〈「瀟湘」山水畫之文學意象情境探微〉，《中國文史哲研究集刊》第20期（2002年），頁317～344。

存在於視覺經驗中，是文人經由選擇、組織、建構、創造出來的「虛幻空間」（virtual space）〔註106〕，文人雖然描述或記憶了個人的所見所知，用 Rudolf Arnheim 的想法，「虛幻空間」畢竟是思維意象（the images of thought）的投影，融入了思想與情感，而且文人的陳述愈精煉簡約，餘留給觀者的想像空間便愈大〔註107〕。

　　同樣的例子出現在宇文所安的峴山經驗，空間因人物而意義化，峴山藉羊祜而突出於羅列的地理資料當中，但是碑廟不免傾頹、儀式可能停止、避諱只限於地區，特別是藉由書寫史籍的紀錄以及後世登臨者的追憶，方更加深刻的將羊祜烙印進峴山之中，使二者緊密連結，並且相互定義〔註108〕。

　　〈黍稷和石碑：回憶者與被回憶者〉即演出一個記憶的動態過程，這個記憶演出最早發生的場景在峴山，西元三世紀中葉羊祜登山覽觀，感懷：「自有宇宙，便有此山。由來賢達勝士，登此遠望，如我與卿者多矣。皆湮滅無聞，使人傷悲。如百歲後有知，魂魄猶應登此也。」〔註109〕羊祜的生平事蹟和此次登臨峴山，被史書的編纂者記載在《晉書・羊祜傳》，他樂山水、造風景、置酒言詠，乃至慨歎，過程如王羲之〈蘭亭集序〉的抒情理論性演出。羊祜死後襄陽百姓因其德為其建碑立廟，「墮淚碑」名聲傳了下來；後來的孟浩然在在八世紀時加入這個場景，他登臨讀碑，回憶起羊祜，愴然涕下，還作詩〈與諸子登峴山〉，告訴讀者有一個這樣的回憶行為；十一世紀歐陽

〔註106〕 Susanne K. Langer, Feeling and Form: A Theory of Art (New York: Charles Scribner's Sons, 1953). 劉大基等譯：《情感與形式》（臺北商鼎，1991 年）。

〔註107〕 Rudolf Arnheim, Visual Thinking (Berkeley: University of California Press, 1969). 滕守堯譯：《視覺思維——審美直覺心理學》（北京光明日報，1987 年）。

〔註108〕 鄭毓瑜：《文本風景——自我與空間的相互定義》（台北麥田，2005 年），導言〈抒情自我的詮釋脈絡〉。

〔註109〕 《晉書・羊祜傳》，房玄齡等撰：《晉書》（北京中華書局，2003 年），頁 1020。

脩的〈峴山亭記〉，則以散文的方式回憶了羊祜，批評杜預渴望被記住的荒唐作法，還提到史中輝對峴山亭進行修復擴建，當然，歐陽脩的名字也進入這個場景。

宇文所安認爲，在回憶羊祜方面，孟浩然可以稱得上是位了不起的回憶者：

> 從表面上看，羊祜留在後人的記憶裡，靠的是「三不朽」中的「立德」；是別人把碑文刻在石碑上。而後人通過回憶羊祜，只需「立言」，就能把自己的名字刻到回憶的鏈條上。〔註110〕

孟浩然與友人「登高」——造訪峴山，「睹物」——江山勝迹、羊公碑字、水落魚梁淺、天寒夢澤深，而「興情」——人事代謝、往來古今，典型「登臨懷古」的程式之作。與羊祜相同，孟浩然登高感懷：時間流逝所引起的生命有限之焦慮；並且因碑文而回憶起羊祜：回憶羊祜之仁德及其回憶行爲，而如同其他「莫不流涕」的望其碑者，孟浩然亦「讀罷淚霑襟」——記憶返回最基本的感官、自然狀態，身體即爲記憶銘刻、共感之場域，登臨所興發之超越時間性的同情共感，孟浩然的詩將羊祜銘刻進峴山之中，並且召喚後世登山懷古，後來的人讀了孟浩然的詩，追踵其腳步登高賦詩，羊祜之於峴山，從文學、文化內在更趨向牢固。鄭毓瑜認爲：

> 文學筆法固然不是客觀地呈現區域或地方，但是卻比看似精確的統計圖表更能撐挂起當時深刻的社會脈絡與在地經驗。正因爲破除了主／客觀或現實／想像的二元分界，空間無法單純被反映，同樣也無法完全被編造，這應該是個人與空間「相互定義」的文本世界；空間設置可能引導社會關係的實踐，但是社群生活實踐過程中的衝突協調也可能重寫空間的意義。〔註111〕

〔註110〕 宇文所安著、鄭學勤譯：《追憶：中國古典文學中的往事再現》（台北聯經，2006年），頁36。
〔註111〕 鄭毓瑜：《文本風景——自我與空間的相互定義》（台北麥田，2005

「記憶」賦予人物和空間地點之價值聯繫，因羊祜，峴山不再只是單純的地理資料，而進入文學、文化，並在其中展開意義；藉書寫羊祜進入峴山而成為文本之風景，在這個層面上，峴山藉羊祜而立體，羊祜因峴山而深刻，「人物與空間相互定義」。

　　書寫朝典範的追隨仿效，峴山不再是「任意的地方」，它成了詩歌中的「特定某地」，文學把迥然不同的內在情感跟外在現象結合，使它們在記憶和傳遞中無法分開的交織在一起。意象對風景來說變得日益重要，它使峴山的「真實」化為烏有、樣貌不再重要—沒有人記得峴山有多高、多深、多廣、出什麼珍奇特產、藏什麼動植物，峴山的自然形態遺落，重要的是在歷史中形成的人文意涵；通過文本、讀者熟悉的深度及想像，建構出的峴山意象比其真實存活得更久。在文本間旅行，那些從前的詩歌意象，具有左右理解一處地點的巨大力量，後來的人必須要透過峴山意象來討論峴山，而體現在詩歌中的文化記憶亦愈來愈抑鬱難忍，於是後來的人也登上峴山、感知峴山。峴山的遊者，已經與關於這座山的詩歌和故事一起生活了多年，並且以早已牢固確立在想像中的峴山，量度來自於自然地點的經驗，喚起記憶和情緒〔註112〕。

第四節　魏晉士人獨特的記憶演出

（一）文學作品的意義

1、記憶的保留，再現與變形

　　漢魏時期，曹氏父子提倡文學，除了各自皆有作品傳世，亦組成文士集團，文人間各種酬答唱和活動，使文學一時蔚為風氣，文人們

〔註112〕　年），導言〈抒情自我的詮釋脈絡〉，頁 16。
宇文所安（Stephen Owen）：〈Place: Meditations on the Past of Chin～ling〉收錄於《Harvard Journal of Asiatic Studies》50 卷第二期，1990 年十二月），頁 417～457。

書信往來，也表達爲文觀點，如曹植〈與楊德祖書〉：

> 今往僕少小所著辭賦一通相與。夫街談巷説，必有可采，
> 擊轅之歌，有應風雅，匹夫之思，未易輕棄也。辭賦小道，
> 固未足以揄揚大義，彰示來世也。昔楊子雲先朝執戟之臣
> 耳，猶稱壯夫不爲也。吾雖薄德，位爲蕃侯，猶庶幾勠力
> 上國，流惠下民，建永世之業，留金石之功，豈徒以翰墨
> 爲勳績，辭賦爲君子哉！若吾志未果，吾道不行，則將採
> 庶官之實錄，辨時俗之得失，定仁義之衷，成一家之言。
> 雖未能藏之於名山，將以傳之於同好，非要之皓首，豈以
> 今日之論乎！（張本頁 1083）

貴爲王室卻抑鬱於不遇的曹植，一旦「勠力上國，流惠下民，建永世
之業，留金石之功」之理想失落，只好寄託於「吾志未果，吾道不行，
則將采庶官之實錄，辯時俗之得失，定仁義之衷，成一家之言」，而
以文章「傳之於同好」，更是間接道出文學所能達成個體與個體（或
個體與群體）間共鳴相感功能；又曹丕〈與王朗書〉：

> 生有七尺之形，死惟一棺之土。惟立德揚名，可以不朽。
> 其次莫如著篇籍。疫癘數起，士人彫落。余獨何人，能全
> 其壽？故論撰所著典論詩賦，蓋百餘篇。集諸儒于肅城門
> 内，講論大義，侃侃無倦。（張本頁 995）

曹丕將生與死並舉，「著篇籍」雖次於「立德揚名」，卻也是抵抗生命
消亡無常之不朽方式。從書信透露出的觀點可以得知，如同傳統「三
不朽」的生命圖式，已肯定「言」—詩賦辭賦之言，即後來所謂「文
學」的獨立地位：篇籍著述可以成立一家之言（道、志），傳之同好
（共鳴），超越死生而永垂不朽。特別是曹丕《典論‧論文》，宛如宣
言，標誌著文學之獨立，並且認爲文學能夠實現個人之生命價值：

> 蓋文章經國之大業，不朽之盛事。年壽有時而盡，榮樂止
> 乎其身。二者必至之常期，未若文章之無窮。是以古之作
> 者，寄身於翰墨，見意於篇籍，不假良史之辭，不託飛馳
> 之勢，而聲名自傳於後。（張本頁 1004）

年壽榮樂之有限與文章之無窮對舉，自曹丕標舉文章爲「經國之大

業，不朽之盛事」，文學即正式進入立言不朽之範疇。自我「寄身於
翰墨，見意於篇籍」──由自己將「自我」保存在文本之中，直接訴
說我內在的聲音，以文學創作使後人記得我的名字、記得我、以及關
於我是誰的意識，進而真正理解「我」這個人，除了聲名不朽，而「我」
亦不朽。文學書寫確保了時空中之記憶傳遞，「聲名自傳於後」，個人
價值得以實現、「不朽」之為可能。

　　故在文學領域中，「記憶」可以說就是文學的全部，所有的文學
書寫，都是記憶的保留、再現與變形，且文學的書寫者，不管是創作
者或評論者，又特別醉心於以文字來解釋記憶的「保留」、「再現」與
「變形」〔註113〕。

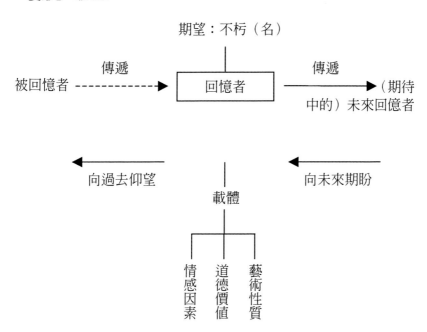

　　圖的核心是「回憶者」，在時間與空間的包覆下，由「不朽」的
期望所支持，回憶者朝「過去」的對象（被回憶者）追慕，此時的回

────────────

〔註113〕宇文所安著、鄭學勤譯：《追憶：中國古典文學中的往事再現》（台
　　　　北聯經，2006 年）。

憶是有意的，以實線表示，被回憶者向回憶者的傳遞前者並無法確知，以虛線表示；回憶者同時向「未來」期盼，期待自身成為他人（未來回憶者）仿效的對象，此時回憶者向期待中未來回憶者的傳遞是有意識的，以實線表示，而未來回憶者對回憶者的仰望無法確知，以虛線表示。「回憶者」同時具備有過去、現在、未來的性格，在「被回憶者—回憶者—未來回憶者」的數線上，每個點都可以是被回憶者、回憶者、未來回憶者，每個點也都是一個三維時空：歷史的時空、個人生命歷程的時空，並且不斷連綿延伸。每一個回憶當下或回憶的流動過程，藉由各種「載體」，諸如儀式、器物、作品來留存和顯現，文學領域著重的載體，即仰賴文字表達的文學作品。與記憶有關的情感因素、道德價值和藝術性質在作品中體現，不管是直陳或曲折、大量釋放或點到即可、揭示或抹拭，文字總能以各種方式迸發記憶的能量。回憶可能引發各種情感和情緒，孤獨、恐懼、悲憫、焦慮，隨時提醒傳統文人面對記憶時同樣必須面對的道德、價值問題，還有回憶本身具備的藝術性質，時間的距離造成，抑或是文學手法的、形式的、技巧的書寫方式，記憶也激發文字力量，在在銘刻了「被回憶者—回憶者—未來回憶者」的流動〔註114〕。

　　根據陳篟如《書寫與記憶——漢魏六朝文學現象的一種考察》強調宇文所安筆下「記憶」的動態表現——「回憶」不僅僅是一個作為對象或內容的名詞，而是一個承載「不朽期望的動機——回憶累積的過程—妝點變形的表現」的螺旋式延伸動詞。

　　文學提供一個「不朽」的承諾，記憶據此展開行動。如同故事，回憶總是與人事時地物等細節相關，某個物質的斷片，就可能成為連結過去與現在的媒介、往事的舉隅物、記憶的方向性指標，有時候是不召而來的，又或者主動回想，回憶不斷引誘活著的人，成為一種陷阱，奴役著它的主人。那些關於痛苦的往事、一去不復返的美好，反

〔註114〕陳篟如：《書寫與記憶——漢魏六朝文學現象的一種考察》，台大中研碩士論文，民99。

覆的痛苦被細細品味，甚至排擠現實，記憶所擁有的內在生命力，比我們所得知的要複雜許多。

〈黍稷和石碑：回憶者與被回憶者〉即演出一個記憶的動態過程，這個記憶演出最早發生的場景在峴山，西元三世紀中葉羊祜登山覽觀，感懷：「自有宇宙，便有此山。由來賢達勝士，登此遠望，如我與卿者多矣。皆湮滅無聞，使人傷悲。如百歲後有知，魂魄猶應登此也。」〔註115〕羊祜的生平事蹟和此次登臨峴山，被史書的編纂者記載在《晉書·羊祜傳》，他樂山水、造風景、置酒言詠，乃至慨歎，過程如王羲之〈蘭亭集序〉的抒情理論性演出。羊祜死後襄陽百姓因其德為其建碑立廟，「墮淚碑」名聲傳了下來；後來的孟浩然在八世紀時加入這個場景，他登臨讀碑，回憶起羊祜，愴然涕下，還作詩〈與諸子登峴山〉，告訴讀者有一個這樣的回憶行為；十一世紀歐陽脩的〈峴山亭記〉，則以散文的方式回憶了羊祜，批評杜預渴望被記住的荒唐作法，還提到史中輝對峴山亭進行修復擴建，當然，歐陽脩的名字也進入這個場景。

記憶除了被文學作品所保留，還包括再現與變形。藉由作品再現，讀者知道有一個回憶正在上演，過去已然碎而成片，需要重新拼湊，還有太多的細縫，需要靠想像來填補。〈復現：閒情記趣〉這一章，宇文所安以沈復《浮生六記》為例，闡述回憶者是如何模擬過往，試圖將過去完善包裝，告訴讀者過去就是這麼完整，沒有模糊、不會消逝，自成一個完美的小世界；所有小世界中對現實世界的變形，都是對記憶臻於完善的期望，否則改寫就會持續下去，《浮生六記》正是這樣一本回憶錄，一件想要掩蓋自己是藝術品的藝術品。

文學作品自身的完整與不完整，涉及回憶行為的完整與不完整，不同於散文細膩的填補空白，還有一種文學表現，反而刻意留下空白、省略、割斷延續性，告訴讀者有鴻溝等待去填補，詩歌正是這種

〔註115〕《晉書·羊祜傳》，房玄齡等撰：《晉書》（北京中華，2003年），頁1020。

沉默的美學表現。中國文字單字成義和多義性促成詩詞的遼闊空間，回憶者在此中選擇、挑揀，運用典故、象徵、比喻、雙關、替代……等手法，豐富詩歌的姿態，精練文字，留下更多遙想且耐人尋味的空間，連無序狀態都是一種精心構思，匠心記憶，且可供審美。在〈繡戶：回憶與藝術〉中，吳文英的詞〈鶯啼序〉將讀者引領進他的回憶之中，為了控制住情感的表達，吳文英必須與他的作品保持距離，站在一定的距離之外，將感情加以編織，各種回憶意象為他的記憶畫上更精緻動人的妝，他的記憶是經過妝點的故事，詞的的音樂屬性加強回憶情感的力量，一遍遍吟唱中，反顧的痛苦被細細品味，來自氛圍的力量使記憶轉為藝術。

文字承載的記憶經過妝點而藝術化了，處處表現著美感，就連時間距離也是無須介意的美化。儘管「記憶」並不可靠，曾經發生的回憶行為是確實無疑的，並且深具藝術感染力，「雖然人們可以根據回憶來講述故事，但是回憶不是故事；回憶可以是進行大量沉思和回顧的場合，但回憶不是通常意義上的思想」〔註116〕

2、記憶場域的形成

自曹丕將文學的地位獨立出來，文本成為傳遞的依憑，書寫者相信，文學能超越死生限制，透過書寫之保存，可以使後世記得我的名字，以及「我是誰」的意識，完成「我」之不朽，個人的生命價值於是得以實現。但事實上，流傳與不朽，不可能單單憑藉文本，或者說，文本不可能置外於時空、傳統、環境等背景而獨立存在，必須是奠定在某些關係、認同、鑑賞或者「知音」的基礎之上，所謂個人的生命價值，必須是在集體當中才能突顯並且達到不朽。

縱使曹丕認為只要透過自我書寫，則無須依託「良史之辭」或「飛馳之勢」，聲名自然可以流傳於後世，但是無論是個人的外在聲名抑

〔註116〕宇文所安著、鄭學勤譯：《追憶：中國古典文學中的往事再現》（台北：聯經出版公司，2006年），頁142～143。

或內在意識，「傳遞」必然涉及「憑藉」，例如司馬遷作〈伯夷列傳〉，
紀錄夷、齊二人生平事蹟，最後總結、評論：

> 「君子疾沒世而名不稱焉。」賈子曰：「貪夫徇財，烈士徇
> 名，夸者死權，眾庶馮生。」「同明相照，同類相求。雲從
> 龍，風從虎。聖人作而萬物覩。」伯夷、叔齊雖賢，得夫
> 子而名益彰；顏淵雖篤學，附驥尾而行益顯。巖穴之士，
> 趣舍有時，若此類名堙滅而不稱，悲夫！閭巷之人，欲砥
> 行立名者，非附青雲之士，惡能施于後世哉？〔註117〕

伯夷、叔齊、顏回之爲隱者貧士，聲名卻在中國傳統文化中流傳和彰
顯，可以說是一種悖論，司馬遷爲此下了註解—得之於孔子的頌揚：
「隱」於首陽山的夷、齊，既爲「隱者」，理應恆久失落於記憶和文
字記錄當中，然而孔子沒有忘記，稱其「不念舊惡，怨是用希」、「不
降其志，不辱其身」、「求仁而得仁」、「古之賢人」；又早夭的顏回，
孔子讚許他「好學」、「不遷怒，不貳過」、「一簞食，一瓢飲，在陋巷，
人不堪其憂，回也不改其樂」。孔子對三人的稱揚來自於對三人內在
的認識，因理解而認同而稱頌，他們的「仁」、「賢」之美名，依憑孔
子而流傳彰顯，及後來的司馬遷而流傳彰顯。伯夷叔齊義而採薇而食
的形象、顏回陋巷中享受讀書之樂的形象，書寫、紀錄以形塑、對抗
遺忘且恆久傳遞，挺立於中國傳統歷史文化的記憶之中。

　　憑藉他者的理解以及認同，與個體深刻感通，聲名和情志內在得
以流傳和彰顯，即所謂「知音」。「知音」一詞的義涵，最早是以故事
形式出現，可見於《呂氏春秋・本味》、《韓詩外傳其五》、等篇籍，
如《列子・湯問》：

> 伯牙善鼓琴，鍾子期善聽。伯牙鼓琴，志在登高山。鍾子
> 期曰：「善哉！峩峩兮若泰山！」志在流水。鍾子期曰：「善
> 哉！洋洋兮若江河！」伯牙所念，鍾子期必得之。伯牙游
> 於泰山之陰，卒逢暴雨，止於巖下；心悲，乃援琴而鼓之。
> 初爲霖雨之操，更造崩山之音。曲每奏，鍾子期輒窮其趣。

〔註117〕瀧川資言：《史記會注考證》（台北天工，1993年），頁848～849。

伯牙乃舍琴而嘆曰：「善哉，善哉，子之聽夫志！想象猶吾心也。吾於何逃聲哉？」〔註118〕

根據文獻紀錄的方式來看，故事敘述隱含有政治諷諫的立論，然而就文理脈絡來理解，乃是一賞音的活動描述，特別是上引《列子》，其活動訴諸於演奏者與聆賞者兩人主觀相互感通的心理狀態，而原本作為音樂範疇指涉之「知音」，轉用到文學領域，〔註119〕鄭毓瑜根據這則資料，闡釋「知音」是聆賞者／讀者對演奏者（亦或音樂之創作者）／作者託志寄心的創作方式之再體驗，除憑依對作品形構特質的掌握之外，更重要的是以「想像」追摹創作心靈的批評活動，因此「知音」是必須「知其志」〔註120〕。

而在第三節〈人與空間相互定義〉提到峴山成為回憶聚積場所。眾人來來去去，回憶著前人、回憶著前人的回憶，其中有一些人，成功的將名字銘刻進場景裡，使人與山合為一體。羊祜是這個場景最早的回憶者，他回憶無名先人的回憶行為被記載在史書中；後來的孟浩然回憶羊祜，但是他的回憶行為比起回憶對象更叫人印象深刻；歐陽脩的回憶行為更表現出他個人的思辨。中國傳統文化中強固集體共同存在感通意識，有一種回憶者及被回憶者、向下傳遞的能動關係，「後之視今，亦猶今之視昔」，足以寄託人生雖有限而名聲卻可以不朽的期望。有趣的是，許多時候回憶行為甚至比內容更加生動鮮明，〈黍離〉的踟躕徘迴、孟郊〈秋懷〉的激切抑鬱，通過回憶（動詞）而成了被回憶的對象，宇文所安：「傳遞自身成變成了傳遞的對象；藉以生存的形式變成了生存物的內容」〔註121〕，人們只有在回憶往事時，

〔註118〕莊萬壽：《新譯列子讀本》（台北三民，1979年），頁78。

〔註119〕蔡英俊：〈「知音」探源——中國文學批評的基本理念之一〉，收錄於呂正惠、蔡英俊主編《中國文學批評（第一集）》（台灣學生，1992年），頁127～143。

〔註120〕鄭毓瑜：〈知音與神思——六朝人周旋交錯的生命情識〉，收錄於《六朝情境美學綜論》（台灣學生，2006年），頁1～60。

〔註121〕宇文所安著、鄭學勤譯：《追憶：中國古典文學中的往事再現》（台北聯經，2006年），頁28。

才會認識到它的真正價值，因此，回憶行為比起模糊的往事本身來，要豐富的多。而這些記憶場域的形成，就奠定於「知音」的基礎之上。

個體無法置外於與其他個體的關係連結而獨立存在，換言之，唯有處在群體中，個體的存在方顯意義。知識分子困於時命與不遇，死亡之必然或許不能排解，卻可以被調解，知音「知其志」的感通依憑，確保了個人內在延續的可能性，精神的恆存代表對自我價值的實現，不枉生命之一遭。因此人際間的關係建立、「知音」的期待，作為延續、傳遞、不朽的依憑，用以抵抗湮沒餘時間中的遺忘。《呂氏春秋・本味》篇在伯牙志高山流水、子期得之後，議論「鍾子期死，伯牙破琴絕絃，終身不復鼓琴，以為世無足復為鼓琴者」，雖是為了導出政治諷諫意圖，卻也帶出了「知音」失落之聆賞／演奏（或創作）失據—「關係」的闕如，個人內在無法傳遞的焦慮；反過來說，正是因為「知音」建立關係作為依憑，個體因此向知音者趨近，並得以進入前述共感的時空境況之中，鄭毓瑜論述：

> 如何建立知識分子自身的歷史，……重要的是一種可遇而不可求的「知音」的詮評，透過惺惺相惜的同情共感（探照出意志所往、哀怨所在或者是名價所重），……而是一種超越時空的共鳴傳響，可以震動與繫連每一個真正的知識分子。〔註122〕

立名不朽，雖則榮名留待後而不是現在，但是憑藉文本、鑑賞、知音、感通等基礎，在記憶的不穩定狀態中對抗無可避免的遺忘。個體挾帶著過去，站立於當下，並且向未來期盼，孜孜書寫中，今與昔與未來同在。

從「言志」到「緣情」—個體的生命價值、內在聲音獲得群體的理解、認同，藉由回憶／書寫，超越形軀死生的限制，確保個人內在的流傳、確立自身的價值，「在得與失之間，唯有捕捉消逝的回憶，

〔註122〕鄭毓瑜：〈獨立的忠誠——直諫論述與知識分子〉，收錄於《性別與家園——漢晉辭賦的楚騷論述》（上海三聯，2006 年），頁 115～87。

以書寫對抗遺忘，才能坦然面對、甚或抵抗世事的變遷與生命的無常」〔註123〕，正是在回憶之中，個體得以擺脫經驗世界的干擾，作詩般的、建構另一種「重生」。

（二）魏晉士人的身體表情

1、身體與時空的對話

「時間」是永恆的，它不因人類的存在而存在，也不因人類的消亡而消亡，它是與宇宙同生、永恆持續的。由於它是不斷地向前推進，因此，任何事物在時間的審視下，均是變動無常、無所定止。另一方面，時間又是人生活時的韻律與節奏之所在。就其對人的影響來說，「時間」是無所不在，沒有人能夠脫離時間加諸其身的支配。

「時間」也是人體察旦夕飄忽、四時律動、生命壽夭……的重要基素。它也是人類獨有的感覺形式，雖然生活在宇宙中的所有生命體都受到時間的掌控，時間借著過去、現在、未來三種樣貌，與人的生命、思想、活動、情感……結合形成一個緊密的網絡；不論出生或是死亡，「時間」都引領著我們，也掌控著我們。因此「時間」可說是人類不可逃脫的魔障；它是無所不在，與人的生命息息相關。

而時間對人的掌控，最明顯的便是在身體的控制上。「身體」也是人類體察時間的重要指標，因為人對時間最直接的感觸往往都起因於自我歲月的流逝，亦即時間在身體上所鑄造的刻痕。這主要是因為「時間」是個無法具體見得的東西，如果不依靠針時器或空間載體的展現〔註124〕，它的流動將是無法捉摸，因此人往往容易忽略「時間」的存在。所以，當人突然將視線轉回到自我身軀時，時間的流逝在身體上所形成的急遽變化，將更深刻的讓人體驗時間的存在，也使得時間之感深刻的烙印在人的心中，故而極容易誘發出歲月不再的感嘆。

〔註123〕 史景遷（Jonathan D. Spence）著、溫洽溢譯：《前朝夢憶——張岱的浮華與蒼涼》（時報文化，2009 年）。
〔註124〕 李清筠：《時空情境中的自我影像》（台北文津，2000 年），頁 21。

例如陸機〈百年歌〉即明顯呈現出身體與時間的關係：

> 一十時。顏如蘾華晔有暉，體如飄風行如飛。……三十時。
> 行成名立有令聞，力可扛鼎志干雲。……五十時。荷旄仗
> 節鎮邦家，鼓鐘嘈囋趙女歌。……八十時。明已損目聰去
> 耳。前言往行不復紀。……百歲時。盈數已登肌肉單，四
> 支百節還相患。目若濁鏡口垂涎，呼吸嚘㖞反側難。茵褥
> 滋味不復安。（逯本頁 668）

由少年時期的光彩煥發、壯年時期的體力克壯、中年時期的安邦定
國，一直到老年時期的目濁肌單，時間毫不留情的在身體上刻下歲月
的痕跡；人的各種變化，也都脫離不了時間的面貌。

　　大抵說來，人對時間最直接的感觸，往往都起因於自我歲月的流
逝。所以見到自我形體的改變，最容易意識到時光的匆匆。霜鬢、白
髮、老病、朱顏暮齒、垂髫白髮……這些形體的轉變，無情的宣告了
時光的不再，也直接呈現了光陰的痕跡；人們一旦體會到自我形體的
轉變，時間之流便無情的籠罩在他的心中，而時間之流最終的歸結
點，即是「死亡」，所以「死亡」往往是誘發人們感嘆時光流逝的最
深沉因素。

　　在這種災異頻仍、朝不保夕、動盪失衡的魏晉時代背景下，生命
的無常之感，便深刻的烙印在士人的心中。例如陸機〈短歌行〉：

> 置酒高堂，悲歌臨觴。人壽幾何，逝如朝霜。時無重至，
> 華不再陽。蘋以春暉，蘭以秋芳。來日苦短，去日苦長。（逯
> 本頁 651）

詩中直接點出「人壽幾何，逝如朝霜」的「傷逝」之情。這個「傷逝」
之情，不僅是對「生命」的慨歎；也是對「人生苦短」的悲歌。對魏
晉人來說，「死亡」是隨時隨地、如影隨形的籠罩在他們的生命感知
裡，也造成了他們生命隨時會消亡的心理壓力。因為「死亡」會無時
無刻、不斷的打擊他們的生命，而「死亡」也將生命時間的持續性截
斷；它雖是每個人生命的必經之路，但在魏晉亂世的烘托下，它卻又
無所不在的滲透到「生」的每一瞬間。

因此在這短暫的逆旅、生死的交會中，魏晉人們不斷的詢問：「嗟人生之短期，孰長年之能執」、「寓形宇內復幾時，何不委心任去留」、「去此若俯仰，如何似九秋」、「千秋萬歲後，榮名安所知」……他們無不捫心自問：人生苦短，何苦繼續用堂皇大道來圈禁壓縮的生命？如何躲過生死大限？如何使短暫的人生不再留白？如何使自我的生命獲得解放？……這一個個的問題，無不擲地有聲的扣問著這群飽含鍾情，也飽含傷逝的魏晉名士們。故而他們不斷地發出：「人生如寄耳，頃風流得意之事，殆為都盡」、「死生亦大矣，豈不痛哉」、「天道信崇替，人生安得長」、「人生天地間，飄若遠行客」……的浩嘆，而這種種「人生如寄」的情懷，也縈繞了整個魏晉時期。因此，他們也試圖解開這重壓在他們生命上的壘塊。

而「身體」與「空間」的對話又是如何？「身體」是構成一個完整的「人」所不可或缺的具體形軀。人存在於世，必脫離不了自我的身體，就如同陳鼓應所說的：

> 存在卻是個具體的東西，處於某一個特殊的時間空間中。傳統形上學家都在致力於探索一些永恆不變之物。但是他們忽略了人是有時空性的存在，如果他不存在時，他的一切可能性也便隨之終斷，當然他內在的所謂『本質』也便因之而起變化或歸於消失。〔註125〕

人之生命的存有與否，取決於「身體」的存在，身體一旦銷毀，生命也就隨之蕩然無存；因此人受到身體的拘束，也受制於特殊的時空，所以說人是時空性的存在。

廣義的說，人之實體，就是指人的生命機體，也就是「身體」，它是人的一切現象的寓所，人的一切性質、活動、生命等均源於此；存在主義哲學家梅洛·龐蒂也曾說過：

> 我即我的身體。我的存在即是我的身體的存在，我的存有的全體結構也是全部含融在我的身體結構中。這個身體不

〔註125〕陳鼓應：《存在主義增訂本》（台灣商務，1999 年），頁 10。

　　是分開物我相對、靈肉分立的身體，它是一個含有開顯義、

　　含有『身體一主體』關聯性的身體。〔註126〕

可知人最基本體現自我存在的價值，是必須靠著「身體」的有無來界
定的；而「身體」也是人感受時空、展現生命所不可或缺的媒介；更
是人存在於時空之中的最直接依據。

　　就空間與身體的關係來說，空間上的方位、環境、居所……等物
項，都必須藉著身體的體察，投身其中，才對人形成特殊的意涵，也
才能形成空間的意義，所以「身體」是人感知空間的基本元素。但身
體與空間的對話，絕非僅只單方面的停留於感官的接收與體驗，因為
若僅停留在這一層級，人所擁有的空間經驗，就只是「有機值的空間」
罷了；而無法提升到心靈、知覺、符號……這些形而上的抽象空間經
驗了〔註127〕。

　　因此，就如同梅洛・龐蒂所說的：「身體」並非與心靈或精神相
對，靈與肉也非決然二分，相反的，他們是相輔相成的。因為情緒波
瀾往往必需依靠各種不同的身體表情化顯於外，黑格爾也說：「我們
應把身體及其組織看成概念本身的有系統組織外現於存在，這概念使
生物的一些定性在生物的肢體中得到一種外在的自然界的存在」〔註
128〕，可見唯有身體的存在與心神靈魂通體滲透後，才能組成一個完
整的生命形式。所以身體可說是感知空間的第一站，空間上的存有與
變換，引動了我們的身體，而身體的感受，也觸動引發了人的內心思
維，這個內心思維最終仍舊需要依靠「身體」這個心靈的符號暫外顯
於外，所以身體可說是人與空間進行對話時的立基點。

　　可知，身體和空間的關聯並不是處在一種固定不變的狀態。即便
空間是一個恆常存在的生活面向，而身體的活動也必然意含某種空間
的存在。若站在身體的存在必然意含空間的相對存在之前提下，我們

〔註126〕鄭金川：《梅洛・龐蒂的美學》（台北遠流，1993 年），頁 97。
〔註127〕恩斯特・卡西樂著、甘陽譯：《人論》（台北桂冠，1997 年），頁 64。
〔註128〕黑格爾著、朱孟實譯：《美學》（台北里仁，1981 年），頁 165。

不難看到身體的日常踐行與活動和一些特定空間之間的緊密關聯〔註129〕。例如魏晉時期的隱居山林，身體與山林有了緊密的結合，因此才構成了隱逸的事蹟。再如當時的戰亂頻仍，士人們或渡江，或遷徙、或離鄉、或流亡……，空間上的距離感也造成了身體的游移之嘆。或如當時對風水空間的重視，也可看出他們視自然與人體為一的觀念。可知，透過身體的經常性介入、記憶的積累、感情的投射、和生活的參與等等，身體與這些空間的關係於焉建立。而將身體嵌合於外在的物理空間，使身體和家庭、社會、國家……等較大體制產生一定的連結，人的的存在感也將獲得深化。

它也可以決定空間的建構，甚至透過這種決定來突顯自身的存在價值，例如六朝時期身體融入自然山水中的表現，以及魏晉士人將身體空間作一個重構與轉換之後，所重新建構出的空間體驗……。這些身體與空間的交融、重組，都展現出自我存在的意識，同時也宣示了自我身體主權的掌控。

2、時間下的釋放與拉鋸

對這些魏晉人來說，死亡的過於接近，反而促成他們對「生」的極度渴望。故而他們決定孤注一擲，用「身體」來化解生命所受到的箝制與壓抑，畢竟只有自我的「身體」才是可掌握的。

由此，他們釋放了自我的身體。展開了另一種身體表情來呈現自我的意志，這一種身體表情，即是縱情縱欲的身體。既然生命不易，所以「當下」成了唯一能夠把握的部分。因此魏晉人開始以現世享樂的人生態度來度日，及時行樂便成了魏晉時期的生命哲學之一。

而「酒」便是行樂時不可或缺的必備之物，就如同王孝伯所說的：「名士不必須奇才，但使常得無事，痛飲酒，熟讀〈離騷〉，便可稱名士」〈任誕篇〉，〈離騷〉是屈原遭到放逐時，表明心志所作的，他的怨誹憂時都在其中反應了出來，因此魏晉時期也藉著熟讀離騷來發

〔註129〕黃金麟：《歷史、身體、國家》（台北聯經，2001年），頁238。

洩他們對時代的不滿。除了「熟讀離騷」外,「酒」也是他們解除痛苦、釋放身體,達到縱欲縱情的手段之一;在《世說新語》中即映現了這一情形:

> 張季鷹縱任不拘,時人號為「江東步兵」。或謂之曰:「卿乃可縱適一時,獨不為身後名邪?」答曰:「使我有身後名,不如即時一杯酒!」〈任誕二十〉(頁739)

> 畢茂世云:「一手持蟹螯,一手持酒桮,拍浮酒池中,便足了一生。」〈任誕二十一〉(頁740)

> 鴻臚卿孔群好飲酒,王丞相語云:「卿恆飲酒,不見酒家復瓨布?日月久則糜爛。」群曰:「公不見糟中肉,乃更堪久。」群常與親舊書云:「今年田得七百斛秫米,不了麴糱事。」〈任誕二十四〉(頁742)

這幾則的記錄,都可以看出魏晉時代把握當下,及時行樂的人生態度;不論生死、名聲、世情、甚至德性如何,「盡情當下」才是最重要的。縱使留名青史,還不如及時的縱酒享樂,「未來」畢竟還太久遠,不是「現在」所能把握的。因此身後名,反不如即時一杯酒。故而他們認真的放達自我慾望,追求剎那間的滿足,以有限的生命來對抗不知何時將至的生死輪替;他們放縱自我的身體,浸淫在酒精的麻痺中。酒成了他們解放的樞紐,也提供他們忘卻痛苦的麻痺效果,更讓他們擺脫世俗的煩惱與不快,純任當下的縱情。

而竹林名士之一的阮籍,更以飲酒方便與否,作為職務上的選擇:

> 步兵校尉缺,廚中有貯酒數百斛,阮籍乃求為步兵校尉。〈任誕五〉(頁730)

因此可以說,「酒」就是他們在出世與入世之間的轉運點。魏晉人藉著酒逃脫入世的時光,也藉著酒來進入出世的光陰。飲酒後的沉迷,正可在短暫易逝的生命歷程中,達到且以樂今日的逍遙滿足。

「酒」,其實是魏晉人掌控生命、現世享樂的表現方式。飲酒之外,他們更要進一步擺脫世俗禮教、純任自我。因此,藉著酒精的催化,身體更成為對抗權力與禮教的工具,例如:

> 晉文王功德盛大，坐席嚴敬，擬於王者；唯阮籍在座，箕
> 踞嘯歌，酣放自若。〈簡傲一〉（頁 766）

阮籍無視晉文王的坐席嚴敬，他純任自我、旁若無人的「箕踞嘯歌，
酣飲自若」，此處，身體成了他對抗王權的工具。而阮籍除了無視上
位者的權力之外，更藉著身體的暢飲縱欲，開啓了居喪不率常理的作
風，因此，身體除了是他對抗王權的工具外，更進一步成了禮法的對
抗者。例如：

> 阮籍遭母喪，在晉文王坐進酒肉。司隸何曾亦在坐，曰「明
> 公方以孝治天下，而阮籍以重喪，顯於公坐飲酒食肉，宜
> 流之海外，以正風教。」文王曰「嗣宗毀頓如此，君不能
> 共憂之，何謂？且有疾而飲酒食肉，固喪禮也！」籍飲噉
> 不輟，神色自若。〈任誕二〉（頁 728）

> 阮公鄰家婦有美色，當壚酤酒。阮與王安豐常從婦飲酒，
> 阮醉，便眠其婦側。夫始殊疑之，伺察，終無他意。〈任誕
> 八〉（頁 731）

> 阮籍當葬母，蒸一肥豚，飲酒二斗，然後臨訣，直言「窮
> 矣」！都得一號，因吐血，廢頓良久。〈任誕九〉（頁 732）

但阮籍的率性行為之背後，其實包含複雜的情感，他一方面藉著身體
的率性行為反抗禮法，但另一方面，他卻將禮法中蘊含情感的部分展
露到極致。因此他的身體表現，深刻的展現了他的情感。

面對死亡的催逼時，魏晉士人呈現極端的兩種展現，一種是縱情
縱欲的身體，運用身體極盡享樂。另一種則是企圖延長身體時間，運
用身體進行一場與生命時間的拉鋸戰，這也就是養生惜時的身體表
現。

當時，魏晉名士之一的嵇康，便作〈養生論〉深入探討養生的方
式：

> 至於導養得理，以盡性命，上獲千餘歲，下可數百年，可
> 有之耳。……若此以往，恕可與羨門比壽，王喬爭年，何
> 爲其無有哉！（張本頁 1367）

嵇康的〈養生論〉可說是魏晉時期「養生」的代表，全文從服食養生，到虛靜的功夫，都在闡說身心兼施的養生之道。而嵇康所提出的〈養生論〉，大致呈現了道家與道教「形、氣、神」合一的養生觀點。道家與道教學派是將人體看做是由「形、氣、神」三個層次組成的三重結構〔註130〕。

　　那麼，要如何達到「形、氣、神」的保養呢？就如同嵇康所說的，要「體氣和平，又呼吸吐納，服食養身」，除此之外，還要「清虛靜泰，少思寡欲」以及「守之以一，養之以和」如此才能表裡俱濟、形神兼養。因此養生的首要目標，除了練氣服食外，就是要節制慾望。如同嵇康所說的：「欲之者，萬無一能成也」。

　　而除了節欲養生外，服藥行散，也是魏晉士人養生延命方式的一種，例如：

　　　　何平叔云：「服五石散，非唯治病，亦覺神明開朗。」〈言
　　　　語十四〉（頁74）

何晏服散，目的是為了獲得身體上的健康，更進而達到精神上的開啟爽朗。可見魏晉時期的服散養生風氣是極為盛行的，因為外在的亂世，是無可掌握的，唯有自我的生命才是具體的，因此他們對「生命」始終抱著一份永恆的期待，故而他們重視自我身體的保全，甚至希望藉著這個軀體，達到成仙的夢想。

　　因此對「生死」有著敏銳的感知，故而著重「形神」的保養，以獲得延年益壽的長生境界；而身體的保養，更是他們與時間進行的一場拉鋸戰，儘管他們曾在這場拉鋸戰上生生滅滅、跌跌撞撞，但是求仙服食、形神兼養不過是一種行為現象，其表層意蘊是要求得生命的永恆，而其深層文化內涵乃在於追求更大的生存空間，以求得生命的自由，更是對於人生的執著和留戀。

〔註130〕　胡孚琛：〈道家和道教形、氣、神三重結構的人體觀〉。收錄於楊儒賓主編：《中國古代思想中的氣論及身體觀》（台北巨流，1993年），頁172。

3、空間下的重置與轉換

魏晉之世，紛擾動盪，社會環境險惡無常，戰爭、黨爭、殺戮、遷徙、流亡⋯⋯綿延充斥整個四百多年的魏晉南北朝，士人們不管是志在千里、戀棧權位，明哲保身或是休養生息，他們都需要一個心靈上的暫憩之所。而這個休憩之所，對應於外，便形成對山水空間的企求。魏晉時期一個特殊的士人行為，即是隱逸山川，因此「山水」空間必然反映出魏晉時期士人的心靈思維以及社會、文化的意識。

米歇・傅柯曾經提出一個「虛構空間」的概念，認為虛構空間即非真實空間，是沒有真實地點的基地，是與社會的真實空間有一個直接或倒轉類比之普遍關係的基地，以完美的形式呈現社會（桃花源）或將社會倒轉（鏡花緣）〔註131〕。

山水，雖並非虛構的空間，但在士人的心靈層面，它卻是有別於現實世界的空間體驗。山水可以說是士人們將息心靈的處所，這個環境主要是安頓一顆欲求寧靜之心。

透過身體的經常性介入，使山水田園這個單純的物理空間，成為一個深受各方關注的；並與政治、社會、文化緊密相連的空間場域。故如同簡文帝與王胡之、王徽之所說的：

> 簡文入華林園，顧謂左右曰：「會心處，不必在遠。翳然林水，便自有濠、濮閒想也。覺鳥獸禽魚，自來親人。」〈言語六十一〉（頁 120）

> 王司州至吳興印渚中看。嘆曰：「非唯使人情開滌，亦覺日月清朗。」〈言語八十一〉（頁 138）

> 王子猷作桓車騎參軍。桓謂王曰：「卿在府久，比當相料理。」初不答，直高視，以手版拄頰云：「西山朝來，致有爽氣。」〈簡傲十三〉（頁 775）

因此山水空間可說是一個社會的倒轉，它卸除了社會上缺陷的一面，開啟了另一個優遊容與的空間，也呈現了士人們尋求高蹈瀟灑、隱逸

〔註131〕 王志弘：《流動、空間與社會》（台北田園城市文化，1998 年），頁 8。

脫俗的精神心靈。

　　外在社會的紊亂，讓魏晉士人不得不投身自然，轉而以自然山水來慰藉千瘡百孔的心靈。而身體的引領與啓迪，更將自然山水進駐到士人內心，也進一步開啓了他們的審美意趣。所以魏晉士人一方面睜開眼看著自我生命，一方面又雙眼炯炯有神的望著外部世界，他們從自然山水那裡發現了另一個樂園境地，也從而萌發、確定了自然山水的審美文化，更進而使山水空間成爲心靈與現實的一處平衡點；山水自然是他們處於現實環境下的一個喘息、暫憩、擺脫塵世紛擾、盡情展現悠然瀟灑的一方天地。

　　除此之外「身體」與「空間」還有另一種表現方式。他們企圖破除身體與空間的界線，將身體重構、轉換，進一步開展了自我的身體空間使外在的空間進入身體之中，達到物與我相合爲一的境界。

　　人可以透過身體的實踐，來轉化空間的區隔，因此身體並非只單向地接受空間的控制，它同樣可以反轉過來，成爲空間的生產者。透過身體的展演，空間形象得以獲得嶄新的樣貌，重新對人產生影響，而人也得以藉由身體與空間的交融，更具意義的體現了自我存在的價值。

　　魏晉士人同時藉著身體的展演型態，展現了空間重構、轉換的思維模式。例如中國自古即重視人與自然的關係，認爲人要能與自然自然融合，才能達到天、地、人合一的境界，也才能夠在悠悠時空中長治久安，甚至跳脫時空限制。最明顯的莫過於〈任誕六〉：

　　　劉伶恆縱酒放達，或脫衣裸形在屋中。人見譏之，伶曰「我
　　以天地爲棟宇，屋室爲褌衣，諸君何爲入我褌中？」（頁731）

劉伶以天地爲棟宇、以屋室爲褌衣的言詞，與他所作的〈酒德頌〉有異曲同工之妙。除了可以看出劉伶的任性放達外，也同樣可以看到他將身體空間擴大爲宇宙空間的想法。如果說「身體表現出許多的語言，這些身體語言是一種溝通方法，與其他人、物或神發生接觸」〔註132〕

〔註132〕李宗芹：《與心共舞——舞蹈治療的理論與實務》（張老師文化事

那麼劉伶便是藉著他的身體，來與自然宇宙相互溝通了，天地成爲他的屋宇，屋室成爲他的褲子；而他自己，則裸身開放了所有的觸感，以最自然無華的軀體，以及最極致的身體面積，去體驗天地八方；將天地萬物涵化於他的小小身軀中，也將無垠宇宙籠攝於有限形軀中。

劉伶乃竹林七賢之一，史書上說他：「放情肆志，常以細宇宙，齊萬物爲心。澹默少言，不妄交游……常乘鹿車，攜一壺酒，使人荷鍤而隨之，謂曰：『死便埋我』其遺形骸如此。」由於他的遺形骸，所以才能放開身體的侷限，齊萬物、細宇宙，也因此能打破人所受的空間限制，與天地、自然、萬物齊同平等。因爲人與天地、自然化合爲一，宇宙空間與人體相互滲透，便排除了有形的侷限，開闊成了一個無限大的宇宙空間，也重新展開了另一番生命機體的運作。

然而，這種將身體化約爲宇宙，將宇宙融合於身體的觀念，往往包含了以小容大的空間觀，意即以「身體」爲基礎單位，將身體所具存的現實空間擴大，以微縮外在的物件；而在這樣的情況下，身體便開始有了隨物而化的可能，例如：

郝隆七月七日出日中仰臥。人問其故，答曰：「我曬書。」
〈排調三十一〉（頁 803）

郝隆在面對俗眾不以內在的學養展現眞實知識，反以物質性的「書籍」來表徵自我的書香門第時，他便跳出眾俗之外，大言不慚地將自己的身體轉換重組爲知識的符碼：出日中仰臥、以肚皮爲書。展現自己學富五車的狂放，更藉此諷刺那些只知曬書，卻未必讀書的眾人僅著重書籍外物，卻無法坦率面對自我本身。而郝隆此舉，早已自信滿滿的宣佈：知識已然內涵於心中，而身體更成了知識的領域場，故而曬身即曬書，何庸曬書假象來表現自我學養呢？

除了劉伶之外，陶淵明詩中亦曾出現這種人與自然宇宙相化合的情形，例如〈讀山海經其八〉：

自古皆有沒，何人得靈長？不死復不老，萬歲如平常。赤

業，1998 年），頁 28。

　　泉給我飲，員丘足我糧。方與三辰游，壽考豈渠央。（逯本頁 1101）

詩的開頭雖是問句，但整首詩卻透露出詩人對生命、對天地自然的想望。他企圖劃破現實時空的限制，靠著飲赤泉之水、食員丘之樹，以獲得不死不老之萬歲平常；更進而達到與日、月、星同遊，與天地同壽的無邊神力。

　　人若能打破「身體」所受到的時空侷限，那麼不論生命長短或是範圍廣狹，這些時空限制，將不再是控制人的枷鎖，人也將獲得全面的自由。而將「身體」與天地自然幻化爲一體；將有限的自我，代換成無限的時空，便是一種獲得萬古長生的方法。

　　他們正是利用「身體」這個基礎，對「自我」進行一個存在的省思，呈現了一種自信滿滿的主體意識；也藉著身體空間的重組與轉換，重新尋找出自我生命的無限可能。

（三）獨特的記憶演出

1、醉狂與仙境的文學書寫

　　魏晉時期，由於時代的動盪，因此對生命歷程充滿了危機意識，死亡的過度貼近，也導致了生命型態的極度壓縮。處在這樣的情況下，身體理所當然的成爲壓縮生命中尋求解放的工具，不論是縱情縱欲，或是清靜養生，「身體」都獲得了最極致的運用；它不但是情與欲甚至是禮之間的實行者，也是規避死亡、延長生命的依據對象，故而他們的身體，往往沉溺於死亡的哀思與生的執著兩者之間；因此，身體的樣貌在時期呈現淋漓盡致的豐富發展。而在這種多樣發展下，也可以看出人對身體的掌控是充滿任性自我的，儘管他們對生命仍存有戒慎恐懼，但藉著身體，他們認眞的體現了自我的生命。不論是縱情縱欲或是清靜養生，都可以看到他們自信滿滿的操控著自我的身體。因此在人的身上，也可以看到身體主權的展現。

　　另一方面，魏晉之世統治者仍高高在上的宣揚禮教，在下位的士人們，對強權無所著力，只好赤裸裸的運用自我的身體作爲反抗的工

具。他們藉著自我身體的展演，尋求對抗的管道，因爲他們不再完全接受禮法的控制，他們開始利用身體出走自我的痛苦與快樂。因此，身體成爲他們在禮教壓抑下尋求自由呼吸的暗道。故而，身體的存在雖然讓他們無法超脫現實，但身體的存在，卻也讓他們尋求釋放之道，而他們藉由身體所作的種種展演，更是板蕩亂世下所綻放的一朵朵生之曼陀羅。

　　然而在「醉狂」的文學書寫中，可以發現「酒」並不會讓人獲得生理上的長生不老，但它卻可以讓沉迷其中的人們，進入一個虛構出來的理想樂土，暫時忘卻外在的牽掛。既然外在是無法控制改變的，那何不迷濛於酒的世界中，及時行樂呢！因此，魏晉士人便藉著「杜康」進入「自遠」、「箸勝」、「更堪久」的忘憂國度。例如：

> 劉伶病酒，渴甚，從婦求酒。婦捐酒毀器，涕泣諫曰：「君
> 飲太過，非攝生之道，必宜斷之！」伶曰：「甚善。我不能
> 自禁，唯當祝鬼神自誓斷之耳！便可具酒肉。」婦曰：「敬
> 聞命。」供酒肉於神前，請伶祝誓。伶跪而祝曰：「天生劉
> 伶，以酒爲名，一飲一斛，五斗解酲。婦人之言，愼不可
> 聽！」便引酒進肉，隗然已醉矣。〈任誕三〉（頁 729）

劉伶之妻明白說道：「君飲太過，非攝生之道，必宜斷之！」酒精，並不能達到身體上的長生之道，相反的，卻非攝生之道，宜斷之，但是在劉伶卻放任自我的慾望，「以酒爲名，一飲一斛，五斗解酲」，因爲酒能使他解開束縛，釋放身體，因此酒對他的重要性，甚至比妻子的殷殷期盼還重要，爲了飲酒，不惜欺騙作弄自己的妻子。再如：

> 阮宣子常步行，以百錢掛杖頭，至酒店，便獨酣暢。雖當
> 世貴盛，不肯詣也。〈任誕十八〉（頁 737）

> 山季倫爲荊州，時出酣暢。人爲之歌曰：「山公時一醉，徑
> 造高陽池。日莫倒載歸，茗丁無所知。復能乘駿馬，倒箸
> 白接䍦。舉手問葛彊，何如并州兒？」〈任誕十九〉（頁 738）

> 周伯仁風雅重，深達危亂。過江積年，恆大飲酒。嘗經三
> 日不醒，時人謂之「三日僕射」。〈任誕二十八〉（頁 744）

劉公榮與人飲酒，雜穢非類，人或譏之。答曰：「勝公榮者，
不可不與飲；不如公榮者，亦不可不與飲；是公榮輩者，
又不可不與飲。」故終日共飲而醉。〈任誕四〉（頁 730）

在這些篇章中，有的「至酒店，便獨酣暢」、有的「時出酣暢」、有的
「恆大飲酒」、有的「終日共飲」。藉著「酒」，他們不但解開了生命
時間的壓縮，同時也釋放了身體的侷限，呈現出自我的個性。他們對
現實感到失望，只好藉著酒精的麻痺，來揚棄社會責任，而醉酒之後
的狂放，更是他們否定環境，自我解脫的方式。從細部的日常秩序進
行顛覆滲透，意圖擺脫主流規訓對個體自主性的壓抑，酒，不過是揭
竿起義的移動令幟，革命的目的是要創造新的欲望和快樂模式；醉，
不過是身體表情的重塑，雖然舉止荒謬怪異，但可貴的是對外部世界
和生命自身的存在省思。

醉生夢死實隱含著哲學上的悲劇精神，結合著尼采（F. W.
Nietzsche）所謂的醉狂世界與夢幻世界，「它激發我們最狂放的希望，
也允許我們消除最劇烈的痛苦」〔註 133〕。

喝酒甚至已成了悲劇生命中的喜劇慶典，酩酊酣暢則是慶典中最
高潮的儀式，他們顯然蓄意放縱酒精在身體內的冒險，也驅遣他們在
文字之間遊戲。在《悲劇的誕生》中他鄭重推舉酒神戴奧尼索斯
（Dionysos）能使我們在劇烈的痛苦刺激中感受到生命力的永恆欲
望，他說：

戴奧尼索斯藝術也希望我們相信存在的永恆快樂，但是他
堅認我們不是在現象中找尋這種快樂，而是在現象背後去
尋找它。它使我們瞭解，所有被創造出來的東西必須準備
面對其痛苦的死亡。它使我們看到個別存在的怖畏，但並
沒有使我們因此而轉向消沈：一種形而上的安慰時時把我
們提升到流動不居的現象之上。我們自己暫時會變成這原
始的「存有」（being），而我們也經驗到它對存在之無法饜

〔註 133〕尼采（F. W. Nietzsche）著，劉崎譯：《悲劇的誕生》（台北志文，1996
年），頁 159。

足的渴求。〔註134〕

這樣看來，尼采或許是魏晉醉人的異國知音，透過他的酒神理論，我們不難理解魏晉的相關作品因為散發著酣暢的酒氣，所以酒氣中既蒸騰著活潑的生命元素，也壓縮著蓄勢待發的悲劇意識，文人在書寫醉酒經驗時，一方面是原始而熱烈的生命情感，一方面卻又透露出對犀利人生的冷漠和敵意。

《晉書·阮籍傳》說：「籍本有濟世志，屬魏、晉之際，天下多故，名士少有全者，籍由是不與世事，遂酣飲為常。文帝初欲為武帝求婚於籍，籍醉六十日，不得言而止。鍾會數以時事問之，欲因其可否而致之罪，皆以酣醉獲免。」〔註135〕可見阮籍的酣醉行為，不宜率爾以縱欲沈湎加以指責；且其執意求醉的欲望，也並非是表層感官上的放縱；相反的，更可能是為了維護自我意識的擬態策略。如假包換的酩酊大醉使阮籍維護了最起碼的自體、自覺和自由。

在自我仍未內建真正穩固且超然的獨立性時，即使能在醉酒空間中虛擬自由的情境，酒醒之後的現實人生也依然對他傾銷痛苦，所以阮籍「率意獨駕，不由徑路，車跡所窮，則慟哭而反。」〔註136〕此或即是尼采酒神理論中悲劇精神的體現。

這類局部的、零碎的、滑稽的身體策略，能對權力世界發揮多大的拒絕力量？雖然傅柯認為在人類社會的權力空間中，雖然有一個由多種多樣的力量關係所構成的權力網絡在進行生活和行為的控制，微觀的身體書寫似乎無法撼動巨大的權力空間。但是魏晉的醉酒文本總流露著悲劇的蒼涼氣氛，唯一的驕傲狂喜，可能是他們覺察到自己其實可以瞬間滲入這片稠密的權力網絡，暫時自由穿梭於其間，繼續零星的、游移的製造一些分裂點。

〔註134〕尼采（F. W. Nietzsche）著，劉崎譯：《悲劇的誕生》（台北志文，1996年），頁73、112、114。
〔註135〕房玄齡等撰：《晉書》，頁358。
〔註136〕房玄齡等撰：《晉書》，頁358。

　　而魏晉時期，世道的動亂、空間的錯位移置，同樣也影響了身體的展演，身體必須在茫茫無所依的空間之中不斷游移，儘管處在板蕩之中的士人們，亦曾努力地突破空間的限制，但卻仍掩不住空間改換所帶來的憂傷情懷，因此也就形成了魏晉時期矛盾衝突、徬徨無依的時代氛圍。

　　空間與身體有著密不可分、複雜又多樣的關係。人的種種活動，都必須依靠身體的存有，主動地將自我放置在「現場」，所以只有藉著身體場域才能進一步與世界作真正的溝通、聯繫〔註137〕。

　　而身體的展演必定是落實於空間之中，因為空間是承載身體的所在，故身體的展演往往必須靠著不斷地與空間進行對話而達成，因此空間所擁有的權力亦遍透於身體之中；空間的型態，亦會影響身體的呈現，但是身體並非單項的處於接受者的位置，相反的，身體亦具有啓迪與引領的角色；身體除了引領啓迪了山水空間的美感與重要性之外，魏晉士人也更進一步將自我形軀與宇宙自然相互化合，將身體重構轉換成另一種空間體驗，如此也解除了身體所受的時空侷限，成就了另一種永恆無限的生命形式。

　　加斯東・巴舍拉（Gaston Bachelard 1884～1962）在他以現象學為基礎的文學論著中，特別強調以現象學方法研究詩的意象，「不關心詩人的生活歷史、心理情結」只「全神貫注於詩人提供的嶄新形象。」著重「一刹那間的頓悟」而不作「種種經驗性的描述。」〔註138〕巴舍拉提出「夢想的詩學」，將想像力置於最重要的地位，認為想像是「心理變化的直接激發機制」，能讓人「擺脫沉重的穩定性之羈絆」。但作為他研究對象的夢想是「詩的夢想」也就是「形諸筆墨的夢想」。因為，「夢想」要成為「詩的形象」必然經過「排列、組合」再化為

〔註137〕劉淑敏：《梅洛龐蒂《知覺現象學》概念之內涵》，文化大學哲學研究所碩士論文，1995 年，頁 54。

〔註138〕加斯東・巴舍拉（Gaston Bachelard）：《夢想的詩學》，劉自強譯（北京三聯，1997 年），頁 5～6。

鏗鏘有聲的詩語，這樣的夢想，才能傳達，讀者才能更深刻的體驗這一夢想。而「當夢想者的幻想，因其詩的價值，準確地呈現出協調一致時，會有一種融匯貫通的力量。」「夢想，就這詞的全部意義來說，它使夢想者詩意化，一種詩化的強大力量，是所有心理的力量都能在其中獲得和諧的心靈的詩學」﹝註139﹞。

　　而詩人寫入歌詩的夢想，更因形象之美，而魅力倍增。「魅力在於比喻的不凡及罕見詞的聯合。」而這種將夢想，經由「不平凡的比喻」及「罕見詞的聯合」，轉變爲詩中美的形象，必須具備「某種技藝」。﹝註140﹞當然，技藝的高下，正是詩歌藝術成就高下的關鍵。《文心雕龍‧神思》所云「故思理爲妙，神與物遊。神居胸臆，而志氣統其關鍵；物沿耳目，而辭令管其樞機。樞機方通，則物無隱貌；關鍵將塞，則神有遯心。」﹝註141﹞想像力與比喻、用詞符應，成功表達爲美之形象，正是「神思」與「辭令」關連之所繫。

　　巴舍拉也特別提出「孤寂感」、「孤獨的心靈」爲夢想者的心靈現象。孤獨者的夢想「具有一種穩定性，一種寧靜性，有助於我們逃離時間。」詩人的心靈「並不生活在時間的長河中，它在夢想所想像的天地中，找到自己的寧靜」﹝註142﹞。

　　而想像中的仙境超凡脫俗，即具有這種特質，以下略舉嵇康阮籍的遊仙詩作品爲例：

　　　　遙望山上松，隆谷鬱青蔥。自遇一何高，獨立迥無雙。願想遊其下，躋路絕不通。王喬棄我去，乘雲駕六龍。飄飄戲玄圃，黃老路相逢。授我自然道，曠若發童蒙。採藥鐘山隅，服食改姿容。蟬蛻棄穢累，結友家板桐。臨觴奏九

﹝註139﹞ 加斯東‧巴舍拉（Gaston Bachelard）：《夢想的詩學》，劉自強譯（北京三聯，1997年），頁21～22。

﹝註140﹞ 加斯東‧巴舍拉（Gaston Bachelard）：《夢想的詩學》，劉自強譯（北京三聯，1997年），頁219及頁17。

﹝註141﹞ 劉勰《文心雕龍》（台北：台灣開明書局，1963年），卷6。

﹝註142﹞ 加斯東‧巴舍拉（Gaston Bachelard）：《夢想的詩學》，劉自強譯（北京三聯，1997年），頁20。

韶，雅歌何邕邕。長與俗人別，誰能睹其蹤。〈遊仙詩〉（逯
本頁 488）

嵇康以「長與俗人別」作爲心之所歸，他要「蟬蛻棄穢累」去與松喬
爲鄰，不肯在穢濁人間，動搖增垢。稱「俗人」，稱「穢累」、「垢塵」，
都顯明他對人世的不滿與不屑。其在仙境「俯視當路人」，嵇康的俯
視卻徒增人世不堪託身之感，更堅定他遺物棄累，遠離塵垢的決心，
表現出因遊仙而愈增其鄙棄富貴，沖穆虛靜的隱逸心態。

天網彌四野，六翮掩不舒。隨波紛綸客，汎汎若浮鳧。生
命無期度，朝夕有不虞。列仙停脩齡，養志在沖虛。飄颻
雲日間，邈與世路殊。榮名非己寶，聲色焉足娛。採藥無
旋返，神仙志不符。逼此良可惑，令我久躊躇。〈詠懷四十
一〉（逯本頁 504）

阮籍雖在神仙求道這條路上「逼此良可惑，令我久躊躇」，但對於「天
網彌四野，六翮掩不舒」，世俗禮法的鄙棄是明顯可見。「想像中的仙
境」「世俗中的禮法」，在內與外所形構出的迷思中，意味著建立在這
兩個語彙之上的異化作用。除了表現兩者形式對立之外，更進一步在
兩者間形成了異化與敵意。而詩人在自我構築的心靈想像空間中，心
思得以集中，內部與外部的辯證，才產生了它的力量。

而仙境中的描寫，往往如如此美好：

俗人不可親，松喬是可鄰。何爲穢濁間，動搖增垢塵。慷
慨之遠遊，整駕俟良辰。輕舉翔區外，濯翼扶桑津。徘徊
戲靈岳，彈琴詠泰眞。滄水澡五藏，變化忽若神。恒娥進
妙藥，毛羽翕光新。一縱發開陽，俯視當路人。哀哉世間
人，何足久託身。〈五言詩三首之三〉（逯本頁 489）

「詩人、畫家藉著一條隧道，在自己的囚室裏破壁而出。……當他們
繪出自己的夢，他們就穿過牆上的縫隙逃脫了。爲了逃獄，所有的方
法都是好的，如果有必要，純然的荒謬就可以帶來自由。」〔註 143〕

〔註 143〕《空間詩學》，頁 241。

這是一種「幸福的遼闊感」。﹝註144﹞，「並不真正屬於客觀世界」「並非來自眼前景觀，而是來自思想那不可測的深度。」﹝註145﹞「浩瀚感除自身外，沒有其他背景。當誕生於私密內在的浩瀚感，在一種狂喜的感受中，消融並吞併了感覺世界，⋯⋯我們清楚感受到日夢循序擴大、膨脹，直到終極頂峰。」﹝註146﹞而詩篇中所塑造的空間「遼闊」，「總是召喚平靜、安詳與寧謐。它表達一種屬於生命的、私密的信念，並帶來那種從我們自身存有之幽蔽處響起的迴聲。」「遼闊，教導我們深深呼吸棲息在遙遠地平線的空氣，彼端的氣息，遠離引人焦慮的幻想牢獄﹝註147﹞」。

　　魏晉時期，是中國政治上最混亂，社會上最苦痛的時代，然而卻是精神史上極自由，極解放，最富於智慧，最濃於宗教熱情的一個時代。因此也就是最富有藝術精神的一個時代﹝註148﹞。故而各種外在束縛的解放，也使得身體開始對禮法進行反抗，這樣的過程便成為開啟身體豐富表情的重要契機。魏晉士人的種種面容，都呈現了他們所受到的痛苦、不堪、承擔以及超越，因此，他們的身體表情在在展現了他們的愁懷以及美感，他們的生命個體，是那麼清晰地藉著身體展演而映現目前。

　　在魏晉詩文中，常見文士們彷彿懷著一種鄉愁的衝動在追尋自我的原鄉，他們一般也是寄情於詩酒的幻境中，讓流徙的靈魂稍事逗留。或是虛懸於仙鄉的幻象空間，求取欲望的補償或是苦難的救贖，甚至如能放逐自我於無何有之鄉，也是精神的平寧寄託。﹝註149﹞對

﹝註144﹞　《空間詩學》，頁 286。
﹝註145﹞　《空間詩學》，頁 287～288。
﹝註146﹞　《空間詩學》，頁 290。
﹝註147﹞　《空間詩學》，頁 294。
﹝註148﹞　宗白華：《美從何處尋》（板橋元山，1985 年），頁 187。
﹝註149﹞　任繼愈主編：《中國哲學發展史》，頁 160～162 有言：「名教作為一種社會制度，一種不依人的意志為轉移的定型的政治倫理實體，是人的本質力量的異化。⋯⋯阮籍、嵇康後期的思想就是對這種客觀異化的主觀反映，現實世界的二重化導致了他們的自我意識和人格

此，雪萊（P. B. Shelley）的意見頗可參考，他認爲當我們發覺現實世界已然混沌無序時，另創一個新宇宙的動機就被誘發了。以詩而言，創造詩境的原初行動來自於此種心靈的反映，因著這個煥然一新的虛擬世界，「使我們成爲另一個世界的居住者，同那個世界比較起來，我們的現實世界就顯得混亂不堪〔註150〕」。魏晉文人也虛構了一個亦眞亦幻的境相，一個準烏托邦（a quaei-utopian space），透過這個幻境，他們凝視著自我生命的徘徊。

的二重化……是以痛苦矛盾，徬徨無依……由於名教是一種無法超越的異化的現實，脫離了名教的自然只是一種虛無飄渺的幻想，所以他們的自我意識既不能在名教中得到安息，又不能在自然中找到寄託。……那麼唯一的出路就只有退回到自身，在純粹意識中建立一個新的精神支柱，尋找在現實世界中失去的自我了。」。

〔註150〕艾布拉姆斯（M.H.Abrams）著，酈稚牛等譯：《燈與鏡》（北京大學出版社，1989 年），頁 452～453。

第三章　仙話與文學作品的交涉

第一節　神仙的圖譜世界

（一）理論基礎：不死探求——尸解變化

　　道教所抱持的生命態度與儒家異趣，也與佛教的教理迥然不同。其所要求的「存在」保證，不訴諸理性主義的立場，不從三不朽中博取生前死後的塵世浮名，這是與儒家現實觀點不同之處；但它也並不將永生置諸涅槃等一類極樂世界，往生樂土之說對於道教而言，顯得飄渺而不實際。所以道教的永生是折衷、調停於儒、釋之間，在現實世界中尋求長生不死，因而在名山中尋獲和諧安樂的樂園，建立其神秘性的宗教與圖說。在現世中享有生命的不朽，並建立神仙的樂土，正是中華民族共有的理想與願望，乃是民族的夢，這就是古代神話中的變化神話與樂園神話。這些和夢相似的象徵符號，激發並支配老祖先，尤其是一些與原始宗教有關的古巫、方士常借此滿足其隱藏於意識深處的理想與願望。道教中人吸收前道教時期的變化神話，將其精緻化、理論化之後，納入複雜的神仙神學體系中，成就其獨特而影響深遠的神仙思想。

　　「變化」是仙道傳說的重要律則，也是道教修練成仙說的中心思

想。干寶、葛洪等人對於「變化」的相關理論及例證，均具有突破性的成就。干寶在《搜神記》卷十二所作的〈五氣變化〉〔註1〕，爲此下數卷變化說的序論。他首先強調「天有五氣，萬物化成」，將五行、五德的性質與元氣說結合，說明氣分清濁因而產生不同的人物。其中的和氣、異氣也就指明正常與反常的氣，他說「苟稟此氣，必有此形；苟有此形，必生此性。」就是從氣化觀點解說萬物的性質及彼此之間的差異性。對於「正常」的生殖，即爲常氣、常態，他並不予以詳說，卻注意及「反常」的變化，這就是《禮記・月令》、《大戴禮・夏小正》所保存的古生物知識：

> 千歲之雉，入海爲蜃；百年之雀，入海爲蛤；千歲龜黿，能與人語；千歲之狐，起爲美女；千歲之蛇，斷而復續；百年之鼠，而能相卜：數之至也。春分之日，鷹變爲鳩；秋分之日，鳩變爲鷹：時之化也。故腐草之爲螢也，朽葦之爲蛬也，稻之爲蟲也，麥之爲蝴蝶也；羽翼生焉，眼目成焉，心智在焉：此自無知化爲有知而氣易也。雀之爲蛤也，蛬之爲蝦也：不失其血氣而形性變也。若此之類，不可勝論。〔註2〕

這段文字一共分成四部分：第一部分以數至說，認爲年數、氣數一旦到了某一極限，就會發生變化。因爲文中諸物能活百年、千歲都是超乎「正常」的壽數，因而也有超常的變化現象。第二部分則爲時化說，時節變化而引起生物變化，顯示農業社會對於時序流轉的周期性，具有神秘性的意義。這些都屬於生物互變，自有知化爲有知，其氣不易。另一類自無知化爲有知，其氣亦易，則屬於第三部分的生物、無生物的互變。當時人較爲注意血氣不變，而形性可變的現象，認爲生命的本質可以連續，而其外形並不是固定的、不變的形狀。

葛洪之論變化更是明顯地基於氣化思想，《抱朴子》一書中頗多

〔註1〕干寶，汪紹楹校注：《搜神記》（台北里仁，1982 年），頁 146。
〔註2〕干寶，汪紹楹校注：《搜神記》（台北里仁，1982 年），頁 146。

取法於他夙所仰慕的王充《論衡》及王符《潛夫論》等〔註3〕。其中吸收王充論氣及變化的論點，卻將其轉化爲他所熱衷的神化之說。〈至理篇〉〔註4〕曾說：「夫人在氣中，氣在人中，自天地至於萬物，無不須氣以生者也。」氣化說爲《抱朴子》的基本觀念，由此衍生出一套繁複的變化說，凡包括擬科學的生物變化說、神話傳說的變化說以及生產技術的變化說，葛洪將其綜括而成神仙變化說的信念。

　　《抱朴子・論仙篇》還有一段論難式的文字，闡說變化的可能性：
　　　若謂人稟正性，不同凡物，皇天賦命，無有彼此。則牛哀
　　　成虎，楚嫗爲黿，枝離爲柳，秦女爲石，死而更生，男女
　　　易形，老彭之壽，殤子之夭，其何故哉？苟有不同，則其
　　　異有何限乎？〔註5〕
這段話中隱隱有批評《論衡・無形篇》之意，從此一觀點也導出了另一個結論，即王充認爲人稟得正性，故獨不變；葛洪卻認爲人與凡物並無不同，也可變化，變化之後，也無不同。尤其他的例證中所用的牛哀成虎，正是王充在《無形篇》中取與鯀化黃能並舉的，認爲人不可冀望化爲禽獸，因爲「天地之性，人最爲貴。」《論死篇》則以牛哀爲例，說明「其形尚存，積氣尚在」的未死狀態，故猶能變化，一旦死身就不可化爲生象。葛洪則反舉其例，以此說明變是可能的。

　　道教將變化說引進其神仙體系中，最主要的是發展爲「尸解變化」仙說，它出現於前道教時期，至魏晉時期才被整備爲最具規模的變化成仙說，是道教三品仙說中最能表現其生命觀的一種，也最能代表中國人以較爲神秘的宗教理念解說死亡的難題。

　　尸解爲一種巫術性信仰，也源於生物觀察，這是原始宗教的共通

〔註3〕　大淵忍爾：《道教史の研究》（岡山大學共濟會，1964 年），頁 136～
　　　　183。
〔註4〕　文淵閣四庫全書第 1059 冊，抱朴子內篇（台北商務，1983 年），頁
　　　　29。
〔註5〕　文淵閣四庫全書第 1059 冊，抱朴子內篇（台北商務，1983 年），頁
　　　　6。

觀念。中國有典型的蟬蛻、蛇解的古物與記載,顯示神仙思想形成之前已有探求不死的信仰。戰國時期的求仙活動讓方士之流重新賦予蟬蛻蛇解以新意,所以其後劉安方士集團就以「蟬蛻蛇解,游於太清」《淮南子・精神訓》,作爲成仙的象徵;仲長統也以「飛鳥遺跡,蟬蛻亡殼,騰蛇棄鱗,神龍喪角」與至人能變並列《後漢書・本傳》,作爲變化的現象;至於邊韶《老子銘》以「道成身化,蟬蛻渡世」,作爲神仙度世的表現。兩漢社會將解化的巫術性思考,當作成仙的隱喻,可謂爲尸解變化說的核心。

道教興起之後對於尸解說就具有更周備的觀念,陶弘景《登眞隱訣》中有段佚文說:「尸解者,當死之時,或刀兵水火,痛楚之切,不異世人也。既死之後,其神方得遷逝,形不能去爾。」〔註6〕其中有兩點值得特別注意:一是解脫之法,舉凡刀兵水火均有之,就是尸解法中的刀解、兵解、水解、火解等,除此之外,還有上尸解法的劍解、藥解等,爲道教公認的解脫之道。二是形神問題,先解去陽形,然後神才得以遷逝,而得以自由逍遙,達到變現自在的境界。遭戒殺的郭璞《神仙傳》稱其殯後三日,「開棺無尸,璞得兵解之道。」將戰死刑殺的頭足異處稱爲兵解,猶是古之遺意。

葛洪所錄存的杖解傳說最爲詳細,《神仙傳》中的壺公、李意期傳,在《抱朴子・論仙篇》中特別強調其爲尸解法:

> 近世壺公將費長房去,及道士李意期將兩弟子去,後人見之。皆在郫縣。其家各鑿棺視之,三棺只有竹杖一枚,以丹書於杖,此皆尸解也。〔註7〕

煉丹術流行後最爲奇特的就是藥解法,葛洪《抱朴子》最爲稱頌金丹,相信服食奇特的丹藥就可以傳達其不腐不朽的屬性,這是依據巫術原理。尸解的方法及所附麗的傳說也隨時代而有所演進,它正是

〔註6〕 李昉:《太平御覽》,第四冊卷六六四(台北商務,1967年),頁3093。
〔註7〕 文淵閣四庫全書第1059冊,抱朴子內篇(台北商務,1983年),頁9。

道教發展過程的反映。

（二）超凡懸絕的聖地──洞天福地的形成

仙境傳說的基型應遠溯於古代中國的樂園神話，樂園神話至戰國晚期顯然已漸有東西兩大系統：西方以崑崙爲中心，東方仙山則爲蓬萊仙島，此即漢人觀念中的「覽觀縣圃，浮遊蓬萊」《漢書・郊祀志》。而巫者的部分職能則漸衍化爲方士之流，干求於帝王階級，以封禪求仙希求個人永生的願望，此爲秦皇、漢武等貴族化的求仙行動。漢朝仙境的轉變，一爲仙境所在漸由崑崙、蓬瀛的飄渺仙鄉，移轉於中國輿圖內的名山；一爲成仙者的身分漸由帝王、方士，轉變爲有志學道的平民及道士。〔註8〕漢末以至魏晉，神仙道教崛起後，即吸收、容納此一繁雜的求仙傳統，加以組織後完成一極具現實色彩的民族宗教。

道教的本質深具民俗性和現實性，能以通俗民間信仰、傳說爲基礎，廣泛涵融諸多學派及方術，而其目標則以追求現實的永生爲其願望與理想：人間的樂園即爲一完美而和諧的世界，超脫於時間、空間的圍限，自由自在地享有其永恆的生命。因此其刻意安排的樂園，較諸古代崑崙、蓬萊的神話世界更富於人間性和現實性。魏晉南北朝三百餘年，政治的分裂、經濟的破壞、社會的動亂，均一再促使亂世人民藉諸宗教信仰、仙境傳說，以滿足其飄渺、隱微的心願。類此時代的悲願使得神仙道教所揭示的理想樂園，結合原本淵遠流長的樂園傳說，形成一種新型仙境說。

而此仙境說「洞天福地」的宇宙構成觀念，乃吸收緯書地理說的洞穴相通。此種宗教輿圖說，相信輿內名山，洞穴交通，組織爲一個龐大的世界。從現存的六朝筆記、道籍考察，道教洞天說約同時出現於魏晉時期，但有關洞天的一些基本觀念則應溯源於漢代緯書中的神

〔註8〕　參余英時：〈Life And Immortality in the Mind of Han China〉，《*Harvard Journal of Asiatic studies*》Vol. 25（1964）。

秘輿圖說。根據道教形成期既已大量吸取前道教期的各種駁雜多端之
學，借以構成其宗教體系，洞天說也是道教中人所吸收、容納的漢代
神聖地理說，是一種混合宗教、神話與擬科學的神秘輿圖說。

　　《太上靈寶五符序》（《道藏》衣字號）〔註9〕的出世與流傳應該
也在東晉前後，屬於靈寶經派的古道經。其中保存了一段極為奇特的
遊歷包山洞穴傳說，它固然是安置於道經出世、傳授的神話氣氛中，
但其記述分明的人洞經歷，則是基於實際的探險歷程的經驗。

> 不知其所極。隱居當步行可七千餘里，忽遇羣孔雜穴，千
> 徑百路，沙道亂來，俱會一處。形象相似，門戶同類。其
> 叢徑之口，有金城玉屋，周迴五百里。於眾道中央，明月
> 朗煥，華照逸光。其中帷帳牀机、窻牖密房，錯以紫玉，
> 飾以黃金，雲厦凌天，莫識其狀。於是顧盼無人，瞻望城
> 傍，見題門上曰『天后別宮』，題戶上曰『太陰之堂』。隱
> 居知是神館，不敢冒進門內。乃更齋戒思真三日，束修而
> 入，看行其內。於玉房之中、北机之上，有一卷赤素書，
> 字不可解。隱居再拜，取書曰：『下土小臣，為吳王使，請
> 此神文以為外施，真氣信效。』既還出外，而見其門戶自
> 閉。聞其中有簫鼓激響、人馬之聲。隱居震懼，不敢久息。
> 又不敢復進前路，恐致迷亂，不知歸向，於是迴返。齎所
> 得書以獻闔閭。（卷上，第七，頁 724）

這是一段富於道經出世神話的描述，如門、戶上的題字就是仙道化的
洞說；其次是齋戒存思的行為，借潔淨身心而後才可入看天書，而取
得出戶，所聽聞的簫鼓、人馬，也是道經傳世的常見異象。將道經烘
托得神秘至極，是道教中人基於寶秘道書的祕傳性格，因此敘述如此
的離奇、奇幻。但入洞戶之前卻是一段極為寫實的登涉經驗，其中值
得注意的有孔穴的難行狀況、洞中的光線、布置等，都是反映了江南
地質學上的實際情況，再略加修飾後就成為經行洞穴的探險記錄。

〔註9〕《太上靈寶五符序》卷上第七，《正統道藏》第十冊(台北新文豐)，
　　　頁 724。

　　第二段的筆調也近於寫實，這一段敘述詳細的洞中遊記，在當時人的聽聞中，是極具冒險性的洞穴之旅：

> 自說初入乃小晻，須火而進，然猶自分別，朦冥道中，四方上下皆是青石，方五六丈許，略爲齊等。時復有廣狹處，其腳所履，猶有水濕。或一二里間，隱居行，當出一千里，不復冥晻，自然光照，如白日大道，高燥揚塵，左右有陰陽溝，三十里，輒有一石井，水味甘美，飲之自飽，不飢。或見人馬之跡，旁人他道，其隱居所行路、及左右壁，似白石，皆洞照有光，廣七八十丈，高暨二百許丈，轉近洞庭，不復見。上所極，仰視如天，而日光愈明，明如日盛中時；又不溫不涼，和氣沖然。聞芳香之氣鬱勃，終而不休。及道邊，有房室、亭傳，奇瑋雕鏤，不可目名。既至眾道口，周行廣狹，隱居回，相去可四五十里，四面有玉柱，爲揭題曰「九泉洞庭之墟」。其間植林樹成行，綠葉紫榮，玄草白華，皆不知其名也。五色自生七寶，光耀晃晃，飛鳳翔其巔，龍麟戲其下。斯實天地之靈府，真人之盛館也。（卷上，第八，頁725）

其中有些母題是仙境小說的基本構成單位，如洞中日月是光亮的由來，石井水的甘美是服食之物，至於芳香之氣和佳樹成林及其他靈禽珍獸，則是製造仙境的奇幻情境。

　　而陶弘景《真誥‧稽神樞》一開始就介紹金陵福地：「洞虛之膏腴，句曲之地肺也」，又說：「此山洞虛內觀，內有靈府，洞庭四開，穴岫長連，古人謂爲金壇之虛臺，天后之便闕，清虛之東窗，林屋之隔沓，眾洞相通，陰路所適，七塗九源，四方交達，真洞仙館也。」這段綜論金陵形勝的勝概之下，陶弘景有段註解：

> 此論洞天中諸所通達。天后者，林屋洞中之真君，位在太湖苞山下，龍威丈人所入得靈寶五符處也。清虛是王屋洞天名，言華陽與並，並相貫通〔註10〕

─────────────

〔註10〕陶弘景：《真誥》，卷十一第一，《正統道藏》，第三十五冊（台北新文豐），頁99。

這段註解的旨趣，除指出靈寶五符序的傳說在前，也說明當時也有其他洞天的存在。「洞天福地」之說的完成，〈稽神樞〉：「大天之內有地中之洞天三十六所，其第八是句曲之洞，周迴一百五十里，名曰金壇華陽之天。」這裡所標示的「三十六」是中國人常用的聖數觀念，運用聖數、成數的神秘數字作為品題、標示，尤其盛行於漢晉之際，將中國輿圖上的名山，聚於「三十六」的名數之下，是為其結構主因之一；另外就是利用洞穴相通說，有意識地將名山關係化、組織化，成為一個整體的中國神聖輿圖說。〔註11〕

福地說也與洞天說一樣都是取自緯書之說，葛洪只說「山神必助之為福」，《真誥》為了說明「金陵者，兵水不能加，災癘所不犯。」就引述了三段河圖緯，成為保存古緯書的珍貴資料：

> 《河圖中要元篇》第四十四卷云：「句金之壇，其間有陵，兵病不往，洪波不登。」正此之福地也。（頁100）

> 句曲山其間有金陵之地，地方三十七八頃，是金陵之地肺也。土良而井水甜美，居其地必得度世、見太平。《河圖內元經》曰：「乃地肺，土良水清。句曲之山，金壇之陵，可以度世，上升曲城。」又《河書中篇》曰：「句金之山，其間有陵，兵病不往，洪波不登，此之謂也。」（頁100）

河圖緯將沒有兵、病、洪水之地即視為人間的樂土，正反映當時人民所嚮往的人間仙境即為亂世的願望。福地之說也是淵源於緯書，如〈孔子福地記〉云：「崗山之間有伏龍之鄉，可以避水、辟病、長生。」楊羲所書：「桐柏之金庭，吳句曲之金陵，養真之福境，成神之靈墟也。」福地、福境以及福庭之類語俱是，到司馬承禎時又集成七十二福地之說，載於《雲笈七籤》卷二十七的就已是結構龐偉的福地說。

而「洞天福地」說在文學作品上多所運用，現存的資料中較早的一則見於東晉初虞喜所撰的《志林》之中：

〔註11〕三浦國雄：〈洞天福地小論〉，刊於《東方宗教》第61號（1983年五月），頁1～23。

> 信安山石室，王質入其室，見二童子方對棋，看之。局未
> 終，視其所執伐薪柯，已爛朽。遽歸，鄉里已非矣。〔註12〕

這條神奇的仙境「洞天福地」遊歷傳說，後來也為梁、任昉所轉錄《述
異記》卷十。情結僅小有出入，但增多了食棗等母題，也就是增加了
服食傳說，為較晚出的現象：

> 信安郡石室山，晉時王質伐木至，見童子數人，棋而歌，
> 質因聽之。童子以一物與質，如棗核，質含之，不覺飢。
> 俄頃，童子謂曰：「何不去！」，質起視，斧柯盡爛。既歸，
> 無復時人。〔註13〕

爛柯的驚訝感與再入山的慕仙說，使王質傳說在六朝末期成為倍受歡
迎的新典，現存的至少有三首詩曾援引爛柯典故的都是與南朝有淵源
的文士，說明了當時作家對於筆記、類書中的新事類特別具有發現運
用的能力，因而將新鮮有趣的斧柯說話當作遊仙詩、涉道詩的新意
象。陰鏗的一首由於與道館的遊覽有關，故使用了許多道教典故描寫
道館的景致，最後則結以「徒教斧柯爛，會自不凌虛。」表現出一種
慕仙、昇仙之思。周弘正則是用在〈和庾肩吾入道館詩〉中，應該就
是《庾子山集》卷四〈入道士館〉的和詩，當時他羈留北周，常與庾
信唱和交往，這也是涉道詩一類：

> 石橋有舊路，靈室儼眾仙。菊潭溜餘水，丹竈起殘煙。桃
> 花經作實，海水屢成田。逆旅歸舊里，追問斧柯年。（逯本
> 頁 2462）

前半詠道士館的實景，也都是驅遣道教的典故；後半則轉而使用麻
姑、王質事，表達時間推移之感。整首詩借用道士入道及道館的景象，
寓託自身的羈旅生涯的感慨，這裡斧柯新典的使用頗能切合他的羈旅
心境。

　　而道教的「洞天福地」就是所謂的「神聖空間」。「神聖空間」係
指標識出原始神顯的地方，此處因能切斷與周圍世俗的聯繫，故為神

〔註12〕虞喜：《志林》，收錄於周樹人校錄《魯迅輯校古籍手稿》，頁 30。
〔註13〕任昉：《述異記》（台北藝文，1968 年），頁 13。

聖，此空間的神聖源頭，來自於祝聖此地的神顯具有永恆本性，而此空間成為「力量和神聖的永不枯竭的源泉，使得人類只要進入這個空間就能分有那種力量，就能夠和神聖相互交流」，且於此所建立起初始構造的原型，「這個原型隨著以後每一個新祭壇、神廟或者聖所的建立而被無數次複製」，﹝註 14﹞成為信仰的核心，在其中從事祭祝活動。而通常這空間會有以下的特質：

1、崇拜、神跡

　　仙人會在山中居住與示現，仙物也置放在山中，修煉者及凡人當於此聚集，除吸納當中的靈氣和得到山中的靈物外，也有著遇見仙人的期待。此思維乃築構在聖／俗的對照上，可發展出被崇拜者／崇拜者甚而可能衍生出師／徒的兩種互動。據此，崇拜活動及之後能直接傳達心志予神人等過程及結果，使得此空間的性質，也當被定義為神聖﹝註 15﹞。以《神仙傳》卷十〈魯女生〉事為例：﹝註 16﹞

> 魯女生，長樂人。初餌胡麻及朮，絕穀八十餘年，益少壯，色如桃花，日能行三百里，走及麞鹿，傳世見之云。三百餘年後，采藥嵩山，見一女人，曰：「我三天太上侍官也。」以五岳眞形與之，并告其施行。女生道成，一旦，與知友故人別，云入華山去。後五十年，先識者，逢女生華山廟前，乘白鹿，從玉女三十人，并令謝其鄉里故人。（頁 44）

魯女生經歷絕穀並習得基礎道法後入山中得遇仙官，獲授〈五岳眞形圖〉的入山眞傳，亦即具有進行修煉、接近聖潔意味的「絕穀」成為遇仙的要件。能牽引在山中遊走的仙人來訪，構成了由仙人為核心的

﹝註 14﹞伊利亞德（Mircea Eliade）著，晏可佳、姚蓓琴譯：《神聖的存在：比較宗教的範型》，頁 3。

﹝註 15﹞伊利亞德（Mircea Eliade）著，楊素娥譯：《聖與俗──宗教的本質》（台北桂冠，2006 年），頁 28～29；金澤：〈宗教禁忌與神聖空間〉，苑利編：《二十世紀中國民俗學經典・信仰民俗卷》（北京社會科學文獻，2002 年），頁 349。

﹝註 16﹞蕭天石：《道藏精華第五集之四》《歷代眞仙史傳》（台北自由，1989 年），神仙傳。

空閒——修仙時的魯女生（徒／凡人）和仙官（師／聖人）的關聯，讓兩人見面的場景，轉變成接受智慧／授予智慧、敬拜／受到崇拜的宗教關係。仙人的現身，決定並標識了神聖空間的存在，又依此原則複製人世中其他的聖所；當魯女生入華山成仙後，便轉變了原與鄉里故人同屬凡俗的地位，復形成聖俗對照的新關係。

2、隔絕、超凡

在肯定神仙具有法力的前提下，賦予他自造空間的能力。此處所指的自造空間，係謂仙人用法力所建構起獨立的他界。《神仙傳》卷五〈壺公〉，便引費長房進入壺中世界：

> 長房依言，果不覺已入。入後，不復是壺。唯見仙宮世界，樓觀重門閣道。宮左右侍者數十人。公語房曰：「我仙人也，昔處天曹，以公事不勤見責，因謫人間耳，卿可教，故得見我。」……初去至歸，謂一日，推問家人，已一年矣。（頁82）

故事中的空間具備了仙境隔絕凡人的特性，另又存有「時間」母題——仙境中時間的流逝較人世來得快速，配以與人世榮華相同的物質享樂。

處於凡世的人們遙觀天上有代表帝王的紫雲裡降下天人，是將此距離的懸遠，來傳達人物、仙物與凡人、世事的聖凡差距，單方面記下世人對於天界事物的敬懼和陌生，頗代表葛洪對天界的觀感。天界的樣貌，復賴其中天界遊歷的個案予以表陳。故載云：

> （沈羲）四百餘年，忽還鄉里。……說：初上天時，云不得見帝。但見老君東向而坐，左右敕羲不得謝，但默坐而已。宮殿鬱鬱如雲氣，五色玄黃，不可名狀。侍者數百人，多女少男。庭中有珠玉之樹，眾芝叢生，龍虎成群，遊戲其間。聞琅琅如銅鐵之聲，不知何等。四壁熠熠有符書著之，老君身形，略長一丈，被髮文衣，體有光耀。須臾，數玉女持金按玉杯來，賜羲曰：「此是神丹，飲者不死；夫妻各一杯，壽萬歲。」乃告言飲服畢，拜而勿謝。服藥後，

賜棗二枚，大如雞子，脯五寸遺義，曰：「還人間治百姓疾
病，如欲上來，書此符懸之竿杪，吾當迎汝。」乃以一符
及仙方一首賜義。義奄忽如寐，已在地上，多得其符驗也。
（頁108）

道徒沈義因廣救百姓功德感天，令天神來接至天上遊歷，得以目睹天
界的模樣：不可名狀的宮殿、雲氣、動植物，及放光的符書和仙人，
皆予人光潔、莊嚴、美好而神聖的印象，而此正是人們對天界的集體
意識。在此中尚且置入亦屬於天界的時間母題及賜藥情節，印證傳統
思維中的天界印象。使得天界此一絕對的神聖空間，僅作象徵著天諭
的來源及天道的基礎，又作為提供掌控時空及萬物仙眾的集合處所而
已。

（三）神仙三品說的演變

神仙三品說乃基於二大觀念：其一為道教宇宙觀，包括天堂、名
山及地下說，顯示其努力造構的神仙世界。其二為仙真位業說，包括
天仙、地仙及尸解仙說，乃是道教對於神仙形象的品級觀念，由此兩
者始能建構為道教的神仙世界。

1、天界說與天仙

神仙三品說原始構想均源於前道教時期的宗教、神話與巫術，但
到了道教徒的手中，卻顯然另有不同的著重點，其重要的區別有二：
前道教時期雖也解說先死後蛻然後舉形昇虛，而重點所在則在描述巡
遊名山與舉形昇虛的遊仙過程；道教成立之後則特別強調尸解成仙，
此與成仙方法的落實有關。

中國現存最古的遊仙文學——屈原在《離騷》中即一再敘述遠遊
崑崙，想由此陟陞赫戲（光明）的皇天，此即基於薩滿昇天神話的遊
仙原型；至於北辰信仰則《楚辭·九歌》中的東皇太一，與兩漢盛行
的太一信仰，俱為崇拜北極星的具體表現。兩漢所流行的太一信仰的
儀式：衣紫及繡的紫色系列，始能配合紫極、紫辰、紫宮的星辰崇拜。
將中宮天極星作為天上宮廷的構想表現於器物中，就現存墓葬的漢畫

像中，就常以四神銘刻於墓壁四方，以保衛中央的土地；並有漢星雲鏡，以中央鈕座象徵中宮天極星，而環繞以東宮蒼龍、南宮朱鳥、西宮白虎、北宮玄武，均是基於星象神話與信仰，因而形成的一種辟邪、求福的思想〔註17〕。

　　葛洪《抱朴子》內篇也一再敘述天庭的存在，完全承襲了漢人的北辰信仰，而稱之爲辰極、紫極、紫庭、紫霄等。此一由於北極光的紫色所形成的特殊稱呼，爲道教中的重要觀念。〔註18〕葛洪修養成天仙的方法雖以金丹爲主，但是也並不排斥其他的道法；像〈金丹篇〉即引述《黃帝九鼎神丹經》之說：「黃帝服之，遂以昇仙。又云：雖呼吸導引，及服草木之藥，可得延年，不免於死也。服神丹，令人壽無窮，已與天地相異，乘雲駕龍，上下太清。」〔註19〕

　　《無上秘要》所總結的六朝道教的觀念，例如卷九四引《洞眞四極明科》──爲梁以前出世的古道經之一：

　　　金精石髓，鍊變九元眞符，兆欲去離刀山之難。當以本命
　　　之日，白書青紙服之，三年，宿罪消滅，眞靈下降；九年，
　　　尅得乘龍策虛，飛行太空。〔註20〕

此即爲服符經思的道法；又有《洞眞靈書紫文上經》敘述服丹，也是合於上清經派的服食道法：

　　　黃水月華丹，掇而取之，食其華；飲黃水一升，則分形萬
　　　化，眼光變爲明月，浮遊太空，飛行紫微上宮。（卷94 第4）

由素樸的紫府神話演變爲道教的三清仙境，昇仙的方法也從早期較簡單的禱祝、服食，而突顯出道經中複雜的道法。類似的演變過程，顯示道教的服食成仙思想雖曾取法於神話，但至此一階段，則已灌注了

〔註17〕張金儀：《漢鏡所反映的神話傳說與神仙思想》（台北故宮博物院，1981 年），頁 17。
〔註18〕《科技史文集》第六輯，〈天文學專輯2〉（上海科學技術，1980 年）。
〔註19〕文淵閣四庫全書第 1059 冊，抱朴子內篇（台北商務，1983 年），頁18。
〔註20〕《無上秘要》，（台北藝文，1962 年），（卷 94 第 4）。

濃厚的宗教色彩。而三清、紫宮所象徵的天界，已是一個森嚴有序的仙聖宮廷，成為仙班朝禮的紫廷，作為道士或奉道者在微聲詠誦中，所仰慕的最高理想與願望。

2、名山說與地仙

地仙與名山為仙道思想的主體，其主要意義有二：名山說即是道教的洞天府地的觀念，將中國境內、境外的世界依據宗教觀點，聯結成一個具有秩序性、設計性的宗教性輿圖。其主要的觀念源於神話地理、緯書中的洞天說，道教乃加以重新組織，使古老的山嶽信仰賦予一種新意，在中國山嶽信仰史上，對於名山意識的形成，道教與佛教可謂居功厥偉。至於地仙說，則普遍化為中國人「有仙則靈」的觀念，將天下名山均由一神秘的仙真來掌管。因此在山川靈秀的美景之外，這種神仙棲集及治理洞天的說法，已賦予山川以一種宗教性的神祕。六朝時期地仙與名山的觀念結合，發展出道教思想的地上神仙說，同時具體反映出魏晉前後盛行於文人社會的隱逸思想。

葛洪《抱朴子》中的神仙三品說，將「遊於名山」與「棲集崑崙」對舉，保存了崑崙為原始名山說，《對俗篇》說：「昔安期先生、龍眉寧公、修羊公、陰長生，皆服金液半劑者也。其止世間，或近千年，然後去耳。篤而論之，求長生者，正惜今日之所欲耳，本不汲汲於昇虛，以飛騰為勝於地上也。若幸可止家而不死者，亦何必求於速登天乎？」漢晉之際所流行的隱逸思想，與儒、道之間的衝突、調停，為當時的一件大事，也是勢之所趨的潮流：葛洪將隱逸意識貫注於三品仙說，也深受當時仙真傳說中的地仙說的影響。換言之，葛洪受地仙觀念的啟發，又將隱逸思想反饋於所撰的仙傳中[註21]。〈馬鳴生傳〉即述其勤苦多年之後的成就：

> （馬鳴生）及受《太陽神丹經》三卷，歸入山，合藥服之，
> 不樂昇天，但服半劑為地仙，恒居人間。不過三年，輒易

[註21] 余遜：〈早期道教之政治信念〉，刊於《輔仁學誌》第十二卷1～2期，1943年。

其處，時人不知是仙人也。架屋舍。畜僕從，並與俗人皆
同。如此輾轉，經歷九州，五百餘年，人多識之。悉怪其
不老，後乃白日昇天而去。〔註22〕

此爲金丹觀點的地仙之說，表現出以仙人身份而與世俗之人「和光同
塵」地生活在一起，充分將道家哲學予以神仙化。而在道教的人生哲
學的建立上，也由葛洪完成其理論，並示以例證。隱遁山林、長在名
山的地仙最能得遊仙之樂，是將魏晉時期的隱逸思想極端美化，並融
入仙道思想中。因此造就了中國人心目中理想的神仙生活：遊戲人
間，逍遙自在，或棲名山，或昇太清。

　　上清經派對於海內仙山曾作綜合仙山的敘述，如《十洲記》中常
以「洲上多仙家」、「亦饒仙家」或「三天君下治之處」等方式，表明
其爲地仙棲集的名山。其中凡有祖洲、瀛洲、玄洲、炎洲、長洲、元
洲、流洲、生洲、鳳麟洲、聚窟洲以及滄海島、方丈洲、扶桑島、蓬
邱、崑崙、鍾山等，分別分布於東、南、西、北四海，構成一個奇特
的海內輿圖。

3、尸解仙

　　尸解仙的階位雖是較低，但卻是較能表現出道教對於生死觀的突
破，也最能代表中國人以神秘的宗教理念解釋死亡的難題。六朝後半
期，尸解仙與地下主的說法結合後，成爲探求不死的主要觀念。

　　古中國也存在類似的咒術性思考方式，其遺跡可自古墳中出土的
考古文物，發現有玉蟬、石蟬等陪葬物，應即爲基於蟬蛻的咒術性思
考，祈求死者再生的不死信仰〔註23〕。蟬蛻、蛇解思想至戰國、兩漢
時期，即爲神仙思想所吸收，成爲尸解變化說的基本理念。圍繞於劉
安身旁的方士集團，就相信神仙之人「抱素守精，蟬蛻蛇解，游於太
清，輕舉獨往，忽然入冥。」《淮南子・精神篇》所謂「蟬蛻蛇解」

〔註22〕文淵閣四庫全書第 1059 冊，抱朴子內篇（台北商務，1983 年），頁
　　　　278。
〔註23〕《侯家莊》第二本上冊（中央研究院，1962 年），頁 93～94。

即爲成仙的象徵，這種神仙象徵多見於文學作品中，成爲仙化的一種隱喻，誠如東漢仲長統所作之詩：「飛鳥遺跡，蟬蛻亡殼、騰蛇棄鱗，神龍喪角，至人能變，達士拔俗。」蛻去遺跡爲變化之象，即隱隱相信有一種超越形體的靈魂的存在，其後就成爲一種文學上的成仙象徵。

尸解在道教修練法中的意義，《無上秘要》尸解品首即引司命東卿之說——就是大茅君（茅盈），可作爲東晉前後的看法：

> 夫尸解者形之化也，本眞之練蛻也，軀質之遁變也，五屬之隱適也，雖是仙品之下第而其稟受所承，亦未必輕矣。或未欲昇天而高栖名山；或欲崇明世教、令生死道絕；或欲斷子孫之近戀，盡神仙爲難希；或欲長觀世化，憚仙官之劬勞也。妙道一備則高下任適，固不可用明死生以制其定格，所謂隱迴三光，白日陸沉也。〔註24〕

這段文字爲其下述各種尸解仙的總述，其旨趣幾與地仙說無大差別，因爲到東晉前後尸解說既已形成，凡尸解仙去者，即入名山，與地仙何異？所以強調「夫此之解者，率多是不汲汲於龍輪樂，安棲於林山者」，因此夏禹、周穆王，或王子晉、司馬季主、王褒、洪崖先生等，全爲「尸解託死者，欲斷以生死之情、示民有終始之限耳。」也就是外現和光同塵式的與常人無異的處死之道，而其本眞則超乎生死大限，這是在道家思想的影響下所深化的生死觀。

神仙三品說爲六朝道教極具涵攝性、創發性的仙道思想，成爲唐以後道教的神仙世界的主體。天仙、地仙、尸解仙俱包含了三大部分：一爲修行的道行、二爲成仙的類型、三爲仙境的所在。此三品神仙都是源於古中國人對於不死的探求，至道教徒的手中才成爲一種較積極而又平實的道法，由這種轉變的過程可以看出道教的形成，本質上是中國的、本土的，雖則部分兼受外來的印度佛教思想的影響，但其探求不死的現實主義的精神，足以使其成爲中國人的一種宗教信仰。

〔註24〕《無上秘要》，（台北藝文，1962 年），（卷 87 第 1）。

第二節　養生的具體實踐

（一）試煉的旅程：知道——訪道——得道

　　相信修仙可行的道徒，也必然接受成仙者必屬乎極少數成功的「實例」，因此佔絕對多數的一般群眾僅能聽聞與傳述著仙人於世的神跡，表現出《神仙傳》卷六〈沈建〉中鄉里百姓般的態度及反應：

　　沈建，丹陽人也。世爲長史，建獨好道，不肯仕宦，學道引服食之術，還年卻老之法，又能治病，病無輕重，治之即愈，奉事之者數百家。建嘗欲遠行，寄一婢、三奴、驢一頭、羊十口，各與藥一丸。語主人曰：「但累屋，不煩飲食也。」便去。主人大怪之，曰：「此客所寄十五口，不留寸資，當若之何？」建去後，主人飲奴婢，奴婢聞食氣，皆逆吐不用；以草飼驢羊，驢羊避去不食，或欲抵觸人，主人大驚愕。百餘日，奴婢體貌光澤，勝食之時，驢羊皆肥如飼。建去三年乃還，各以藥一丸與奴碑驢羊，乃飲食如故。建遂斷殺不食，輕舉飛行，或去或還，如此三百餘年乃絕跡，不知所之也。〔註25〕（頁92）

沈建因能維繫青春並有治癒所有疾病的能力，令得見及知悉其神跡的鄰近數百人家以他作爲崇奉對象，形成信仰的核心。

　　有些求道至誠的信徒，便不止於在崇敬仙人而已，乃是更積極地尋訪神仙並建立師徒關係，其首要條件則是要尋得並進入聖地。道教的聖地因作爲傳授獲取永恆生命祕訣的場所，得以具備神聖性，相對地也要求進入者的自身條件和遵行進入聖所前的必須程序。卷三〈劉根〉其中已表呈出求取不死要訣的必要條件：

　　根曰：「吾昔入山，精思無所不到。後如華陰山，見一人乘白鹿車，從者十餘人，左右玉女四人，執采旄之節，皆年十五六。余載拜稽首，求乞一言。神人乃告余曰：『爾聞有韓眾否？』答曰：『實聞有之』神人曰：『我是也！』余乃

〔註25〕蕭天石：《道藏精華第五集之四》《歷代眞仙史傳》（台北自由，1989年），神仙傳。

> 自陳曰：『根少好道而不遇明師，頗習方書，按而為之，多
> 不驗。豈根命相不應度世也！有幸今日得遇大神，是根宿
> 昔夢想之願，願見哀憐，賜其要訣。』神未肯肯余，余乃
> 流涕自搏重請。神人曰：『坐，吾將告汝。汝有仙骨，故得
> 見吾耳。……』余頓首曰：『今日蒙教，乃天也。』
> 神人曰：『必欲長生，先去三尸，三尸去，即志意定，嗜慾
> 除也。』乃以神方五篇見授。」（頁 63）

劉根欲求長生之道，必得入山求見仙人，在劉根擁仙骨及求道至誠
下，神人果然現身說法，並授予神方五篇。已知神仙顯聖的主因，在
於入山者兼得天生的仙骨（天生的神聖本質）及後來的求道或冥想（後
天的聖化手續），方才取得進入神聖空間的權力，從此建立被祭祀者
與祭祀者的對應模式、更進一步締結了師徒的傳道關係。

　　然而仙人對於空間的態度，實有面對「凡世」和「自我」的區隔；
在凡世，仙人乃依照他主要出入遊歷處多是山中修煉場及仙境對世人
來顯現，若卷九〈孔安國〉條記錄下得道者對於授予道法的標準，而
記云：

> 孔安國者，魯人也。常行氣服鉛丹，年二百歲，色如童子。
> 隱潛山，弟子隨之數百人。每斷穀入室，一年半復出，益
> 少。其不入室，則飲食如常，與世人無異。安國為人沈重，
> 尤寶惜道要，不肯輕傳。其奉事者五六年，審其為人志性，
> 乃傳之。（p112）

已是地仙的孔安國有弟子數百人，但弟子要得到他長生的祕法，就必
須通過他審查其心志的手續，方能得其要道。文中點明孔安國在此崇
奉空間中的主宰地位，能決定與他建立起「真正」師徒關係的人選。

　　而在道教養生體系的天人觀主要有兩層意思。其一，認為人體的
內環境系統與外部客觀自然環境系統是統一的。它們有共同的生成、
變化、盛衰規律。這顯然是繼承了以《黃帝內經》為代表的天人合一
思想。《太平經》卷七十二指出：「人者，乃象天地，四時、五行、六
合、八方相隨，而壹興壹衰，無有解已也。故當豫備之，救吉凶之源，

安不忘危，存不忘亡，理不忘亂，則可長久矣。」〔註26〕

　　其二，內丹家認為，人體與宇宙是同構的。不僅人的身體器官構造與宇宙結構相應，而且通過陰陽五行八卦等符號體系，將天人結構巧妙地組合在一個同構體系中。在他們看來，宇宙是一個放大的人體，人體是一個細小的宇宙。內丹經典《周易參同契》以陰陽五行八卦理論闡述這一現點。是書以黃老學說為指導思想，以《周易》卦爻為理論框架結構，以內、外合修為方法，以求「含精養神，通德三元，精液湊理，筋骨致堅，眾邪辟除，正氣常存，累積長久，變形而仙。」魏伯陽發揮《周易》和《易傳》為代表的天人合一宇宙圖式，結合黃老清淨思想及自身內、外丹修煉的體驗建立了一個納天道變化和人體養生、外丹煉制和內丹煉養為一體的完整養生修煉理論實踐體系。魏伯陽建立這一體系的宗旨在於：把握人體與天道自然的共同變化規律，法天地日月變化、陰陽消長來從事內丹養生修煉，促進人的生命系統得到改善和發展。故以下分「遊觀洞天」「內觀洞房」兩方面論述。

（二）遊觀洞天：登涉入山的探秘之行

　　從自然生態觀賞山水，山林、洞窟、流水都可視為大自然的一體，作為哲人、文人賞鑑的對象：儒家之聖所重的樂山樂水，既是人文精神的體現；而道家莊子欣賞後備感愉悅的山林、皋壤，也可作為無為自然的文化象徵。神仙家則視之為終極真實之仙境，就如《莊子》所寓言的至人、神人，體現為從上僊的遷乎太虛到地仙棲集於崑崙、蓬瀛等境外仙山，從西元二至三世紀逐漸移轉於境內後，發展為輿圖上的中土名山〔註27〕。故「如何進入名山」就形成一套法術性的登涉術，從鐘鼎的鑄像到方術的圖笈，諸如《山海經》、《白澤圖》、《禹鼎記》等，俱曾作為方士或道士的入山需知，以求「入山不逢不若」，而成

〔註26〕王明：《太平經合校》上（北京中華，1997年）第七十二卷，頁294。
〔註27〕李豐楙：《誤入與謫降：六朝隋唐道教文學論集》（臺北學生，1997），頁33～92。

為登涉必備的護身物。這一種秘術的流傳自成系譜，保存了共通的象徵物如辨識之圖、誦唸之語和導引之文，這類神秘法術組合構成了認識未知世界的入山之鑰。

而道教中人則是自覺其所遊觀者乃在方外，就是方志不一定收錄者，其中自是有所寄慨，反映所處的正是末世時局，在官方傳統的山嶽祭祀之外，另行建構一套新的宗教輿圖。藉由結構名山洞府來反映亂世，故洞天福地就成為一個新空間秩序所象徵的宗教世界。道教在這兩、三百年間所建立的天地宮府圖，可視為一種神聖地理的宗教輿圖，而登涉術即是一套入山必備的技術與知識，乃重新選擇新土地上的名山，合眾人之力完成新命名，編號後就構成道教地理的神話聖數：「三十六」洞天、「七十二」福地，正是選用了神秘數字加以秩序化的新結構。

道經中一再敘述的，就是中古時代有關洞天探險的記事，下面一段即云：

> 漢建安之中，左元放聞傳者云：江東有此神山，故度江尋之。遂齋戒三月乃登山，乃得其門、入洞虛、造陰宮，三君亦授以神芝三種。元放周旋洞宮之內經年，宮室結構，方圓整肅，甚惋懼也，不圖天下復有如此之異乎！神靈往來，相推校生死，如地上之官家矣。〔註28〕

這段雜揉真實與宗教體驗的文本敘述，表明地脈潛通的宇宙一體觀，即想像身體內部的血脈相連，流通其間的就是血、氣，就成為內景之「遊」的存思經驗，被目為「流動」的身體觀〔註29〕。而觀看洞穴的經驗被轉化為「內觀」洞房，此中呈現的鐘乳石、芝草及石製器物等組成了「窟宅」印象，即為仙靈所居、仙真所治的仙界。當時江南遊歷者對於特殊的地洞遊觀經驗，特別強調洞中日、月光景，就成為「洞天」遊觀所見的神聖世界。這樣的洞天圖像被文人想像可與仙靈往

〔註28〕陶弘景：《真誥》，卷十一第七，《正統道藏》，第三十五冊，頁102。
〔註29〕石田秀實著，楊宇譯：《氣、流動的身體》（台北武陵，1996年）。

來，文學的創意構想綜合了遊觀洞天者所歷所覽的新奇經驗。而被視為仙靈所治理的名山，在三品仙中都被品類為尸解仙、地仙棲集之所，道教借此表現達人外存在另一個世界。又為了強調人外的潔淨，特意區別儒家祭法的祭祀與民間巫祝的俗禱，突顯本身的「清約」，而批判人、神間的奉祀都是人境內的血食之祭、生民之禱，即不認同村社共同體的社祭、廟祀，道教既標舉其為「清約」之道，就提出新科而與天訂立新約〔註30〕。故進入洞天遊觀也不可瀆職，而需要齋戒沐浴，經身齋而後心齋，才能通過洞門得以進入潔淨的仙界。

《眞誥》所記的〈握眞輔〉，曾錄存一則興寧三年四月九日的夜夢，夢後記下清晰的仙遊奇夢：就是許玉斧與張誘世、石慶安、丁瑋寧四人一起出遊，共見治理蓬萊山的仙公洛廣休，仙公就請四人各賦詩以見文筆之美，其中許玉斧一首的開篇就是仙境遊觀之願：

> 遊觀奇山峙，漱渥滄流清。遙觀蓬萊間，巊巊衝霄冥。紫芝被降巖，四階植琳瓊。紛紛靈華散，晃晃煥神庭。從容七覺外，任我攝天生。自足方寸裡，何用白龍榮。〔註31〕

白龍指夢中所見的侍晨宮官龍，可以乘騎上天；當時天仙在三品仙中仙階雖則最高，並非求仙者之成仙大願，反而地仙棲集名山的自由自在，最為成仙者之所願。故賦詩中的遊觀奇山、遙觀蓬萊，正是表現地仙嬉遊的奇幻之旅，故誇寫所進入的奇幻世界，紫芝、琳瓊等構成了靈華之景。夢遊所觀的「奇山」景象可以對照中土的名山，特多洞房的奇景，修成地仙者既於此中可治可遊，又何必捨近求遠而遙觀蓬萊？這一期間道教的地理圖譜既已完成，就是在末劫的世局中亟想重構一個理想的宗教世界，這樣的「非常」世界乃由上天遣派的群仙所治理，故福地的構想象徵遠離多災劫的仙境，這就形成江南舊族所寄慨的人外世界。這種宗教想像後來也逐漸擴及於南下的士族，共同傳

〔註30〕K. Shipper（施舟人）：〈道教的清約〉，《法國漢學》第七輯（2000年），頁149～167。
〔註31〕陶弘景：《眞誥》卷十七第九，《正統道藏》第三十五冊，頁156。

述遊觀洞府之願，都是亂世中心之所同的太平願望。

　　根據登涉術所載，隨身的必備物既有入山符、五嶽眞形圖，也需有好劍、鏡諸寶器〔註32〕。符文所象的神祕圖文，乃是爲了表示入山的憑證，佩服神符後山神方許入山，有神照護而不逢殃咎；五嶽眞形圖的圖形就更爲多樣化，眞形的本意即是諸仙下觀山嶽之形，亦即是現代地圖學的等高線圖，都可作爲入山的導引圖，凡路口、里數以至相關的指標，都會被簡要標示。這些宗教、法術性的圖笈出現時間都早在前道教期，現代科學史家則視之爲古地理學的科技成就〔註33〕。

> 自說初入乃小晻，須火而進，然猶自分別，朦冥道中，四方上下皆是青石，方五六丈許，略爲齊等。時復有廣狹處，其腳所履，猶有水濕。或一二里間，隱居行，當出一千里，不復冥晻，自然光照，如白日大道，高燥揚塵，左右有陰陽溝，三十里，輒有一石井，水味甘美，飲之自飽，不飢。或見人馬之跡，旁人他道，其隱居所行路、及左右壁，似白石，皆洞照有光，廣七八十丈，高暨二百許丈，轉近至洞庭，不復見。上所極，仰視如天，而日光愈明，明如日盛中時；又不溫不涼，和氣沖然。聞芳香之氣鬱勃，終而不休。及道邊，有房室、亭傳，奇瑋雕鏤，不可目名。既至眾道口，周行廣狹，隱居迴，相去可四五十里，四面有玉柱，爲揭題曰「九泉洞庭之墟」。其間植林樹盛行，綠葉紫榮，玄草白華，皆不知其名也。五色自生七寶，光耀晃晃，飛鳳翔其巔，龍麟戲其下。斯實天地之靈府，眞人之盛館也。《五符經序》〔註34〕

這段洞天遊觀的文字敘述，爲《五符經序》中所保存的一段洞天遊歷經驗，所表現的是一種神聖地理的道教知識。奉道中人亟思探究另一

〔註32〕李豐楙：〈六朝鏡劍傳說與道教法術思想〉，收入《中國古典小說研究論集》第二卷（台北聯經，1980年），頁1～28。

〔註33〕李約瑟（Joseph Needham）著，姚國水等譯：《中國之科學與文明》第六冊（台北：商務印書館，1975年。

〔註34〕《太上靈寶五符序》卷上第八，《正統道藏》第十冊(台北：新文豐出版公司)，頁725。

種自然，亟需借由登涉術的圖形與眞文之助，道教修行者就在此中發現了另一個內祕的洞天世界。神聖地理的發現之旅，其遊觀歷程從洞外進入洞內，也從外景深入內景，就形成一種內向性的超越。對於這種神秘性、神聖性名山的登涉，需要依據咒術性的宗教秘笈方可進入，並非尋常人有意即可登覽或只是「誤入」遊歷仙鄉，而在初步結構的洞天福地進行洞天之遊，將遊觀經驗轉變爲體內風景的內向遊觀體驗。這樣的登涉得以進入仙眞窟宅的經驗，使道教中人亟需運用一種格調相契的宗教文體及相應的語言修辭，才可表明所發現的自然，乃是一種異於常人在常世的遊覽經驗。既從洞外到洞內，也從體外到體內，所遊觀之景即爲一種神祕的山嶽「眞形」，又是身體洞窟化的存想內景，將早期道家、方士的內修經驗加以深化，從而結合了登涉與遊觀的兩種經驗，開發出不同層次「內景」的內祕世界。道教則始終堅持遊觀氣之流動，並內觀洞仙之清淨，奠定其內向之觀，以此超越外在之境的塵濁不淨，有助於修行者進入清淨的世界。故在新土地上所希企重建的，既是外宇宙也是內宇宙，既深化了早期治身如治國的治理觀，也轉向內觀洞天的有序世界，這些寶貴經驗下啓隋唐服丹法中的內丹法〔註 35〕。

從外宇宙而內宇宙，以此觀照身體內外，乃從外景到內景，形成一種內向的遊觀。就是將名山洞窟的遊觀經驗，轉向身體內部的宮府，深化了內視、內觀身神的存想經驗。而「進入」的憑證就是憑藉秘傳的圖、文，雖則現存的圖像已不多見，但從道書幸存經文中所敘述的圖、文資料，都可推知曾經存在一種視覺性的觀照圖像，配合咒語的持誦，在專一心志的狀態下得以進入。興起一種探求內向性超越的內修法，以之回應外在世界的天地崩壞感。這種宗教修行上的突破，乃巧妙結合入洞遊觀與內觀身神的經驗。因此反覆進行的遊觀、內觀洞內、體內，就是象徵希企一個仙聖所棲、神仙所治的神聖空間，

〔註 35〕坂出祥伸：〈隋唐時代における服丹と内観と内丹〉，《中國古代養生思想の統合的研究》，1988 年，頁 566～599。

隱喻修道者向內探求一個超越的清淨之境。

（三）內觀洞房：內向的體內風景

遊歷洞穴乃是眞實的地理經驗，所遊所觀的江南地區，或少數分散在江北的輿圖，道教移用地理志、圖卷的方式來記錄遊觀所得，這種探險活動被今人視爲探祕行動，在宗教經驗則被詮釋爲一種「超越的內在性」。〔註36〕這種遊觀被結合於身體體驗，就成爲內向化的存想修法，即由先秦諸子所累積的內修經驗上，進一步深化其精神修練上的神秘體驗。兩漢時期方士、養生家所建立的養生術，從導引圖到守一法、歷臟法，均表明養生實踐法門已有內在化的傾向，從外觀逐漸轉向觀照身體的內部。在二至三世紀的關鍵期，道教神仙學就揭舉內視到「內觀」的發展之道，使精神性的內修法進而結合實踐的內向修法，成功結合了洞府內觀與洞房內觀，創新爲「內向性超越」的身心體驗。

道教內部所強調的內修經驗，既觀照身體存思體外諸神，也內向注視身神而遊觀內景，都是這一期間所成就的道教存想法，今本《太平經》所載的存想法：

> 四時五行之氣來入人腹中，爲人五藏精神，其色與天地四時色相應也。……先齋戒，居閒善靖處，思之念之，作其人畫像，長短自在。五人者，共居五尺素上。爲之使其好善，男思男，女思女，其畫像如此矣。〔註37〕

體內神的存思法既有符合五方色的圖像，目的就是爲了用於懸象觀注，然後由外象轉而向內觀注五臟神像，即依序逐一按方位、方向觀照注視其形，導引以行其氣。這種秘傳於方術士、養生家之間的內修法，使用於遊歷五臟的圖像，顯然是爲了引動、控制氣之流動。同樣在守一法中的「一」，就不會被認爲只是哲學上精神性的「抱一」，而

〔註36〕傳飛嵐著，呂鵬志中譯，《超越的內在性：道教儀式與宇宙論中的洞天》，《法國漢學》第二輯（2002），頁50～75。

〔註37〕王明：《太平經合校》上（北京中華，1997年），第七十二卷，頁292。

是顯示於圖像以助內視的專一觀照，這是養生學史上較早可信的史料，《太平經》留存了守一法的圖像〔註38〕。

如同遊觀洞天即需知登涉術，葛洪也曾整理有關內視法的寶貴知識，故可將其視爲這一時期的里程碑，顯示其遐覽所及的養生要籍同樣也注重內修經驗；而標誌這一個時期在修行方法上迭有突破的，在東晉前後也曾連續出現數部至爲重要的內修圖籍：諸如《老子中經》《靈寶五符經》及《黃庭經》等。

其中具關鍵性的即爲「守眞一法」，指向一種存思體內神的內向修法，也就是被習稱爲「內視」的內向性注視法，所用以專注內視的就是身中神的圖像。既然懸有五臟像圖作爲內視之用，就要依序「歷」臟一一存思：即先由住想一處開始，而後再按次序逐漸遊歷而觀想，即可在體內循序專注與遊動，而使內氣能隨「意」念而有序的流動，就可將外氣、五行之氣存想引入體內，這種服氣法就被今人稱爲「流動的身體」〔註39〕。

> 一有姓字服色，男長九分，女長六分，或在臍下二寸四分
> 丹田中；或在心下絳宮金闕中丹田也；或在人兩眉間，卻
> 行一寸爲明堂，二寸爲洞房，三寸爲上丹田也。《抱朴子·
> 地眞》（頁 110）

這種早期的三一法，從下丹田、中丹田而後到上丹田的明堂、洞房等，都可具現「一」即爲各個宮府中各有身神之像。從漢代方術所出現的養生法，比較先秦期諸子較素樸的內修經驗〔註40〕，

《靈寶五符序》卷上〈食日月精之道〉的一段文字：「子欲爲道，長生不死，當先有其神，養其根，行其氣，呼其名。」這種內修法配合呼名就成爲練氣法，表明修練宜擇日選時，在姿勢上則正臥瞑目，

〔註38〕羅浩（Harold D. Roth）：〈內修：早期道家的主要實踐〉，收入陳鼓應主編《道家文化研究》十四（北京：三聯書局，1998），頁 89～99。

〔註39〕石田秀實：《氣·流動的身體》（東京：平河出版社，1987 年）。

〔註40〕羅浩（Harold D. Roth）：〈內修：早期道家的主要實踐〉，收入陳鼓應主編《道家文化研究》第十四輯（北京三聯，1998 年），頁 89～99。

「皆存神內視，召呼體上神名，使令拘魂制魄。」相信達到登仙之法
就需進行身神的存思，故通稱為「內視」、「歷臟」法；就是內向專一
地集中心神而注視某一部位的體內神，且需遊歷各部位而依序注視：
髮神、耳神、口神等各個名諱，臟神則配合五方五色而成為五位彩色
的五臟神。這些體內神的圖譜化，在〈食日月精之道〉就明白表示：
「人一身形，包含天地、日月、北斗」以至「五嶽四瀆」；而五臟法
所運用的五行觀：「上為五星，下為五嶽，內為五王，外為五德」，這
是五臟為何可與五嶽作內外呼應的原因，同樣都是藉由內、外宇宙相
間的相互呼應，目的就是體現內外秩序的安定。從歷臟、守一法的內
視經驗發展到上清經派大力開展內觀的經驗，上清經派顯然已超越了
先前的內修法，使洞天之洞與洞房之洞作更緊密的聯結。「洞」這一
觀念的提出與實踐，既可回應佛教譯經中的修法：止（śamatha）、觀
（vipaśyana），也強化了圖緯所秘寶的神聖地理，而專注於身體的洞
窟化、宇宙化。這種逐漸被深化的內修法門，綜合了守一法存思的三
一、內景法存思的三部二十四景等。先前《老子中經》、《抱朴子·地
眞篇》等所保存的存思身神法，分別代表了不同階段的修法總結，上
清經派既然特別以存想法作為經派的修法訣要，就需將這些內修法悉
數予以上清化〔註41〕。原本包山隱居所游歷的洞天經驗，等到陶隱居
一出即藉由搜整真迹、道迹，然後重新註解楊、許集團在內、外遊觀
的神秘體驗。這些綜合回應的洞府之遊，正是探求內向性超越的真實
體驗，既使之擁有豐富的洞府遊觀，也使身神說進而上清經派化，就
如〈稽神樞〉卷一所述的一段遊歷：

> 此山洞虛內觀，內有靈府，洞庭四開，穴岫長連；古人謂
> 為金壇之虛臺，天后之便闕，清虛之東窗，林屋之隔沓。
> 眾洞相通，陰路所適，七塗九源，四方交達，真洞仙館也。
> （此論洞天中諸所通達，天后者，林屋洞中之真君，位在

〔註41〕張超然：《六朝道教上清經派存思法研究》（政大中文所碩士論文，
1999 年）。

> 太湖苞山下，龍威丈人所入得靈寶五符處也；清虛是王屋
> 洞天名，言華陽與比並相貫通也）〔註42〕

此段文字中一再出現「洞虛」、「洞庭」、「洞仙」、「洞天」，已將眞實的洞天之遊的經驗類比，《眞誥》的降眞誥語就呼應了諸種內傳，促使「洞虛內觀」的經驗可以內外交流，形成洞府的身體化，身體的洞府化。

　　周紫陽在修道歷程中所傳授的，絕非只是敘述一己的修法而已，而是僅此彰顯一個經派所共同揭舉的獨門之秘。這就是新「洞」意識的內、外聯結，透過眞人之口所作的明確宣示如下：

> 眞人曰：天無謂之空，山無謂之洞，人無謂之房也。山腹
> 中空虛是爲洞庭，人頭中空虛是爲洞房。是以眞人處天、
> 處山、處人，入無間以黍米，容蓬萊山包括六合，天地不
> 能載焉。唯精思存眞，守三宮，朝一神，勤苦念之，必見
> 元英、白元、黃老在洞房焉。〔註43〕

這種山洞棲居的親身經驗，有助於體會山中的洞虛與人體頭內的洞虛如何關聯，這就是「無」：老子哲學所代表的道之本體既爲「無」，而佛經所傳譯的也有「空」觀，就連魏晉玄學對於本「無」之辯，也都被融會貫通爲修行者身體實踐的密契經驗。爲何均需先行存思、精思存眞而後朝神見眞？從遊觀洞庭的洞中神到內觀洞房的身中神，聯結了兩種遊觀經驗於一，就此關涉道教修法的新突破。

　　修道者在江南地區所展開的洞天之行，就是道教神話中的樂園追求，既有外在的洞天、福地，也有內在的洞房，都是需要勤求明師得以指示修法，所探求的內景正是身體內的風景。經歷長達三、四百年的探求不死行動中，就將感應大、小宇宙的體驗精緻化爲宇宙身體，上清經派視之爲體內的風景。這一經派化的內觀修行法激勵了奉道者，相信自己正是被天帝揀選的種民，既已得蒙傳授進入的法籙作爲

〔註42〕陶弘景：《眞誥》，卷十一第一，《正統道藏》，第三十五冊，頁99。
〔註43〕華僑：《紫陽眞人內傳》第十二，《正統道藏》，第九冊，頁87。

憑證，就可內向的遊觀洞天。道家寓言中習用的神人、至人，一脈相承而下後被改造爲「新道家」的眞人，這一文化傳統被江南人士落實於眞修實證，確信修眞得道之人即遊於洞天而得見「洞仙」〔註44〕，就可以「處天、處山、處人」，何處而不自得，這就是修道之士所希企的生命境界：一個內向性的超越，從常境向非常之境的空間跨界。

第三節　遊仙作品的他界色彩

（一）圓形時間觀

遠古時期先民有民神雜糅、神鬼不分，幽冥不亡的思維，像《國語・楚語》下就記載人與神之間原本有一段很長的混同時代：〔註45〕

> 楚昭王問於觀射父曰：「《周書》所謂重、黎寔使天地不通者，何也？若無然，民將能登天乎？」對曰：「非此之謂也。古者民神不雜。……及少皥氏之衰也，九黎亂德，民神雜糅，不可方物。……顓頊受之，乃命南正重司天以屬神，命火正黎司地以屬民，使復舊常，無相侵瀆，是謂絕地天通。」

袁珂以爲：「此社會發展，第一次人等大劃分在神話上之反映也。『古者民神不雜』，乃歷史家之飾詞也；『民神雜糅，不可方物』，原始時代人類羣居之眞實寫照也；故昭王乃有『民能登天』之問。」〔註46〕在這個時代，人與神相通，正是人與自然萬物雜同混處演變而來的原始思維。

在「神鬼不分」方面，如同握有不死藥的西王母，又同時具有「司天之厲及五殘」死神的內涵，小南一郎教授認爲西王母又是冥府女王，「大概自後漢以降，西天母身上這冥府女王的性格就加強了，這

〔註44〕李豐楙：〈洞仙傳研究〉，《六朝隋唐仙道類小說研究》（臺北學生，1986）年，頁187～224。

〔註45〕左丘明：《國語》卷18〈楚語〉（台北漢京，1983年），頁559～562。

〔註46〕袁珂：《山海經校注》〈山海經第十六：大荒西經〉（台北里仁，1981年），頁403。

從這一時代墓葬中的遺物可以看出。」他舉出兩件收入墓中的買地券作證明，一件出自吳孫權時代：

> 黃武四年十一月癸卯朔廿八日庚午，九認南子浩宗以□月客死予章，自東王公、西王母買南昌東郭一丘，賈□□五千。

一件出自東晉成帝時：

> 晉咸康四年二月壬子朔四日乙卯，吳故舍人立節都尉晉陵丹徒朱曼故妻薛，從天買地，從地買宅……有志薛地，當詣天帝，有志薛宅，當詣土伯。任知者，東王公、西王聖母，如天帝律令。

《說文》解「神」：「天神引出萬物者也」，「引出萬物」即是「生發創造萬物」之意，所以神是給予萬物生命的創造者，而王西母卻成為管理死者的冥府女王，實即是「鬼王」，這是因為她具有「司天之屬及五殘」的能力，神與鬼、生與死的特性在西王母身上合而為一。

　　而人死後不亡的思想，也是原始先民在面對死亡這一真切事實時所提出的調整機制，王孝廉《中原民族的神話與信仰》第七章〈夸父神話──古代的幽冥信仰之一〉引《楚辭》、《淮南子》、《山海經》等資料說明，地下幽冥之國中多風多雨，有虺蛇、燭龍等物，其國之物盡黑，包括黑山、黑水、黑蛇、黑虎、黑豹，還有黑色幽民，王氏以為此幽民即「幽冥地獄裡的黑色鬼魂」〔註47〕，其民是不死的才，康韻梅也曾從古代墓葬形制所顯示死後如生的觀點、死後的存在以及死後的歸處三部份討論過中國古代死而不亡的信仰，她的結論說道：

> 由考古所得的墓葬資料，大抵表現出死後如生的信念，死後的存在亦具有強烈的物質性；而商周的祖先崇拜和先秦典籍中人死為鬼的記述，都延續了這個觀點，但也顯露出死後存在往往具有比生前更強的力量，可以禍福人間。至於死後的歸處在先秦已發展出天上帝所和地下幽都兩處，

〔註47〕王孝廉：《中原民族的神話與信仰》七〈夸父神話──古代的幽冥信仰之一〉（台北時報，1992 年），頁 293～294。

> 兩者皆不是完整的死後觀念世界,但根據時人的想法,都
> 具有延續生之所在的意義。〔註48〕

從「民神雜糅、鬼神不分、死而不亡」的觀念來看,先民具有混同萬
物乃至混同人、鬼、神的原始思維,死亡並不是那樣可怕,甚至死亡
可以是生命形式的轉換,而非真正的滅絕,這種死而再生的神話思維
與自然現象的循環導出了「圓形的時間觀」,也即是宇宙中的一切都
在周期中依照創生、發展、死亡的順序而循環重覆,這是一個時間的
原型。世界上各民族,在早期「都是把時間看做是一種圓形有如車輪
般循環的東西」〔註49〕,譬如古希臘的斯多葛學派(Stoicschool)認
為宇宙是一而再、再而三的重生與回歸,他們「認為宇宙是由一定周
期以後的幾個惑星,排列於固定的位置上所構成的,然後宇宙經過一
場大災害以後,所有的東西都被破壞,經過破壞以後的宇宙,必須經
過再度重建的過程而恢復原來的排列秩序,使這些惑星再回到原來的
軌道上運行。」〔註50〕中國道家老子「復歸於嬰兒」、「比於赤子」還
只是希望時間回歸起點,但莊子「方生方死」之說,便是圓形的時間
觀了。古先民的時間觀也是如此,他們觀察到「太陽白晝自東向西運
行,夜晚潛入地底自西向東回返。古人認為太陽在夜晚所經行的是另
一世界,由於該世界處於地底和水下,所以被想像成黑暗的陰間。」
〔註51〕經過了黑夜(死亡),第二天的太陽才能由東方升起(再生),
《九歌‧東君》「操余弧兮反淪降,援北斗兮酌桂漿,撰余轡兮高馳
翔,杳冥冥兮以東行」,寫的正是日神在深夜裡回歸東方的神話,這
不僅反映了初民對時間回歸的思維,也反映了對空間的回歸;月亮的
盈虧則表現了「死則又育」的典型,而四季的遞嬗往返正是生與死的
交替。

〔註48〕康韻梅:《中國古代死亡觀之探究》第四章〈死而不亡的信仰〉,臺
　　　　灣大學中國文學研究所博士論文,1993年。
〔註49〕王孝廉:《中原民族的神話與信仰》(台北時報,1992年),頁134。
〔註50〕王孝廉:《中原民族的神話與信仰》(台北時報,1992年),頁127。
〔註51〕葉舒憲:《探索非理性世界》(四川人民,1998年)。

（二）仙境體系的構建

在《山海經》、《楚辭》、《呂覽》、《莊子》、《穆天子傳》等大量先秦典籍以及《史記》、《淮南子》等漢初典籍中不斷被提到的不死之鄉、丹丘、崑崙、蓬萊、歸墟等等散布於遐荒絕域之中的仙鄉聖域，可以說是中國人神往的仙境最早雛型。這些令人目眩神迷的遠方神奇世界都和「不死」的觀念緊密地聯繫，長生不死的仙人，使人長生不死的芝草仙藥，以及靈禽異獸、瓊樓金殿都是這世界中最重要的景觀物象。這些古老典籍中大量出現對此類神奇世界的描述，其實有著非常久遠的文化淵源。《史記》中的《封禪書》、《秦始皇本紀》、《武帝本紀》等篇章中記載，最晚從戰國中期的燕昭王時代就已興起，在秦皇漢武時代登峰造極的尋找海上仙山以期獲得不死仙藥的方仙道運動，就是這一古老的文化暗流逐漸鼓蕩出的波瀾。

遐荒絕域中可以使人獲得長生的「不死聖域」雖然在理論上不見得能夠被證偽，但是在尋訪仙境的宗教實踐中，這一世界也從來沒能被證實。因此戰國以降，人們逐漸開始把這個世界放到了死後。近世出土的大量漢代墓葬圖像材料不斷向我們昭示，死後升入仙境的觀念在漢人的喪葬觀念中占有核心地位。然而，葬儀中所表達的觀念是否能代表人們對超越世界認識的全部內容，似乎還是個值得商榷的問題。但我們發現在民眾信仰世界中，相信「人可以進入仙境」的思想仍然有著極為廣泛的影響，這種仙境信仰在民間社會中仍然在普遍流行。

對神和仙及其所統治的神仙世界的信仰與嚮往，乃是道教信仰的基礎。〔註52〕有學者在總結道教仙境說的特徵時曾指出，道教的仙境說中，仙境有一種「由遠而近，由不可達而達」的演變過程〔註53〕。

〔註52〕傅飈：〈漫談道教的幾個基本信仰〉，《道教與傳統文化》（中華書局，1992 年），頁 309。
〔註53〕苟波：〈試論道教仙境說的特徵及意義〉，《宗教學研究》，2002 年第四期。

> 合丹當於名山之中，無人之地，結伴不過三人，先齋百日，
> 沐浴五香，致加精潔，勿近穢污，及與俗人往來，又不令
> 不信道者知之，謗毀神藥，藥不成矣。成者可以舉家皆仙，
> 不但一身耳。〔註 54〕

雖說葛洪主張入山修道有出於「不令不信道者知之，謗毀神藥」的現
實考慮，但是在修道的過程中神化修道的場所，賦予修道名山仙境的
屬性也是宗教活動中很自然的產物。畢竟，對長生不死的追求是道教
的核心信仰，而仙境則是成仙者最重要的歸宿。遠方世界中的仙境既
然不可達到，爲吸引信眾，在現實世界中設定一些仙境，也便是宗教
家一種不失策略的宣教手段。「深山幽谷人跡罕至雲霧繚繞，在人們
心目中本來就有一定的神秘性，把它改造成人間仙境，最容易也最適
宜不過〔註 55〕。

　　仙境作爲道教構擬出的理想世界，其最顯著特徵就在於那種相信
兩個世界可以溝通的強烈的此岸化傾向。尤其是地上的仙境，它甚至
被認爲和現實世界處於相同的地理空間之中。也正因如此，凡人便獲
得了進入仙境的可能性。因此，當道教思想介入到仙境信仰之後，運
用道教理論整飾仙境秩序，提升仙境信仰的理論基礎，建立一套井然
有序的仙境體系，就成爲道教的迫切任務。重整仙境秩序首先要做的
就是要明確規劃出仙境的空間位置，在道教發展的早期階段，許多道
教理論家就已開始思考根據仙境空間位置劃分仙境類型的問題，比如
早期道書《抱朴子》中就已透露出了這種思考的端倪：

> 仙人殊趣異路，以富貴爲不幸，以榮華爲穢污，以厚玩爲
> 塵壤，以聲譽爲朝露，蹈炎飆而不灼，蹈玄波而輕步，鼓
> 翮清塵，風駟云軒，仰凌紫極，俯棲崑崙。（頁 15）
>
> 《抱朴子・論仙》云：『上士舉形升虛，謂之天仙；中士遊
> 於名山，謂之地仙，下士先死後蛻，謂之尸解仙。』（頁 20）

〔註 54〕王明：《抱朴子内篇校釋・金丹》（中華書局，1985 年），頁 74。
〔註 55〕汪涌豪、余灝敏：《中國遊仙文化》（復旦大學，2005 年），頁 198。

《太清關天經》云：『上士得道，升爲天官；中士得道，棲
集昆侖；下士得道，長生世間。』（頁 76）

葛洪所列舉的修道者修煉成功後進入的「玄波」、「紫極」、「崑崙」等
仙境，其實就標誌著仙境的不同空間位置，即天上仙境、海上仙境和
山中仙境。他引用的更早的道經《仙經》和《太清觀天經》中對不同
層次的仙人所進入仙境的劃分，其實也昭示了仙境的不同類型。大而
言之，海上仙境和崑崙爲代表的名山仙境都屬於地上仙境。所以，在
道教構擬的仙境體系中，仙境也便順理成章地劃分爲天上仙境和地上
仙境兩大系統。經過道教經典的整理之後，地上仙境逐漸被規範爲以
「十洲三島」爲代表的海上仙境以及「二十四治仙境」、「洞天仙境」
等三種類型。十洲三島是道教對產生於上古時期的海上仙境思想整合
之後的產物；二十四治仙境則是從道教自身發展中衍生出的仙境類
型，是早期道教教區經過宗教化改造後產生的新型仙境；洞天仙境則
是對早期道教所推崇的名山仙境的總結。

　　然而還有一點值得注意的是，在道教的仙境體系中，還有一種體
內仙境的觀念。這種仙境其實是天人同構的道教哲學思想在仙境信仰
中的體現，是仙境在人體小宇宙中的投射，或者說是仙境內化入人體
小宇宙的結果。這種身中仙境觀念的產生，其思想根源是道教所信奉
的天人同構的宇宙模式理論。「道家人體小宇宙（或人體小天地）思
想的基本含義是：人的身體有著與外部宇宙相似的結構，是一個具體
而微的小宇宙。」〔註 56〕道教是個多神崇拜的宗教，它所信奉的神靈
大體可分爲最高神或教主神、統御神、仙眞、身中神四大類型。〔註
57〕其中，身中神就是以「具體而微」的人體小宇宙爲其治所的神靈。
在道教的內煉修仙方術中，身中神與仙境逐漸發生了聯繫，那些由不

〔註 56〕張廣保：〈從道家的根本道論到道教的內丹學——兼論原始道家的生
道合一原則〉，《道家文化研究》第二十一輯（三聯書店，2006 年），
頁 301。
〔註 57〕陳兵：〈道教的基本信仰與教義〉，見卿希泰主編：《道教與中國傳統
文化》（福建人民，1990 年），頁 24～25。

同的身中神統御的臟器在道教的修煉術語中被賦予了仙境或神仙府第的名稱。如在前面第二小節所述，它在道教的內煉修道方術中有其相當的價值和意義。

（三）文學作品的他界意象

1、西王母——女仙之首

對於西王母居處、形貌、職司、使者的確切敘述，則始見於《山海經》：

> 玉山，是西王母所居也。西王母其狀如人，豹尾虎齒而善嘯，蓬髮戴勝，是司天之厲及五殘。〈西山經〉
>
> 西王母梯几而戴勝杖，其南有三青鳥，為西王母取食。在昆侖虛北。〈海內北經〉
>
> 西海之南，流沙之濱，赤水之後，黑水之前，有大山，名曰昆侖之丘。有神——人面虎身，有文有尾，皆白——處之。其下有弱水之淵環之，其外有炎火之山，投物輒然。有人，戴勝，虎齒，有豹尾穴處，名曰西王母。此山萬物盡有。〈大荒西經〉〔註58〕

西王母之神職是「司天之厲及五殘」，據郭璞注，即是「主知災厲五刑殘殺之氣也」〔註59〕；就西王母的居處看來，所居之玉山實有永恆不朽、生機漫衍的暗示〔註60〕，而昆侖之丘更是萬物盡有，特別是擁有不死樹與不死藥的樂園聖域〔註61〕，暗示這位刑殺之神同時也是賜予生命的「生命之母」〔註62〕。而在民間，西王母已是百姓崇奉祭拜的神祇，被視為解厄救災、延命不死的保護神：

〔註58〕袁珂：《山海經校注》（臺北里仁，1981年）頁50、306、407。
〔註59〕袁珂：《山海經校注》（臺北里仁，1981年），頁51。
〔註60〕袁珂：《山海經校注》（臺北里仁，1981年），頁41。可見玉之神秘色彩與喚起生機的效用。
〔註61〕袁珂：《山海經校注》（臺北里仁，1981年），頁299～301。
〔註62〕Joseph Compbell 著、朱侃如譯：《千面英雄》（The Hero with A Thousand Face）（臺北立緒，1997年），頁331。

> 哀帝建平四年正月，民驚走，持稿或梜一枚，傳相付與，
> 曰行詔籌。道中相過逢多至數千，或被髮徒踐，或夜折關，
> 或踰牆入，或乘車騎奔馳，以置驛傳行，經歷郡國二十六
> 至京師。其夏，京師郡國民聚會里巷仟佰，設張博具，歌
> 舞祠西王母。又傳書曰：「母告百姓，佩此書者不死。不信
> 我言，視門樞下，當有白髮。」《漢書‧五行志》〔註63〕

陷於災難將至的恐慌之中，百姓唯視西王母爲禳災辟邪的保護神，可
見西王母神格中慈善祥和與長生延年的一面，在充滿苦難的人間裡不
斷被突顯。另一方面，由於神仙信仰的推波助瀾，長居昆侖、「生不
知死」的西王母在漢代更普遍被視爲不死之藥的擁有者，文人辭賦中
亦已塑造長生不死、欣然上壽的西王母形象：

> 低迴陰山翔以紆曲兮，吾乃今日睹西王母。暠然白首戴勝
> 而穴處兮，亦幸有三足鳥爲之使。必長生若此而不死兮，
> 雖濟萬世不足以喜。〈司馬相如‧大人賦〉〔註64〕

> 風傱傱而扶轄兮，鸞鳳紛其御蕤。梁弱水之澹瀯兮，躐不
> 周之逶蛇。想西王母欣然而上壽兮，屏玉女而卻虙妃。〈揚
> 雄‧甘泉賦〉〔註65〕

〈大人賦〉中戴勝穴處的西王母儘管仍帶有原始神話色彩，而暠然白
首的造像或許也與民間信仰有關，但其長生不死的仙人特質已經十分
明顯，至於〈甘泉賦〉中欣然上壽的王母塑像，對於後世詩詞吟詠、
民間文學以及戲曲小說中西王母之世俗性格的塑造，也已遙啓先河。

　　及至道教成立，累積深刻之長生印象以及豐厚民間信仰的西王
母，自然成爲道教徒爲了宣揚神仙實有而刻意塑造的神仙典範，東晉
葛洪《枕中書》稱西王母爲「九光元女，號曰太眞西王母，是西漢夫
人。所治群仙無量也」〔註66〕，已奠定其女仙之首的地位。

〔註63〕班固：《漢書》（臺北鼎文，1984年），頁1476。
〔註64〕費振剛等輯校：《全漢賦》（北京大學，1993年），頁92。
〔註65〕費振剛等輯校：《全漢賦》（北京大學，1993年），頁172。
〔註66〕呂宗力、欒保群：《中國民間諸神》（臺北學生，1991年）己編〈西
　　　　王母〉，頁505。

　　西王母的形象在據傳是早期上清經派道士所作之《漢武帝內傳》

〔註67〕中，有更鮮明細膩的刻畫與蛻變痕跡：

四月戊辰，帝閒居承華殿，東方朔、董仲舒在側。忽見一
女子，著青衣，美麗非常。帝愕然，問之，女對曰：「我墉
宮玉女王子登也，乃爲王母所使，從崑崙山來。」語帝曰：
「……從今日清齋，不闤人事，至七月七日，王母暫來也。」
帝下席跪諾。言訖，玉女忽然不知所在。……到七月七
日，……帝乃盛服立於階下，敕端門之內，不得有妄窺者。
內外寂謐，以候雲駕。到夜二更之後，忽見西南如白雲起，
鬱然直來，逕趨宮庭。須臾轉近，聞雲中有簫鼓之聲，人
馬之響。半食頃，王母至也。縣投殿前，有似鳥集。或駕
龍虎，或乘白麟，或乘白鶴，或乘軒車，或乘天馬，群仙
數千，光耀庭宇。既至，從官不復知所在。唯見王母乘紫
雲之輦，駕九色斑龍，別有五十天仙，側近鸞輿，皆長丈
餘，同執綵毛之節，佩金剛靈璽，戴天眞之冠，咸住殿下。
王母唯扶二侍女上殿，侍女年可十六七，服青綾之褂，容
眸流眄，神姿清發，眞美人也。王母上殿，東向坐。著黃
錦袷襦，文采鮮明，光儀淑穆，帶靈飛大綬，腰佩分景之
劍，頭上大華結，戴太眞晨嬰之冠，履玄璚鳳文之舄。視
之，可年三十許，脩短得中，天姿掩藹，容顏絕世，眞靈
人也。下車登床，帝拜跪，問寒暄畢，立。因呼帝共坐。
帝面南。王母自設天廚，眞妙非常。豐珍上果，芳華百味，
紫芝萎蕤，芬芳填樏，清香之酒，非地上所有，香氣殊絕，
帝不能名也。又命侍女更索桃果，須臾以玉盤盛仙桃七顆，
大如鴨軟卵，形圓青色，以呈王母。母以四顆與帝，三顆
自食，桃味甘美，口有盈味。帝食輒收其核，王母問帝，
帝曰：「欲種之。」母曰：「此桃三千年一生實，中夏地薄，
種之不生。」帝乃止。於坐上酒觴數遍，王母乃命諸侍女

〔註67〕小南一郎：〈《漢武帝內傳》的形成〉，《中國神話傳說與古小說》。李
　　　　豐楙：〈漢武內傳研究——漢武內傳的著成及其演變〉，《六朝隋唐仙
　　　　道類小說研究》（臺北學生，1986 年）頁 36。

> 王子登彈八琅之璈，又命侍女董雙成吹雲和之笙，石公子
> 擊崑庭之金，許飛瓊鼓震靈之簧，婉凌華拊五靈之石，范
> 成君擊湘陰之磬，侍女段安香作九天之鈞，於是眾聲徹朗，
> 靈音駭空。……至明旦，王母與上元夫人同乘而去。人馬
> 龍虎，道從音樂如初，而時雲彩鬱勃，盡爲香氣。極望西
> 南，良久乃絕。《班固‧漢武帝內傳》〔註68〕

西王母使者爲美麗非常的墉宮玉女王子登；西王母降臨儀隊排場——
有「光耀庭宇」之「群仙數千」以爲前導，有「執綵毛之節，佩金剛
靈璽，戴天眞之冠」的「五十天仙」隨侍鑾輿之側，更顯得壯盛華麗，
烘托出西王母於仙界之尊貴地位；至於西王母的容貌服飾——「著黃
錦裌襦，文采鮮明，光儀淑穆，……天姿掩藹，容顏絕世，眞靈人也」，
自是雍容華貴、豔麗絕世而群仙簇擁的首席仙眞；王母「自設天廚，
精妙非常」、以及「眾聲徹朗，靈音駭空」齊奏仙樂等情節，學者小
南一郎所指出，具有「與諸神共同攝取彼岸的食物，就會超越現世時
間中的生存，而可以接近永恆的生命」的儀式意義。

2、麻姑——滄海遊歷

　　麻姑是一位風格特異的女仙，麻姑事跡首見《列異傳》：

> 神仙麻姑降東陽蔡經家，手爪長四寸，經意曰：「此女子實
> 好佳手，願得以搔背。」麻姑大怒，忽見經頓地，兩目流
> 血。〈曹丕‧列異傳〉〔註69〕

據此可見麻姑的特徵與神通，特長的手爪、洞察人意的機敏、不容侵
犯的潑辣性情、怒則傷人於無形的陰狠法術，在在顚覆了典型女仙妍
麗悅媚、溫婉柔善的美好形象。至葛洪《神仙傳》中，爲了美化仙眞，
麻姑之形象與性情皆已有所修飾：

> 漢孝桓帝時，神仙王遠，字方平，降於蔡經家。……方平
> 與經父母兄弟相見，獨坐久之，即令人相訪。經家亦不知
> 麻姑何人也。言曰：「王方平敬報姑，余久不在人間，今集

〔註68〕《筆記小說大觀》第三編第八冊（台北新興，1973 年）頁 5500～5506。
〔註69〕魯迅：《古小說鈎沉》（齊魯書社，1997 年），頁 89。

在此，想姑能暫來語乎？」有頃，使者還，不見其使，但
聞其語云：「麻姑再拜，不見忽已五百餘年，尊卑有序，修
敬無階，煩信來，承在彼登山，顛倒而先受命，當按行蓬
萊，今便暫往，如是當還。還便親覲，願未即去。」如此
兩時間，麻姑至矣。來時亦先聞人馬簫鼓聲，既至，從官
半於方平。麻姑至，蔡經亦舉家見之。是好女子，年十八
九許，於頂中作髻，餘髮垂至腰。其衣有文章而非錦綺，
光綵耀目，不可名狀。入拜方平，方平為之起立。坐定，
召進行廚，皆金盤玉杯，餚膳多是諸花果，而香氣達於內
外。擘脯行之，如柏靈，云是麟脯也。麻姑自說：「接待以
來，已見東海三為桑田，向到蓬萊，水又淺於往者，會時
略半也，豈將復還為陵陸乎？」方平笑曰：「聖人畢言，海
中復揚塵也。」姑欲見蔡經母及婦姪。時經弟婦新產數十
日，麻姑望見，乃知之曰：「噫！且止，勿前。」即求少許
米，得米，便撒之擲地，視其米，皆成真珠矣。方平笑曰：
「姑故少年，吾老矣，不喜復作此狡獪變化也。」……又
麻姑鳥爪，蔡經見之，心中念言：「背大癢時，得此爪以爬
背，當佳。」方平已知經心中所念，即使人牽經鞭之，謂
曰：「麻姑，神人也，汝何思謂爪可以爬背耶？」但見鞭著
經背，亦不見有人持鞭者。方平告經曰：「吾鞭不可妄得
也。」……宴畢，方平麻姑命駕昇天而去，簫鼓道從如初
焉。〈葛洪‧神仙傳‧卷七〈麻姑傳〉〔註70〕

傳中描繪麻姑的形貌，乃是年十八九許之好女子，長髮盤髻衣有文
彩，光華耀目莫可名狀，其應答舉止亦皆謹守仙界倫理，展現溫良有
禮的儀態風範，惟其手爪長似鳥爪的特徵依舊，然對於蔡經冒犯仙人
之唐突意念的懲罰，已改由王方平使人施以鞭刑，不再由麻姑親自於
暗中施以陰狠的懲戒法術，實改造了麻姑原初樸野殘狠、潑辣爽直、
不容侵犯的形象與性格。此外，擲米成珠以除邪穢的法術，似亦隱隱
透露其女性保護神的神格，而透過王方平「姑故年少也，吾老矣，不

〔註70〕《歷代真仙史傳》所輯【晉】葛洪：《神仙傳》，頁96。

喜復作此狡獪變化」之語，又可見得麻姑以炫耀法術自矜自喜、一如赤子般的純真性情。

　　然而，此傳中最具原創性之想像，也最為使人觸目驚心的，卻是麻姑與王方平一段閒話家常、輕描淡寫似的神仙對話：「接待以來，已見東海三為桑田，向到蓬萊，水又淺於往昔，會時略半也，豈將復為陵陸乎？」「聖人畢言，海中復揚塵也。」在常人普遍認知中當是永不枯竭的大海，或至少是緩慢得幾乎無從覺察的海陸變化，在仙人沒有時空限制的眼界裡，滄海揚塵、化為桑田又復淹沒成海，卻不過是尋常屢見的大地景象變遷的自然節奏，而更令人驚嘆稱羨的是，曾經三見東海化為桑田的麻姑，面貌依舊宛如十八九歲之青春女子，超越時空、天地遨翔，著實為長生不老、自在自得的快樂仙子。

　　自《神仙傳》後，關於麻姑事跡亦頗多附會傳聞，如南朝梁任昉《述異異記》：「濟陽山，麻姑登仙處。俗說山上千年金雞鳴，玉犬吠。」﹝註71﹞唐顏真卿〈撫州南城縣麻姑山仙壇記〉云撫州有麻姑山，「頂有古壇，相傳云麻姑於此得道。壇東南有池，中有紅蓮，近忽變碧，今又白矣」，「壇傍有杉松，皆偃。蓋時聞步虛鐘磬之音」，其鄰近之石崇觀，「高石中猶有螺蚌殼，或以為桑田所變」﹝註72﹞。至宋，各地更更有所謂麻姑岩——「在天台縣西南二十五里，一名仙姑巨石，嵚岈矯如人立，昔訪王方平於此岩，其上有洞，像存焉」、麻姑觀——「在（隆興府）進賢縣南。周時舉記云：麻姑名山有三，一在宣城，是為沖昇之地，一在盱江，是為得道之地，一在豫章進賢，是為經遊之地」等靈跡與傳說﹝註73﹞，種種傳聞，顯示了民間對於女仙麻姑的好奇與崇信。

﹝註71﹞《歷代筆記小說選——漢魏六朝》（臺北商務，1965），頁167。
﹝註72﹞《顏魯公文集》卷十三，《四部叢刊初編・集部》（臺北商務，1965）第146冊，頁71。
﹝註73﹞王象之：《輿地紀勝》卷十二〈台州・景物下〉、卷二六〈隆興府・仙釋〉。《續修四庫全書・史部地理類》（上海古籍，1995），頁177、302。

3、赤松子——鍛鍊從容

　　赤松子應是最早為文人所歌詠的仙人，早在《楚辭》裡便已見其仙蹤：

> 聞赤松之清塵兮，願承風乎遺則。貴眞人之休德兮，美往世之登仙。〈遠游〉〔註74〕
>
> 臨中國之眾人兮，託回飆乎尚羊；乃至少原之埜兮，赤松王喬皆在旁。二子擁瑟而調均兮，余因稱乎清商。澹然而自樂兮，吸眾氣而翱翔。〈惜誓〔註75〕〉

於辭賦中出世離塵、徜徉遨翔的赤松子，乃是學仙者所仰慕追隨的理想對象。然而追隨赤松與其遨翔，似乎不僅是文人的浪漫幻想，輔佐劉邦取得天下的留侯張良，在為韓報仇、亡秦功成之際，也以追隨赤松、退隱學道為其明智抉擇：

> 留侯乃稱曰：「……今以三寸舌，為帝者師，封萬戶、位列侯，此布衣之極，於良足矣。願棄人間事，欲從赤松子游耳。」乃學辟穀道引輕身。《史記·留侯世家》〔註76〕

出處進退始終不違其心、不逆其志的張良，不僅成就非凡功業，更展現瀟灑從容的精神風度，一生淋漓盡致，著實為後世無數文人所欣羨仰慕的理想範型。

　　據上引《史記》之文，赤松子似是以辟穀、導引之術而成仙者〔註77〕，此外，《淮南子》對於赤松子學仙之術與其仙人形象亦有述及：

> 今夫王喬、赤誦子，吹嘔呼吸，吐故內新，遺形去智，抱素反眞，以游玄眇，上通雲天。〈齊俗訓〉〔註78〕
>
> 王喬赤松，去塵埃之間，離群慝之紛，吸陰陽之和，食天地之精，呼而出故，吸而入新，躁虛輕舉，乘雲游霧，可

〔註74〕洪興祖：《楚辭補註》（中華書局，1985年），頁126。
〔註75〕洪興祖：《楚辭補註》（中華書局，1985年），頁180。
〔註76〕瀧川資言：《史記會注考證》（台北天工，1993年），卷25頁28～29。
〔註77〕卿希泰主編：《中國道教》第三冊第七編〈科儀方術〉，頁291、284。
〔註78〕《淮南子注》，卷11頁178。

謂養性矣。〈泰族訓〉〔註79〕

赤誦子即赤松子，「以遊玄眇，上通雲天」、「蹀虛輕舉，乘雲游霧」，可謂塑造了赤松王喬飄然輕舉的飛仙形象；而所謂「吹嘔呼吸，吐故納新」、「呼而出故，吸而入新」等，當指行氣之術。除了以導引之術成仙，更多了赤松子之籍貫與學仙背景的記載，兩者使得赤松子多了些凡人色彩，但也加強了神仙可學而致的宗教意味。

至於敘其年代、事跡與成仙之術的較完整傳記，則首見《列仙傳》：

> 赤松子者，神農時雨師也。服水玉，以教神農，能入火自燒。往往至崑崙山上，常止西王母石室中，隨風雨上下。炎帝少女追之，亦得仙，俱去。高辛時，復為雨師。今之雨師本是焉。〔註80〕

仙傳將赤松子之年代推至極為久遠之世，至於其學仙之術，除了「服水玉」之外，所謂「往往至崑崙山上，常止西王母石室中」似乎也是某種神秘的鍛鍊工夫〔註81〕，而「能入火自燒」與「隨風雨上下」則儼然是展現其入火不熱、入水不濡、御風雨而行的異能與神通，尤其後者更是顯現其「上通雲天」、「乘雲遊霧」般飄飛不繫的神仙風采。除了個人修煉，赤松子也以道術教授神農父女，尤其炎帝少女隨其學仙，終於亦得仙羽化而雙雙遺世輕舉。至帝嚳高辛氏之時，赤松子「復為雨師」，此除了證其歷時久遠、長生不死的神仙本質，更可見其世外人間去來自如無拘無礙的從容自在。

就上述資料可見，赤松子成仙之術除了辟穀、導引、行氣之外，又有服食一項，《列仙傳》所云「水玉」，於《搜神記》作「冰玉散」〔註82〕，郭璞則云：「水玉冰鱗，潛映洞川，赤松是服，靈蛻乘煙，

〔註79〕《淮南子注》，卷20頁353～354。

〔註80〕王叔岷：《列仙傳校箋》（中國文哲研究所，1995年），頁1。

〔註81〕小南一郎：〈西王母與七夕文化傳承〉，收入氏著、孫昌武譯：《中國神話傳說與古小說》，頁117。

〔註82〕干寶：《搜神記》（臺北里仁，1982）卷一，頁1。

吐納六氣，升降九天。」〔註83〕服玉得以使人肉身如玉石般堅實不朽，
玉石甚至能守護亡者之尸以待其復生，似乎是極為古老的宗教信仰，
其中亦不無原始交感巫術的殘跡〔註84〕，至葛洪《抱朴子內篇》，對
於赤松子服玉得仙之事，亦有進一步的想像與詮釋：

> 玉亦仙藥，但難得耳。《玉經》曰：服金者壽如金，服玉者
> 壽如玉也。……赤松子以玄蟲血漬玉為水而服之，故能乘
> 煙上下也。玉屑服之與水餌之，俱令人不死。〈仙藥篇〉

據此可知道教以玉為難得仙藥，同時也有獨特的服食之法，除玉之
外，赤松子服食之物還有其他傳說：

> 火芝，常以夏采之，葉上赤，下莖青。赤松子服之，常在
> 西王母前，隨風上下，往來東西。《藝文類聚》卷九八引《抱
> 朴子》佚文赤松子好食柏實，齒落更生。同前卷八八引《列
> 仙傳》佚文〔註85〕。

以柏實為仙藥，或與柏樹冬夏常青有關；至於火芝，為芝草的一種，
據葛洪《抱朴子內篇・仙藥》云：「凡此芝草，又有百二十種，皆陰
乾服之，則令人與天地相畢，或得千歲二千歲。」在道教信仰中也是
能令人長壽的仙方。

　　南北朝時期，傳聞浙江金華山乃赤松子成仙羽化之處，沈約有〈赤
松澗詩〉：

> 松子排煙去，英靈眇難測。惟有清澗流，潺湲終不息。神
> 丹在茲化，雲軿於此陟。願受金液方，片言生羽翼。渴就
> 華池飲，飢向朝霞食。何時當來還，延佇清巖側。（逯本頁
> 1638）

〔註83〕歐陽詢：《藝文類聚》（臺北新興，1973）卷七八引，頁 2010。
〔註84〕弗雷澤（J.G.Frazer）：《金枝》（The Golden Bough）（汪培基譯，臺北：
　　　　桂冠，1991）第三章〈交感巫術〉，頁 21。趙有聲等合著：《生死・
　　　　享樂・自由——道家和道教的關係及人生理想》第三章〈生與死〉，
　　　　頁 86～87。康韻梅：《中國古代死亡觀之探究》（臺大文史叢刊，1994）
　　　　第三章〈長生久視的迷思〉、第四章〈死而不亡的信仰〉，頁 53、139
　　　　～140。
〔註85〕《藝文類聚》，頁 2515、2253。

詩中流露仙人遠去眇難追攀的歎息，以及仰慕仙人渴望成仙之意。金
華山為赤松子成仙之處的傳說，至唐、宋之時依然流行不輟〔註86〕。

4、王子喬──緱山仙去

最早記載亦見於《楚辭・遠游》：

> 春秋忽其不淹兮，奚久留此故居？軒轅不可攀援兮，吾將
> 從王喬而娛戲。餐六氣而飲沆瀣兮，漱正陽而含朝霞。保
> 神明之清澄兮，精氣入而麤穢除。順凱風以從游兮，至南
> 巢而壹息。見王子而宿之兮，審壹氣之和德。曰道可受兮
> 不可傳，其小無內兮其大無垠，無滑而魂兮彼將自然，壹
> 氣孔神兮於中夜存，虛以待之兮無為之先，庶類以成兮此
> 德之門。〔註87〕

辭中除了感慨歲月流逝以及表陳學仙之志，更闡述修行道術，所云「餐
六氣而飲沆瀣兮，漱正陽而含朝霞。保神明之清澄兮，精氣入而麤穢
除。」等，當即吐納行氣之術，可知〈遠游〉中與詩人娛戲遨遊的王
子喬，乃是一位精通行氣之術的仙人。

據唐代杜光庭《王氏神仙傳》載，名為王喬之神仙又有三人：「有
王子晉王喬，有葉縣令王喬，有食肉芝王喬。皆神仙，同姓名。」〔註
88〕所謂「食肉芝王喬」其說晚出，首見於杜光庭《王氏神仙傳》：

> 益州北平山上有白蝦蟆，謂之肉芝，非仙才靈骨，莫能致
> 之。王喬食之，得道。今武陽有靈仙祠。〔註89〕

至於葉縣令王喬乃東漢時人，其事見《風俗通》：

> 漢明帝時尚書郎王喬為葉令，月朔常詣朝堂。明帝知其來
> 而無車騎，密令太史候望。言其臨至時，常有雙鳧從東南
> 飛來，使因見鳧，舉羅，得一舄，使尚方識之，乃四年所
> 賜尚書官履也。每朝，葉門下鼓不擊自鳴，聞於京師。後

〔註86〕《文淵閣四庫全書》（臺灣商務，1986 年）〈史部・地理類〉第 468
　　　　冊，頁 446。
〔註87〕洪興祖：《楚辭補註》（中華書局，1985 年），頁 274～276。
〔註88〕陶宗儀：《說郛三種》（上海古籍，1988 年），頁 132。
〔註89〕陶宗儀：《說郛三種》（上海古籍，1988 年），頁 132。

天上乃下一玉棺於廳前，喬曰：「天帝召我。」沐浴，寢其
中，蓋便上覆。葬於城東，土自成墳，百姓爲立祠，號葉
君祠。《太平御覽》卷六六二引《風俗通》

然所云「古仙人王喬」，當即周靈王太子晉，爲數位王喬中最爲知名、
也最引人稱羨的仙人，其傳見《列仙傳》：

王子喬者，周靈王太子晉也。好吹笙作鳳凰鳴。遊伊、洛
之間，道士浮丘公接以上嵩高山。三十餘年後，求之於山
上，見桓良，曰：「告我家，七月七日待我於緱氏山巔。」
至時，果乘白鶴駐山頭。望之不得到，舉手謝時人，數日
而去。亦立祠於緱氏山下，及嵩山首焉。〔註90〕

周靈王太子王子喬與秦穆公公主弄玉一般，都因爲雅愛音樂，「好吹
笙作鳳凰鳴」而締結仙緣的王室貴族，此外，道士浮丘的接引亦爲王
子喬成仙之重要機緣；至於入嵩高山三十餘載，王子喬究竟煉何仙術
未得而知，而最終乘鶴來降緱氏山巔的意義，許是學仙已成，唯世情
未能盡斷，於是藉此山巔一別以了卻塵緣。相較於赤松子服水玉、攀
石室、入火錘煉艱辛備嘗的成仙過程，王子喬之成仙據仙傳敘述所
見，竟是未嘗經歷考驗折磨，與蕭史弄玉於鳳臺上日日吹簫終致雙雙
隨鳳凰飛去一般，顯得詩意而浪漫，最是引得後人稱羨〔註91〕，而其
乘鶴吹笙、縹緲山巔終於飄然遠去的最後一抹身影，如《列仙傳贊》
所謂「揮策青崖，假翰獨往」，以及晉人陸機〈王子喬贊〉云：「遺形
靈岳，顧景忘歸。乘雲倏忽，飄颻紫微。」〔註92〕也成爲遺世離塵、
訣絕情累，充滿詩意美感的意象。

5、彭祖——長生世間

以長壽著稱的彭祖，乃是家喻戶曉的古代仙人，但在古籍記載
中，彭祖卻呈現著歷史與神話交錯重疊的謎樣色彩。在經史系統之

〔註90〕王叔岷：《列仙傳校箋》（中國文哲研究所，1995 年），頁 65。
〔註91〕方瑜：《不隨時光消逝的美——漢魏古詩選》（臺北洪建全基金會，
　　　　2001 年），頁 197。
〔註92〕《藝文類聚》卷七八引，頁 2010。

外，南方楚地則是流傳彭祖的神話傳說，而皆以長壽爲其特徵：

> 彭鏗斟雉，帝何饗？受壽永多，夫何久長？《楚辭·天問》
> 〔註93〕

> 楚之南有冥靈者，以五百歲爲春，五百歲爲秋；上古有大
> 椿者，以八千歲爲春，八千歲爲秋。而彭祖乃今以久特聞，
> 衆人匹之，不亦悲乎！《莊子·逍遙遊》

> 彭祖得之（道），上及有虞，下及五伯。《莊子·大宗師》

> 吹呴呼吸，吐故納新，熊經鳥申，爲壽而已矣；此導引之
> 士、養形之人彭祖壽考者之所好也。《莊子·刻意》〔註94〕

從《天問》可知，彭祖在屈原時已是知名的長壽之人，而《莊子·逍
遙遊》雖有諷諭當世之意，卻也反映戰國時代人們普遍以彭祖爲長生
者的認知；在〈大宗師〉中，彭祖與堪坏、馮夷、肩吾、黃帝、顓頊、
禺強、西王母、傅說等神話諸神或神仙色彩濃厚之神人並列，因得「道」
而享高壽，「上及有虞，下及五伯」標舉其歷時久遠，年命之長果眞
異於常人；至〈刻意篇〉中所敘之彭祖則更見仙道色彩，爲長於吐納
導引之術，善於養生致壽之傳奇人物。

　　及至漢代，彭祖乃正式躋身仙班，在《列仙傳》中，有關彭祖年
代、身世與養生修煉之術，皆有進一步的整輯與增衍：

> 彭祖者，殷大夫也。姓籛，名鏗，帝顓頊之孫，陸終氏之
> 中子。歷夏至殷末，八百餘歲常食桂芝，善導引行氣。歷
> 陽有彭祖仙室，前世禱請風雨，莫不輒應。常有兩虎在祠
> 左右，祠訖地即有虎跡云。後昇仙而去。〔註95〕

此傳關於彭祖之姓名、身世與年代的記載，多據《世本》、《史記》，
而定其八百歲之壽爲「歷夏至殷末」。至於彭祖修煉之術，除已見《莊
子》的導引行氣，又增加服食桂芝一項，所謂桂芝或爲桂樹枝幹上所
生之菌類，而桂樹在漢代已被視爲「百藥之長」，具有經冬愈榮的特

〔註93〕洪興祖：《楚辭補註》（中華書局，1985年），頁90。
〔註94〕郭慶藩：《莊子集釋》（台北河洛，1974年），頁11，247，535。
〔註95〕王叔岷：《列仙傳校箋》（中國文哲研究所，1995年），頁38。

性，至於芝草本爲祥瑞象徵，亦是生於仙界的瑞草〔註96〕。此外，傳
中並增衍歷陽彭祖仙室之神跡，「請禱風雨，莫不輒應」賦予彭祖以
濟世色彩，也反映漢代神仙崇拜現實而淳樸的內涵，至於仙室旁常有
兩虎，祠訖則地有虎跡等，或與《史記‧楚世家》所載彭祖與楚之先
世具有血脈淵源，而楚文化中正存在著虎圖騰崇拜信仰有所關聯〔註
97〕。

　　隨著道教成立，自古已是長壽象徵的彭祖，自然也成爲道徒宣揚
長生可致以及修煉道術之理論功效的神仙典範。在晉代葛洪《神仙傳》
中，彭祖的神仙性格與修煉之術皆產生變化，與《列仙傳》所呈現之
歷史身世與神話色彩交纏、出世而不忘濟世的形象有所不同。關於彭
祖之身世，《神仙傳》云：

> 帝顓頊之玄孫也。……遺腹而生，三歲而失母，遇犬戎之
> 亂，流離西域，百有餘年。加以少枯，喪四十九妻，失五
> 十四子，數遭憂患，和氣折傷，冷熱肌膚不澤，榮衛焦枯，
> 恐不度世。〔註98〕

據此則彭祖可謂身世坎坷，既遭遇世亂，流離西域百餘年，又飽經失
親之痛，以致和氣傷折容貌焦枯。然或許正因經歷苦難之故，彭祖自
有遠離是非明哲保身之道，《神仙傳》言其性情云：

> 少好恬靜，不卹世務，不營名譽，不飾車服，唯以養生治
> 身爲事。王聞之，以爲大夫，常稱疾閒居，不與政事。……
> 性沈重，終不自言有道，亦不作詭惑變化鬼怪之事，竊然
> 無爲。……王自往問訊，不告；致遺珍玩前後數萬金，而
> 皆受之，以恤貧賤，無所留。〔註99〕

相對於《列仙傳》中「禱請風雨，莫不輒應」的彭祖，在此則是潔身

〔註96〕《說文解字》：「桂，江南木，百藥之長。」見【清】段玉裁：《說文
　　　　解字注》（臺北漢京，1980年，頁242。
〔註97〕蕭兵：《楚辭文化》（北京：中國社科，1992）第七章《〈檮杌〉和〈美
　　　　洲虎〉：以圖騰命名的史書——兼論泛楚文化與虎圖騰機制的關係）。
〔註98〕蕭天石主編：《歷代眞仙史傳》（臺北自由，1989年），頁48～49。
〔註99〕蕭天石主編：《歷代眞仙史傳》（臺北自由，1989年），頁48～49。

自好、不卹世務、不求榮利的養生之人，雖亦接受王之饋贈而轉賜貧賤之人，但終究是爲求清靜自保，並非以積極解決民困爲主要目的。

至於《神仙傳》所記彭祖養生治身之術，有所謂服食：

> 服水桂、雲母粉、麋角散。〔註100〕

有行氣、胎息、按摩、咽津、導引等〔註101〕：

> 常閉氣內息，從旦至中，乃危坐拭目，摩搦身體，舐唇咽唾，服氣數十，乃起行言笑。體中或疲倦不安，便導引閉氣，以攻所患。心存其體面九竅、五臟、四肢、至於毛髮，皆令俱至。覺其氣雲行體中，故於鼻口中達十指末，尋即體和。〔註102〕

而最爲特殊的是，更有所謂的房中術：

> 養壽之道，但莫傷之而已。夫冬溫夏涼，不失四時之和，所以適身也。美色淑姿，幽閒娛樂，不致思慾之惑，所以通神也。……苟能節宣其宜適，抑揚其通塞者，不以減年，得其益也。……遠思彊記傷人，憂喜悲哀傷人，喜樂過差傷人，忿怒不解傷人，汲汲所願傷人，陰陽不順傷人。有所傷者數種，而獨戒於房中，豈不惑哉？男女相成，猶天地相生也。所以神氣導養，使人不失其和。天地得交接之道，故無終竟之限，人失交接之道，故有傷殘之期。能避眾傷之事，得陰陽之術，則不死之道也。〔註103〕

源自戰國神仙家的房中術，在道教成立後亦將其納入修煉道術體系之中，自先秦至唐皆盛行不輟〔註104〕。透過葛洪的型塑和利用，彭祖因此從一位長於導引行氣的養生家，轉變成標榜「陰陽之術」乃「不死之道」的神仙，而正因其清靜自守、淡泊世務、遠害全生，且又精熟服食、行氣、導引、房中等煉養之術，因此傳中更言彭祖至「殷末

〔註100〕蕭天石主編：《歷代眞仙史傳》（臺北自由，1989年），頁48～49。
〔註101〕卿希泰：《中國道教》第三冊第七編〈科儀方術〉，頁281、288。
〔註102〕蕭天石主編：《歷代眞仙史傳》（臺北自由，1989年），頁48～49。
〔註103〕蕭天石主編：《歷代眞仙史傳》（臺北自由，1989年），頁48～49。
〔註104〕卿希泰：《中國道教》第三冊第七編〈科儀方術〉，頁299。

已七百六十七歲，而不衰老」，且又「常有少容」。

此外，葛洪亦透過彭祖而宣揚地仙理念，《抱朴子內篇‧對俗》云：「彭祖言：天上多尊官大神，新仙者位卑，所奉事者非一，但更勞苦，故不足役役於登天，而止人間八百餘年也。」〔註105〕選擇長居世間，原爲了逃避上界尊卑等級嚴密猶如人間官府般的禁制與不自由，以及必須侍奉眾多天官的勞苦。又《神仙傳》中葛洪更藉彭祖云：天仙「雖有不死之壽，去人情，遠榮樂。⋯⋯余之愚心未願此」，其所欲者，即亦見於《抱朴子內篇‧對俗篇》的「食甘旨，服輕煖，通陰陽，處官秩耳目聰明。骨節堅強，顏色悅懌，老而不衰，延年久視，出處任意。寒溫風濕不能傷，鬼神眾精不能犯，五兵百毒不能中，憂喜毀譽不爲累」〔註106〕。

6、安期生——東返蓬萊

安期生乃是秦漢間傳說中的仙人，然而其眞實身分，據《史記‧樂毅列傳》太史公贊所記，當是戰國時代於齊地傳授黃老之學的學者：

> 樂臣公學黃帝、老子，其本師號曰河上丈人，不知其所出。
> 河上丈人教安期生，安期生教毛翕公，毛翕公教樂瑕公，
> 樂瑕公教樂臣公，樂臣公教蓋公，蓋公教於齊高密膠西，
> 爲曹相國師。〔註107〕

齊地原爲神仙思想的發源地，而黃老之學又極重視養生之術，是以自戰國末以至秦漢，當神仙思想如火如荼地發展之時，本爲黃老學者的安期生，也被來自齊地的方士活靈活現地塑造爲神秘的「海上仙人」〔註108〕：

> （李）少君言上曰：「⋯⋯臣嘗游海上，見安期生。安期生

〔註105〕王明：《抱朴子內篇校釋》（中華書局，1985年），頁52。

〔註106〕王明：《抱朴子內篇校釋》（中華書局，1985年），頁52。

〔註107〕瀧川資言：《史記會注考證》（台北天工，1993年），卷80頁17。

〔註108〕卿希泰：《中國道教》第三冊第六編〈神仙譜系〉，頁78；張興發：《道教神仙信仰》（北京：中國社科，2001）〈諸神篇〉，頁319。又齊地臨海，自古即有海仙崇拜，參李新泰編：《齊文化大觀》（北京：中央黨校，1992）第六篇〈彼岸世界〉第五章〈海仙崇拜〉。

> 食巨棗大如瓜。安期生僊者，通蓬萊中。合則見人，不合
> 則隱。」於是天子……遣方士入海求蓬萊安期生之屬。……
> 求蓬萊安期生莫能得，而海上燕齊怪迂之方士，多更來言
> 神事矣。《史記·封禪書》〔註109〕

在方士齊人李少君的杜撰之下，安期生遂成爲海上蓬萊仙山的仙人，
而蓬萊山正是「諸僊人及不死之藥皆在焉」，引得世之人主貴人莫不
嚮往的海外仙境，求仙若渴的漢武帝聽信李少君之言，於是爲了上蓬
萊、求安期，而發動了入海求仙之舉。不過，李少君所說安期生「合
則見人，不合則隱」，強調能否遇得仙人仍有條件限制和未定機緣〔註
110〕，雖明顯是爲其悠謬之詞預留後路，但似乎也在無意中賦予安期
生以剛直不苟的神仙性格。至於「食巨棗大如瓜」之語，或爲說明仙
界之物不同於凡間所有，以此誇大之想像證明所言不虛，然所謂的「安
期棗」，在日後也和王母蟠桃一般，成爲代表長生的仙界異物。

　　由於方士的杜撰，安期生的仙人色彩漸增，《列仙傳》中亦載有
安期生傳，稱之爲安期先生：

> 安期先生者，瑯邪阜鄉人也。賣藥於東海邊，時人皆言千
> 歲翁。秦始皇東遊，請見，與語三日三夜，賜金璧度數十
> 萬。出於阜鄉亭，皆置去。留書以赤玉舃一量爲報。曰：「後
> 數年，求我於蓬萊山。」始皇即遣使者徐市、盧生等數百
> 人入海，未至蓬萊山，輒逢風波而還。立祠阜鄉亭海邊十
> 數處云。〔註111〕

此傳文字刻畫了看似平凡入世，卻又高蹈離塵、神秘莫測的仙人安期
先生。安期生所生之地瑯邪阜鄉眞有其地，而秦始皇東巡，登瑯邪山、
作瑯邪臺，乃至立石歌頌秦德以及派遣徐市入海求仙等，亦皆眞有其
事載於史書。但在如此時空確切的背景下，賣藥東海看似凡人的安期

〔註109〕瀧川資言：《史記會注考證》（台北天工，1993 年），卷 28 頁 47～
　　　　48。
〔註110〕顏師古：《漢書·郊祀志》（臺北鼎文，1984 年），頁 323。
〔註111〕王叔岷：《列仙傳校箋》（中國文哲研究所，1995 年），頁 70。

生竟有「千歲翁」之稱，已令人覺其年代久遠莫測，而棄置金璧、言
歸蓬萊之舉，又宛如突然自現實空間遁入渺茫虛幻的他界，著實展現
了仙人飄忽不繫、難以捉摸的神秘色彩。傳中安期先生之所以與秦始
皇長談三日夜後棄金留舄而去，或許正是表現其「合則見人，不合則
隱」的性格，雖留言邀始皇入海相訪，卻又留贈鞋履一雙，似乎暗示
始皇並無仙緣，當止步海畔，無庸徒勞遠求，又所謂赤舄，據《周禮・
天官》：「履人掌王及后之服履，爲赤舄、黑舄。」〔註112〕可知乃王
者之履，安期生所以留赤玉舄與秦始皇，或許還有勉其當致力於王政
之意。

　　晉代文獻中亦屢見有關安期生成仙之術的傳說，如倡言地仙之論
的葛洪，云安期生乃是服金液半劑而成地仙者：

> 仙人或昇天，或住地，要於俱長生，去留各從其所好耳。
> 又服還丹金液之法，若且欲留在世間者，但服半劑而錄其
> 半。若後求昇天，便盡服之。……昔安期先生……，皆服
> 金液半劑者也。其止世間，或近千年，然後去耳。《抱朴子
> 內篇・對俗》〔註113〕

所謂「其止世間，或近千年」，頗符合《列仙傳》中「千歲翁」之稱
號；而除了服食「還丹金液」，又有安期生服食菖蒲、遺舄成仙而去
之說：

> 番禺東有澗，澗中生菖蒲，皆一寸九節。安期生採服仙去，
> 但留玉舄焉。（晉・嵇含《南方草木狀》卷上）〔註114〕

菖蒲爲水草，簡稱菖，據《呂氏春秋・任地》：「冬至後五旬七日，菖
始生。菖者，百草之先生者也，於是始耕。」〔註115〕或許正因菖蒲
具有不畏嚴寒、生於百草之先的強韌生命力，因此亦被視爲仙草，且
滋生「安期生採服仙去」的傳說。值得注意的是此說出自廣東番禺，

〔註112〕《周禮鄭氏注》（臺北商務，1965年）卷二，頁50。
〔註113〕王明：《抱朴子內篇校釋》（中華書局，1985年），頁52～53。
〔註114〕《筆記小說大觀》第四編第一冊，頁432。
〔註115〕陳奇猷：《呂氏春秋校釋》（臺北華正，1985年），頁1732。

可見神仙安期生的傳說已不限於齊地海濱，而是流傳到南方了。

7、浮丘、洪崖——汲引凡人

郭璞〈遊仙詩〉以「左挹浮丘袖，右拍洪崖肩」暢敘山林遊仙之樂以來，浮丘與洪崖便成為文人所熟知且樂於吟詠的仙人，然而，這二位仙人似乎甚具神秘色彩，堪稱是神龍見首不見尾，在元代之前的神仙傳記專書如《列仙傳》、《神仙傳》、《洞仙傳》、《仙苑編珠》、以及《太平廣記》卷一至卷五五所輯神仙傳記中，幾乎不見二位仙人的獨立傳記，而僅僅在其他仙人傳記中，如浮光掠影般地出沒：

> 王子喬者，周靈王太子晉也，好吹笙作鳳凰鳴。遊伊、洛之間，道士浮邱公接以上嵩高山。……劉向《列仙傳·王子喬傳》〔註116〕

> 衛叔卿者，中山人也，服雲母得仙。……其子名度世，即將還，見（漢武）帝，問云：「汝父今在何所？」對曰：「……當入太華山也。」帝即遣使者與度世共之華山求尋其父。……乃齋戒獨上，未到其嶺，於絕巖之下，望見其父與數人博戲於石上，紫雲鬱鬱於其上，白玉為牀，又有數仙童，執幢節立其後。……度世曰：「不審向與父並坐是誰也？」叔卿曰：「洪崖先生、許由、巢父、火低公、飛黃子、王子晉、薛容耳。」……葛洪《神仙傳·衛叔卿傳》〔註117〕

據《列仙傳·王子喬傳》所載，浮丘乃是接引王子喬入嵩高山學仙的道士，在神仙世界裡，浮丘因此而具有引領慕道之人遠離塵俗修道成仙的象徵地位。至晚在宋代之時，又有浮丘曾於黃山煉製丹藥，助黃帝脫胎換骨飄然成仙的傳說，而原名黟山的黃山，也因此改名。今黃山七十二峰中即有軒轅峰、浮丘峰、煉丹峰等，當年浮丘煉丹之鼎爐、灶穴、藥杵、藥臼還依稀留存。〔註118〕

又關於洪崖先生，在《神仙傳·衛叔卿傳》中則是與群仙博戲於

〔註116〕王叔岷：《列仙傳校箋》（中國文哲研究所，1995年），頁65。
〔註117〕蕭天石主編：《歷代真仙史傳》（台北自由，1989年），頁103～104。
〔註118〕鄭土有、陳曉勤編：《中國仙話》（上海文藝，1993年）頁75。

華山的仙人，而在此之前，於漢晉詩賦中已屢見洪崖仙蹤，且多與音樂有關：

> 華嶽峨峨，岡巒參差，神木靈草，朱實離離。總會僊倡，戲豹舞罷。白虎鼓瑟，蒼龍吹箎。女娥坐而長歌，聲清暢而蜲蛇。洪涯立而指麾，被毛羽之襳襹。度曲未終，雲起雪飛。張衡〈西京賦〉〔註119〕
>
> ……神仙排雲出，但見金銀臺。陵陽挹丹溜，容成揮玉杯。姮娥揚妙音，洪崖頷其頤。升降隨長煙，飄搖戲九垓。……
> 〈郭璞遊仙・六〉（逯本頁866）

張衡之賦與郭璞詩皆敘寫仙界盛宴，群仙娛戲，仙樂飄飄，其中所描繪之仙人洪崖的舉止容狀，無論是「白虎鼓瑟，蒼龍吹箎。女娥坐而長歌，聲清暢而蜲蛇。洪涯立而指麾，被毛羽之襳襹。度曲未終，雲起雪飛」，或「姮娥揚妙音，洪崖頷其頤」等，都透露洪崖乃是知音好樂的仙人，儼然模塑洪崖為一吹簫作樂仙人的形象。

據以上資料，大致可鉤勒二位仙人形象：浮丘或姓李，又稱浮丘公、浮丘伯，或與黃帝同時，曾於黃山煉丹，與黃帝同時飛昇成仙；周時為周靈王太子王子喬之笙樂所感，因而接引王子喬入嵩高山修道；所傳之〈相鶴經〉亦助崔文子、淮南公等得道成仙。在神仙世界中，扮演著汲引入道、教授成仙之方的角色。洪崖或云姓張，世稱洪崖先生，其前身或為黃帝時樂臣伶倫，曾製磬、鐘及簫、笛等管樂器，並據鳳凰之聲訂十二律；得道成仙後改稱洪崖，屢見於仙界盛宴中，依舊展現知音好樂的天性；至漢武帝時，洪崖偶現仙蹤，曾見其與許由、巢父、王子喬等眾仙人博戲於華山。在神仙世界中，似是一位以「遊於藝」之形象著稱的享樂仙人。

據伊利亞德的論述，所謂「聖域」、「神聖空間」，必須具備下列特質：其一，它是「作用於空間中的『突破點』（the break）」，區隔了混沌和宇宙。它又是諸神創造宇宙、開闢世界的中心點，「顯示出

〔註119〕費振剛等輯校：《全漢賦》（北京大學，1993年），頁419。

所有未來定向的『定點』（the fixed point）與『中心軸』（central axis）」
〔註 120〕，嚴整有序的真實世界據此定點、中心而建構，在此神聖空
間之外的，則仍是未知的領域、異質的空間。其二，在神聖空間——
通常顯示為一座聖殿——之內，人們得與諸神共融；它擁有一道向上
開啟的「眾神之門」，眾神可緣之下降人間，而凡人亦能通過它象徵
性地升到天上。同時，聖域通常也呈現為一貫穿天地的天柱意象，不
僅上通於天，更深入到作為宇宙建立基礎的地下幽冥之境。其三，它
是一道「門檻」，是「使凡俗世界過渡到神聖世界的通道」，它擁有守
護者，「即禁止人類的敵人，以及魔鬼、罪惡的力量等等入侵的諸神
和諸靈」，這些守護者使得神聖空間充滿禁制與防衛色彩。其四，它
是「最卓越的真實本身（the real），同時是力量（德能）、有功效（at
once power，efficacity）、是生命與創造的泉源」〔註 121〕，易言之，
神聖空間必然充滿力量與生機，不僅擁有創生不已的生命能源，更具
備「對抗所有世俗敗壞的能力」。由於它是眾神所創造的最初始最純
淨的宇宙，因此永遠能以其「靈性的、不變質的、神聖的存在模式」
不斷地聖化、淨化所有業已醜化、俗化的世界角落與生命心靈。故以
下就常出現的仙境地點加以論述。

1、清都——天皇之都

相對於崑崙、蓬萊、天台等座落於大地、海上的他界，清都則遠
在縹緲雲端，是古人對於天上帝居的幻設想像，來自對於「至高無
上」、「在上高顯」之上天與天神的信仰崇拜。天帝如此尊貴全能、如
此絕對地掌握人的命運，而天帝之都，既是蘊蓄創生宇宙萬物之力的
聖殿，更是匍匐於命運之下的凡人渴望攀登，一窺命運之堂奧，或者
究詰命運之困境與難題的神聖境域。如伊利亞德所說，「蒼天以它自
身存在的模式，顯示出它的超越性、能力，及它的永恆性來。蒼天絕

〔註 120〕《聖與俗》第三章〈大自然的神聖性與宇宙宗教〉，頁 72。
〔註 121〕《聖與俗》第三章〈大自然的神聖性與宇宙宗教〉，頁 78。

對性地存在，因著它崇高、無限、永恆、充滿能力。」〔註 122〕對於凡人——這群散落寄居在大地上的受造物而言，悠悠蒼天的高遠廣袤、無所不覆，正是其絕對超然的神聖本質的展現，而天帝——不是被視爲天的創造者，便是創造並掌理一切大地生靈與受造物、甚至主宰其命運的至上神〔註 123〕。

中國典籍中，對於清都的記載雖似輕描淡寫宛如掠影浮光，但也透露了凡人對此聖域的探尋、寄望與幻滅失落的歷程。《楚辭·遠游》敘作者飛翔天界尋訪清都之經歷：

> 載營魄而登霞兮，掩浮雲而上征。命天閽其開關兮，排閶
> 闔而望予。召豐隆使先導兮，問大微之所居。集重陽入帝
> 宮兮，造旬始而觀清都。……〔註 124〕

〈遠游〉作者造訪清都的目的，在於超越死亡的侷限，獲得長生的允諾。而死亡本是人類永恆的困境，是傾盡人類所有力量與求助於其他神祇，都難以獲得絕對效力與允諾的難題，尋訪清都求援天帝，正反映伊利亞德所說的天帝信仰內涵——「當所有向其他眾神、女神、祖先或魔鬼的訴求都已失敗時，人們還會將他當作最後的救援來懇求他」〔註 125〕。天帝是陷於無解困境中人的最後救援者，所謂「人窮則返本，返本則呼天」，而清都也自然是牽繫著人們渺茫的最後一絲希望的聖域所在。

在《列子·周穆王篇》的記載中，清都展現了更精致華麗的想像構設，既突顯了凡人對於天上清都的嚮往，但也明白地揭示，遊歷清都乃是一場終歸於空無寂滅的虛幻之旅：

> ……（周穆）王執化人之祛，騰而上者，中天迺止。暨及
> 化人之宮。化人之宮構以金銀，絡以珠玉；出雲雨之上，
> 而不知下之據，望之若屯雲焉。耳目所觀聽，鼻口所納嘗，

〔註 122〕《聖與俗》第三章〈大自然的神聖性與宇宙宗教〉，頁 161。
〔註 123〕《聖與俗》第三章〈大自然的神聖性與宇宙宗教〉，頁 164。
〔註 124〕洪興祖：《楚辭補註》（中華書局，1985 年），頁 129。
〔註 125〕《聖與俗》第三章〈大自然的神聖性與宇宙宗教〉，頁 168。

　　皆非人間之有。王實以爲清都、紫微、鈞天、廣樂，帝之
　　所居。王俯而視之，其宮榭若累塊積蘇焉。王自以居數十
　　年不思其國也。……王若殞虛焉。既寤，所坐猶嚮者之處，
　　侍御猶嚮者之人。……王問所從來。左右曰：「王默存耳。」
〔註126〕

穆王透過化人幻術牽引而騰昇遊歷之地，乃是飄浮雲端的華麗宮闕，
金銀珠玉光澤閃耀，更聞鈞天廣樂仙樂飄飄，一切事物景致「皆非人
間之有」，穆王自認已達天帝所居之清都，目眩神迷之餘乃竟流連忘
返不思下界。然而天界清都畢竟絕非凡人可躋之地，穆王之遊不過是
一場神遊幻夢，終必殞滅消失。清都在此呈現的是極爲典型的空中樓
閣的意象，華麗卻虛幻，除了反映天人殊隔、人難上天的永恆事實，
更嘲諷了人們過於天眞的想像、寄望，與一廂情願的追尋。

　　天界清都在神話中乃是超然而絕對的神聖境域，空間距離的遠
隔、天帝的臨在、天閽雲師的守衛、創生萬物主宰宇宙的聖顯以及凡
人的寄望追尋等，在在展現其神聖空間的特質。但此聖域牽動、維繫
著宇宙秩序，也是救援人類走出困境的最後希望所繫。然而，清都畢
竟仍是凡人幻想的虛擬他界，是爲救贖與彌補人類所歷經的，無數絕
望痛苦與無助煎熬的想像空間，人們的追尋與寄望所透露的，是不甘
屈從命運與自我療救的意志與本能，而其空中樓閣般的幻設意象，也
透露人們即使沉浸在神聖超越的聖地構築與獲救脫困的希望允諾
裡，冷酷的理智依然如影隨形，參與了神話的編織，揭露著荒涼的眞
實。

2、崑崙──帝之下都

　　聖域所具的中心定點、天柱聖殿、禁制門檻與生命泉源四項特
質，幾乎都存在於中國神話中的聖山崑崙。首先，從《淮南子・墜形
訓》所載大禹規畫九州的過程，即隱約透露禹以崑崙作爲建構世界之

〔註126〕莊萬壽：《新譯列子讀本》〈周穆王篇〉（台北三民，1979 年），頁
　　　　　109。

中心定點的暗示：

> 禹乃使太章步自東極至於西極，二億三萬三千五百里七十
> 五步，使豎亥步自北極至於南極，二億三萬三千五百里七
> 十五步。……禹乃以息土填洪水以爲名山，掘崑崙虛以下
> 地。中有增城九重，其高萬一千里百一十四步二尺六寸。
> 上有木禾，其脩五尋。……崑崙之丘，或上倍之，是謂涼
> 風之山，登之而不死；或上倍之，是爲懸圃，登之乃靈，
> 能使風雨；或上倍之，乃維上天，登之乃神。是謂太帝之
> 居。……建木在都廣，眾帝所自上下，日中無景，呼而無
> 響，蓋天地之中也。……九州之大，純方千里，九州之外，
> 乃有八殥，亦方千里。〔註127〕

茫茫大地，畫分九州，禹「掘崑崙虛以下地」，正如同一種帶有濃厚
象徵意義的開闢儀式，亦即以崑崙爲天地之間、大地之上的「突破
點」、「中心點」，而九重增城、五尋木禾與層層上達天廷的崑崙之丘，
則更宛如基石般「精精準準地立於世界的中心上」。環繞崑崙而開闢，
並且接受源自崑崙之水的灌育與滋潤，崑崙爲初民開闢大地、逐步拓
展世界的「中心」與「定點」的象徵，可謂昭然若揭。

《山海經》與《淮南子》對此更有詳盡描述：

> 海內崑崙之虛，在西北，帝之下都。崑崙之虛，方八百里，
> 高萬仞。上有木禾，長五尋，大五圍。面有九井，以玉爲
> 檻。面有九門，門有開明獸守之，百神之所在。在八隅之
> 巖，赤水之際，非仁羿莫能上岡之巖。……崑崙南淵深三
> 百仞。開明獸身大類虎而九首，皆人面，東嚮崑崙上。開
> 明西有鳳皇、鸞鳥，皆戴蛇踐蛇，膺有赤蛇。開明北有視
> 肉、珠樹、文玉樹、玗琪樹、不死樹。鳳皇、鸞鳥皆戴瞂。
> 又有離朱、木禾、柏樹、甘水、聖木曼兌。……《山海經・
> 海內西經》〔註128〕

> 昆侖虛……中有增城九重，其高萬一千里百一十四步二尺

〔註127〕高誘注：《淮南子注》〈墬形訓〉（台北世界，1965年），頁56～57。
〔註128〕袁珂：《山海經校注》（台北里仁，1981年），頁294～299。

六寸。上有木禾，其脩五尋。珠樹、玉樹、琔樹、不死樹
在其西，沙棠、琅玕在其東，絳樹在其南，碧樹、瑤樹在
其北。旁有四百四十門，門間四里，里間九純，純丈五尺。
旁有九井，玉橫維其西北之隅。北門開以內不周之風，傾
宮、旋室、縣圃、涼風、樊桐，在昆侖閶闔之中，是其疏
圃。《墜形訓》〔註129〕

《山海經·海內西經》構設了極高極廣、規模壯闊而巨木參天、奇樹
林立，為百神所在的聖殿雛型，而《淮南子·墜形訓》更具體勾畫出
一座光鮮燦麗、奇樹環繞、殿閣聳峙的崑崙景觀。開明獸的據守，以
及戴蛇踐蛇、膺有赤蛇甚至戴戲的鳳凰、鸞鳥等，皆顯示崑崙聖殿的
禁制色彩與防衛機制，其區隔聖俗、「非仁羿莫能上岡之巖」的「門
檻」象徵十分明顯。此外，那充滿珠玉光澤的奇樹群，聚合著玉石與
樹木永恆常新的特質與生生不息的力量〔註130〕，更是鮮明地彰顯著
崑崙作為「帝之下都」，為宇宙創生能源的蘊蓄之地，具備不斷更新、
永不枯竭之力量的聖域特質，而此種蘊蓄著無窮生機的特質，崑崙也
透過其作為眾水之源而展現：

昆侖之丘……河水出焉，而南流東注于無達。赤水出焉，
而東南流注于氾天之水。洋水出焉，而西南流注于醜塗之
水。黑水出焉，而西流于大杅。是多怪鳥獸。《山海經·西
山經》

由上觀之，神話中的崑崙具備天地中心、天柱地軸、帝之下都、諸神
臨在的人間聖殿、聖俗交接守衛森嚴的門檻，以及擁有生生不息之生
命能源等種種特徵，無疑是典型的具有宗教意義的神聖空間。

　　正因崑崙具有溝聯天地、諸神臨在的聖域特質，又因其神泉聚
流、萬物盡有，尤其珠樹、玉樹、不死之樹，以及種種足以延續生命、
更新生命的寶物盡在此中，聖域崑崙自神仙道教流行之後，更是成為
凡人企羡的仙鄉所在：

〔註129〕高誘注：《淮南子注》〈墜形訓〉（台北世界，1965年），頁56～57。
〔註130〕《聖與俗》第三章〈大自然的神聖性與宇宙宗教〉，頁192。

崑崙山，廣萬里，高萬一千里，神物之所生，聖人仙人之
所集也。出五色雲氣，五色流水，其泉南流入中國，名曰
河也。《張華・博物志》卷一〔註131〕

崑崙山，有昆陵之地，其高出日月之上，山有九層，每層
相去萬餘里，有雲色，從下望之，如城闕之象。四面有風，
羣仙常駕龍乘鶴，遊戲其間。……又有祛塵之風，若衣服
塵污者，風至吹之，衣則淨如浣濯。……崑崙山者，西方
曰須彌山，對七星之下，出碧海之中。上有九層，……第
九層山形漸小狹，下有芝田蕙圃，皆數百頃，群仙種耨焉。
傍有瑤臺十二，谷廣千步，皆五色玉爲臺基。《王嘉・拾遺
記》卷十〔註132〕

崑崙山，一曰玄圃臺，一曰積石瑤房，一曰閬風臺，一曰
華蓋，一曰天柱。皆仙人所居。《葛仙公傳》〔註133〕

蛻變爲仙境的崑崙，以仙人遊戲其間、或耕種芝田蕙圃的飄逸閑靜氛
圍，取代了山險水深、兇禽猛獸與猙獰之神戒備森嚴的恐怖境象，而
其中能使衣淨如浣彷彿蘊藏無限滌塵重生力量，引人遐想渴盼的祛塵
之風，以及五色斑斕的彩雲流水，更爲崑崙仙境增添奇幻絢麗、縹緲
浪漫的色彩。

從以上論述可見崑崙之聖域特徵與仙鄉風貌。作爲聖域與仙鄉的
崑崙，反映著凡人對於遠方他界的好奇與想像，也反照著現實的匱乏
與殘缺，以及構築更美好世界的幻想與熱情。此神聖空間的幻設，除
了透露人們絕對相信，在人類墮落、「絕地天通」之前，一定存在著
人神相親、圓融無間的純眞時代、美好樂園，以及失落的、永遠不再
完整的、渴望救贖的人們，對於那最初圓滿情境的不捨眷戀與永恆回
歸，更普遍地看來，聖殿中那一道永遠「向世界上方開啓」的門，毋

〔註131〕王雲五編：《叢書集成簡編》《博物志・卷一》（台北商務，1965 年），
頁 1。
〔註132〕《筆記小說大觀》第三編第二冊，頁 742。
〔註133〕李昉：《太平御覽》（台北商務，1967 年）卷38，頁 311。

寧亦象徵人們得以不斷向上超越、向理想自我探尋，以期臻於「超凡
入聖」境界的無限可能〔註134〕

3、蓬萊——海上仙鄉

　　崑崙聳峙西極，為眾帝諸神的聖殿，也是群仙駕龍乘鶴、飛翔遊
戲的道教仙鄉。而在東方海上，也有傳述年代較晚，但仙道氣息更為
濃郁的仙鄉蓬萊。最早見於神話記載的蓬萊，似乎是以一個「突然出
現在海中央的島嶼」〔註135〕的意象而呈現：

　　　　蓬萊山在海中。《山海經・海內北經》〔註136〕

如此孤絕而純粹的意象，似乎已透露某種神聖的訊息，如伊利亞德所
說，海上島嶼「自水中浮出，乃重複宇宙形式上的創生顯現的行為」，
因此蓬萊這海上島嶼，這來自水域的受造物，正是宛如初生之子一
般，接受海水的洗禮，展現其重生、初始、純淨的聖域境象。

　　此外，彰顯著蓬萊聖域特質的，還有扶桑之樹：

　　　　天下之高者，有扶桑無枝木焉，上至於天，盤蜿而下屈，
　　　　通三泉。《玄中記》〔註137〕

扶桑之木上至於天、下通三泉，儼然亦是溝聯天地的宇宙樹，在此會
聚交流著天上、人間與冥界的訊息，而此至高之樹就根植於蓬萊之
東、岱輿之山：

　　　　蓬萊之東，岱輿之山，上有扶桑之樹。樹高萬丈。樹巔常
　　　　有天雞，為巢於上。每夜至子時，則天雞鳴，而日中陽烏
　　　　應之；陽烏鳴，則天下之雞皆鳴。《玄中記》

據此可見，扶桑之木亦為日夜交替之處，正是宇宙時空的中心點。天
雞鳴、陽烏應而天下之雞皆鳴，其日復一日驅散暗夜混沌，使世界重
現光明的重生力量與開闢意義十分鮮明。

　　具備聖域特質的蓬萊，自神仙信仰流行之後，更是成為燕齊方士

〔註134〕《聖與俗》第三章〈大自然的神聖性與宇宙宗教〉，頁76、84。
〔註135〕《聖與俗》第三章〈大自然的神聖性與宇宙宗教〉，頁173。
〔註136〕袁珂：《山海經校注》（台北里仁，1981年），頁324。
〔註137〕魯迅：《古小說鉤沉》（齊魯書社，1997年），頁235。

編織想像、踵事增華的華麗仙鄉，自戰國以至秦漢，誘使君主帝王鍥
而不地熱烈尋求：

> 自威、宣、燕昭使人入海求蓬萊、方丈、瀛洲，此三神山
> 者，其傳在勃海中，去人不遠，患且至，則船風引而去。
> 蓋嘗有至者，諸僊人及不死之藥皆在焉。其物禽獸盡白，
> 而黃金銀爲宮闕。未至，望之如雲，及到，三神山反居水
> 下，臨之，風輒引去，終莫能至云。世主莫不甘心焉。《史
> 記・封禪書》〔註138〕

加入了方丈、瀛洲，蓬萊告別獨自懸隔海外的孤島印象，而諸僊人及
不死之藥更添飾其仙鄉的特徵與風貌，至於禽獸盡白、黃金銀爲宮闕
等想像構述，亦賦予三神山與現實世界若即若離的異域色彩與神秘幻
象。然最耐人尋味的，則是三神山的似近還遠可望而不可及，「去人
不遠，患且至，則船風引而去」、「未至，望之如雲，及到，三神山反
居水下，臨之，風輒引去」，海的阻隔與風的擾動，使得尋訪仙鄉逼
臨神山的船隻，每每陷於漂流搖蕩難以控馭的險境，甚至連帝王夢想
以求的三神山，亦是出沒水面起伏不定、宛若無根漂流無常。神山與
船隻在奇風與大海中雙雙不由自主地漂搖擺蕩，前仆後繼延續三百餘
年竟「終莫能至」的帝王求仙之旅，在太史公筆下，實透顯著幾許既
悲憫又嘲弄、既滑稽又蒼涼的況味。

　　至後世道教經典中，三神山之仙境意象更增添幻麗迷人的色彩：

> 蓬丘，蓬萊山是也，對東海之東北岸，周迴五千里，外別
> 有圓海繞山，圓海水正黑而謂之冥海也。無風而洪波百丈，
> 不可得往來，……唯飛仙有能到其處耳。《十洲記》〔註139〕
>
> 方丈洲在東海中心，……是群龍所聚，有金玉琉璃之宮，
> 三天司命所治之處。群仙不欲昇天者，皆往此洲，受太玄
> 生錄。仙家數十萬，耕田種芝草，課計頃畝，如種稻狀。

〔註138〕瀧川資言：《史記會注考證》（台北天工，1993 年），卷 28，頁 24
　　　　　～25。
〔註139〕正統道藏第 18 冊，頁 246。

> 亦有玉石泉，上有九源丈人宮，主領天下水神及龍蛇、巨
> 鯨、陰精水獸之輩。（同前）

> 瀛洲在東海中，……上生神仙芝草，又有玉石，高且千丈，
> 出泉如酒，味甘，名之爲玉醴泉，飲之數升輒醉，令人長
> 生。洲上多仙家，風俗似吳人，山川如中國也。（同前）

《十洲記》中，爲黑色的冥海環繞、無風而洪波百丈的蓬萊，較《史記》所述更增添了禁制色彩與遠隔難求的神秘氣息。而位在東海中心、「三天司命所治之處」的方丈，有群仙所集的瑰麗聖殿，有龍蛇、巨鯨、陰精水獸等據守，儼然是仙道化的崑崙境象，所謂「群仙不欲昇天者，皆往此洲」亦反映了東晉道教地仙觀念的流行。至於瀛洲則宛如江南，呈現著別具人間意味的淳樸仙境風貌，除了神仙芝草，那味甘而醉人又能令人長生的玉醴泉，尤其引人垂涎。

　　從《山海經》、《史記》到《十洲記》，典籍中對於蓬萊的描述演變，如上所見，可謂仙境的美化想像與其禁制遠隔的遺憾同時滋生。大海或風浪的阻隔意象，既成爲蓬萊聖域的天然屏障與守護者，又是一面籠罩所謂仙境之實相的搖曳面紗，製造仙境的美好幻影、刺激凡人冒險尋求，但也掩飾了海市蜃樓般的空無本質。此或許反映著匍匐在痛苦現實與死亡陰影之中的人們，對於仙境的愈趨嚮往，以及仙境「終莫能至」的體會，隨著尋仙行動的失敗累積而更形深刻。

　　4、天台──人間失落

　　如王孝廉所說，隨著道教的成立、發展以至成爲普遍流行的民間信仰，有關仙鄉的構述也更「具有現實性與人間性」，「仙鄉不再是東方的歸墟或西方的崑崙，人間的名山大澤到處都可以是道教神仙所在的洞天福地，到達仙鄉的也不必再一定是方士或群巫，平凡的人也可以因爲偶然的機緣而巧入仙鄉」。〔註140〕

　　相對於「非仁羿莫能上岡之巖」的崑崙聖域，求仙帝王「終莫能

〔註140〕王孝廉：《中原民族的神話與信仰》七〈夸父神話──古代的幽冥信仰之一〉（台北時報，1992 年），頁 80。

至」的蓬萊仙鄉，位處浙東的名山天台，則是藏伏著凡夫俗子偶然誤入的洞天仙境：

> 漢明帝永平五年，剡縣劉晨、阮肇共入天台山取穀皮，迷不得返。經十三日，糧食乏盡，饑餒殆死。遙望山上有一桃樹，大有子實，而絕巖邃澗，永無登路。攀援藤葛，乃得至上。各啖數枚，而饑止體充。復下山，持杯取水，欲盥漱，見蕪菁葉從山腹流出，甚鮮新，復一杯流出，有胡麻飯糁，相謂曰：「此知去人徑不遠。」便共沒水，逆流二三里，得度山，出一大溪，溪邊有二女子，姿質妙絕，見二人持杯出，便笑曰：「劉、阮二郎，捉向所失流杯來。」晨、肇既不識之，緣二女便呼其姓，如似有舊乃相見忻喜。問：「來何晚邪？」因邀還家。其家銅瓦屋，南壁及東壁下各有一大床皆施絳羅帳，帳角懸鈴，金銀交錯。床頭各有十侍婢，敕云：「劉、阮二郎，經涉山岨，向雖得瓊實，猶尚虛弊，可速作食。」食胡麻飯、山羊脯、牛肉，甚甘美。食畢行酒，有一群女來，各持五三桃子，笑而言：「賀汝婿來。」酒酣作樂，劉阮忻怖交并。至暮，令各就一帳宿，女往就之，言聲清婉，令人忘憂。至十日後，欲求還去，女云：「君已來是，宿福所牽，何復欲還邪？」遂停半年。氣候草木是春時，百鳥啼鳴，更懷悲思，求歸甚苦，女曰：「罪牽君，當可如何？」遂呼前來女子，有三四十人，集會奏樂，共送劉、阮，指示還路。既出，親舊零落，屋邑改異，無復相識。問訊得七世孫，傳聞上世入山，迷不得歸。至晉太元八年，忽復去，不知何所。劉義慶《幽明錄》〔註141〕

迷途、誤入、遇仙、成婚、思歸、歸後滄桑以至「復去，不知何所」，緊密扣連的情節構成一則極完整而典型的誤入仙境的傳說。從六朝的宗教與社會背景分析，可知此事除了反映神仙道教的地仙信仰在當時的盛行，也同時反映了在門第觀念與僵硬禮教所宰制壓抑下庶民心

〔註141〕魯迅：《古小說鉤沉》（齊魯書社，1997年），頁149～150。

理，誠如李豐楙所說，此類六朝遊歷仙境小說「具有強烈的心理補償作用」，誤入仙境的凡夫俗子，逃開唯有壓抑屈辱而無處尋找公平公義的人間，在仙洞中享受華屋美食酒色娛樂，甚至擁有突破了門第身份禁忌的婚姻與愛情，一切在現實世界中無法得到的，就在編織神話傳述夢想中聊求慰藉、盡情滿足〔註142〕。

　　劉晨阮肇的迷途誤入，似乎也暗示仙境唯「無心」乃能得之，「無所用心，而樂鄉自現」〔註143〕。雖然如此，進入仙境的過程，仍必須歷經重重險阻與艱苦試煉。神話中的劉阮二人先是飽嘗陷於迷途、「飢餒殆死」的驚懼絕望，復攀援葛藤以登上看似「永無登路」的絕巖峭壁，又沒水逆行二三里，穿越山陵之後，始得到達桃源仙境。李豐楙即認為此過程毋寧象徵「由俗入聖的通過禮儀」〔註144〕，是施予即將進入仙境之人的重重試煉，而其中更竟似隱隱重複模擬著遠古神話中舜迷山澤與羿登崑崙的嚴酷考驗，尤其沒水逆行更是接受水的洗禮的儀式象徵，以此蛻去凡胎、重返神聖。

　　至於天台仙境的呈現，華屋美食等近似人間的構設反映了庶民對於貴族生活的嚮往，觀其自然景象，誠如伊利亞德所說，「山、水、樹、洞等，在道教中扮演著一個不容忽視的角色，……結合了『圓滿』（山、水）與『隱居』，因此成為至福仙境的縮影……完美的福地洞天」。但除了是道教的福地洞天至福仙境，觀其山環水繞天險自成、禁制森嚴的洞窟、結實甘美可以充饑已勞的桃實桃樹等，也多少透露了此地所具備的些許聖域特質，矗立山顛的桃樹、隨水流出的蕪菁葉、盛有胡麻飯的流杯等，亦似是標示聖域的「記號」，是進行召喚

〔註142〕李豐楙：〈六朝道教洞天說與遊歷仙境小說〉，《誤入與謫降：六朝隋唐道教文學論集》（臺北學生，1996年），頁128、130、140。

〔註143〕胡萬川：〈失樂園——中國樂園神話探討之一〉，收入李亦園、王秋桂主編：《中國神話與傳說學術研討會論文集》（漢學研究中心，1996年），頁123。

〔註144〕李豐楙：〈六朝道教洞天說與遊歷仙境小說〉，《誤入與謫降：六朝隋唐道教文學論集》（臺北學生，1996年），頁129。

與引領任務的神聖之物〔註 145〕，更是透露了天台山上通於天、比擬崑崙的聖域色彩。

至於回歸人世之後所面對的滄桑變幻，除了說明「天上一日，世上一年」的仙凡時間之殊異性質，或許還透露了已染仙性、不同凡人，但也未曾眞正成仙而猶帶凡骨的劉阮二人，即使回到原來熟悉的人間，卻再也無法重拾曾經習以爲常、在仙境之中極度渴望的歸屬感。最終「復去，不知何所」的謎樣結局，非仙非人的劉阮二人，從此既失落了仙境亦無法長處人間，終究只能化爲謎樣飄渺的遊魂，在仙凡聖俗兩界的邊境間徘徊遊蕩？

無論是追尋仙鄉或誤入仙境，相關神話所透露的，不是人們求之不得的亙古悲哀，便是得而復失的惆悵惘然。超越神聖、完美寧靜的仙鄉所牽動與反照的，永遠是凡人「終身役役而不見其成功，薾然疲役而不知其所歸」的迷途困境。〔註 146〕

第四節　魏晉遊仙詩的各期特徵

遊仙詩的發展與演變，凡經三變：魏、西晉初爲一變，屬於素樸的神仙傳說，間有變化爲新說的趨向；至東晉又經一變，多能表現新的道教仙說，一種具有隱逸性質的地仙、名山觀念。自南北朝以降，逐漸展現道教化遊仙詩的新風格，可與〈上雲樂〉、〈步虛〉等道樂藝術並觀，又是一變。

（一）漢魏樂府與初期仙說

本期以曹氏父子及其文學集團爲代表，其詩中內容反映了道教形成初期，仍多以前道教時期的仙說爲主，亦即仙眞以地仙昇往天庭者爲其理想形象；仙境則集中於太華、泰山等名山，又可由崑崙上升天庭。其中所歌詠的對象以王喬、赤松子爲主，爲漢人成仙的典型；其

〔註 145〕《聖與俗》第三章〈大自然的神聖性與宇宙宗教〉，頁 77、197。
〔註 146〕《莊子·齊物論》，《莊子集釋》，頁 56。

次則爲漢俗崇拜的西王母與東王公。這樣素樸的神仙傳說可與《列仙傳》中的仙眞並觀，具體表現漢人的仙說。

而以表現形式而言，樂府中保存漢人遊仙思想的又多存於相和歌辭，凡有〈王子喬〉、〈長歌行〉、〈善哉行〉、〈步出夏門行〉、〈董逃行〉等。現存曹操的遊仙詩屬於樂府體中的相和歌辭，如〈氣出唱〉、〈陌上桑屬〉爲相和曲，〈秋胡行〉屬清調曲，〈折楊柳行〉屬瑟調曲。曹丕有兩首遊仙詩，其一爲樂府；至於曹植所作的數量最多，大部分爲樂府中的相和歌辭。可見漢代俗樂已在曹魏的上流社會中取得正統的地位，而遊仙之作正是採用當時最流行的音樂形式。〔註147〕

漢魏遊仙詩的「母題」，即是出發→歷程→回歸，它早已淵源於《楚辭》的〈遠遊〉，也重現於曹魏文士的遊仙詩篇中，現依其構成因素分析如下：〔註148〕

關於「出發」遊仙的動機，最能反映出詩人的創作意圖的，一爲空間因素：有現實世界的拘限、世俗社會的迫阨；一爲時間因素：有歲月無情的消逝、生命凋謝的無常。凡此人間世的危機意識都可成爲祈求遊仙的動機：「來日大難，口燥唇乾」〈善哉行〉、「邪徑過空廬，好人常獨居」〈步出夏門行〉俱爲一種悲嘆情緒。曹植常學這種發句形式：

　　　九州不足步，願得凌雲翔。〈五遊詠〉（逯本頁433）

　　　人生不滿百，戚戚少歡娛。〈遊仙篇〉（逯本頁456）

將〈遠遊〉中「悲時俗之迫阨」的寫法加以變化，以作爲遊仙的激發力量。

然而在「歷程」方面，遊歷仙境爲遊仙詩的主體，其中包含仙人的造型、仙境的描述以及成仙的仙藥等。漢俗即以長羽翼者爲成仙的

〔註147〕王運熙：〈清樂考略〉，收於《樂府詩研究論文集》第二集，頁 36～50。

〔註148〕《楚辭》系的遊仙情境，參李豐楙：〈崑崙、登天與巫俗傳統〉，收於《中國詩學會議論文集》（彰化師範大學國文系，1994 年）。

象徵，而外形的變化又有長耳方目等，漢鏡、漢畫像磚等文物上均可
發現類似的神仙造型，成爲後世的文學藝術中仙翁、壽星的形象；與
羽人相搭配的則爲御駕之物，除雲、虹等物，最常見的爲龍、白鹿、
白鶴；與鏡飾中常見的羽人乘鹿一樣，均將靈禽異獸作爲升天的儀
駕。〔註149〕故漢人以原始神話爲祖型，塑造出奇特形象的仙人，像
「仙人騎白鹿，髮短耳何長」、「王子喬，參駕白鹿雲中遨」，因此曹
氏文學集團也多秉承此種仙眞的傳統，塑造一些富於奇想的神仙形
象：

> 閶闔開，天衢通，被我羽衣乘飛龍，與仙期。〈曹植・平陵
> 東行〉（逯本頁 437）

> 服藥四五日，身體生羽翼，輕舉乘浮雲，倏忽行萬億。〈曹
> 丕・折楊柳行〉（逯本頁 394）

對於升遊的描述也是有所承襲：

> 駕虹蜺，乘赤雲，登彼九疑，歷玉門。〈曹操・陌上桑〉（逯
> 本頁 348）

> 晨遊泰山，雲霧窈窕。忽逢二童，顏色鮮好。秉彼白鹿，
> 手翳芝草。〈曹植・飛龍篇〉（逯本頁 421）

有關仙境中的仙人，常以王喬、赤松作爲典型。

> 邀遊八極，乃到崑崙之山，西王母側，神仙金止玉亭。來
> 者爲誰？赤松王喬，乃德旋之門。〈曹操・氣出倡〉（逯本
> 頁 346）

> 王子奉仙藥，羨門進奇方。服食享遐紀，延壽保無疆。〈曹
> 植・五遊詠〉（逯本頁 434）

> 虛無求列仙，松子久吾欺。〈曹植・贈白馬王彪〉（逯本頁
> 454）

王喬、赤松與西王母、東王公等，均爲天仙、飛仙；而其仙境則多在

〔註149〕漢鏡與神仙思想的關係，參駒井和愛：〈中國古鏡的研究〉（東京，
1953 年）；〈鑑鏡的研究〉與〈中國漢代的神仙像〉收於《中國考古
學論叢》（東京慶友社，1974 年）。

崑崙，故可「乘蹻追術士，遠之蓬萊山」（曹植・升天行），乃綜合東、西二系的樂園象徵。仙境中的神奇藥物，其描寫方式多在得見神仙之後，緊接著就敘述得受仙藥：「見仙人，食玉英，飲澧泉，駕交龍，乘浮雲，白虎引兮直上天。」而最後應是在樂音漸歇之際，頓覺神仙之夢只是一場空幻而已。

　　而在「間有變化新說」的趨向，〈苦思行〉一首，在仙人、仙境的塑造上，揉和隱逸思想而形成新的風格：

> 綠蘿緣玉樹，光耀粲相輝。下有兩眞人，舉翅翻高飛。我
> 心何踴躍，思欲攀雲追。鬱陶西岳嶺，石室青蔥與天連。
> 中有耆年一隱士，鬚髮皆皓然。策杖從吾遊，教我要忘言。
> 〈曹植・苦思行〉（逯本頁 439）

西嶺、石室爲域內名山的景象，與靈液素波、蘭桂參天的蓬萊（升天行）、金階玉堂、芝生殿傍的崑崙有所不同；也與誇飾的太山之上玉英、澧泉的仙景相異，形成一種較近於實際勝景的名山洞府。尤其出現皓首策杖的隱士、實已接近於棲止名山的仙隱之士，應與當時的仙隱之說有關〔註150〕。

（二）兩晉五言新體與詠懷、仙隱

　　西晉時期，嵇、阮對於神仙思想的態度多趨向肯定，嵇康曾撰〈養生論〉以表意，而阮籍則有〈大人先生傳〉敘述其所嚮往的逍遙自由的精神境界，故在司馬政權的壓抑下，乃借遊仙詩以表明其隱退自處、不與合作的政治態度。

　　嵇、阮遊仙已開變體之風，就在於詩中已具有一種詠懷的特質：嵇康是希望借遊仙之後，「長與俗人別，誰能睹其蹤」。而有離絕紛擾政局的不滿情緒。所以「思欲登仙，以濟不朽。」可免歲月的無常；「長寄靈岳，怡志養神」，可去現世的智累。其中寄慨之深，已非曹氏父子單純的慕仙之情可以相比。阮籍更是感慨遙深，擅於運用禽鳥

〔註150〕李豐楙：〈神仙三品說的原始及衍變〉，收於《漢學論文集》二集（台
　　　　北文史哲，1983 年）。

的象徵，將其結合於神仙神話而有精彩的表現：

> 焉見王子喬，乘雲翔鄧林。獨有延年術，可以慰我心。〈詠
> 懷十〉（逯本頁 498）

> 願為雲間鳥，千里一哀鳴。三芝延瀛洲，遠遊可長生。〈詠
> 懷二十四〉（逯本頁 501）

飛翔鄧林之上、白雲之間，即是「飄飄於天地之外，與造化為友」的
大人先生的理想境界。凡此均是在遊仙的寫作素材中，特別賦予一種
詠懷、述志的意義。

　　嵇、阮寫作遊仙的素材固然仍以初期素樸的仙說為主，但在寫作
手法上已漸有創新之處。嵇康〈遊仙詩〉的發句形式，由「遙望山上
松，隆谷鬱青蔥」起興，引起「願想遊其下」的動機；其次寫求王喬、
遇黃老，終能「服食改姿容，蟬蛻棄穢累」，而結以離世得仙的願望。
阮籍則有「東南有射山，汾水出其陽」、「昔有神仙士，乃處射山阿」
二首，俱是別有新意。射山為落實於域內的名山，因此所寫的神仙也
近地仙，其描寫筆法——「仙者四五人，逍遙晏蘭房。寢息一純和，
呼嗡成露霜。沐浴丹淵中，焰耀日月光。」較諸崑崙、蓬萊之旅，別
有一種地仙生活的情調，故成為一首具有新風格的遊仙名篇。

　　東晉神仙思想以地仙、尸解仙為主要的觀念，而修道者也漸多尋
求域內的名山，因而與隱逸之士常不可分，六朝正史中凡藝術傳、隱
逸傳中常多修真之士，即因此之故。郭璞〈遊仙詩〉中以第二、第三
首較能表達仙隱的情趣。其中的「青谿千餘仞，中有一道士」，就是
修道於「雲生梁棟間，風出窗戶裏」，所具現的情境實為名山的寫照；
另一首，「綠羅結高樹，蒙籠蓋一山」，也比較近於幽隱的山林，因而
安排「中有冥寂士，靜嘯撫清絃」，其情境適可反映東晉奉道者心中
的修道理想。類似的新風格還顯現於新出現的仙真群象，如「陵陽挹
丹溜，容成揮玉杯，姮娥揚妙音，洪崖頜其頤。」（六首）、「左挹浮
丘袖，右拍洪崖肩。」（三首），均為遊仙詩注入新的素材，也逐漸形

成異於漢魏素樸的仙說影響下的作品，爲遊仙詩史的一種轉變〔註
151〕。

　　所以這一時期遊仙文學的譜系應以郭璞（276〜324）、庾闡（286
〜339）及晉宋之際的陶潛（365〜427）作爲代表。郭、庾均以組詩
的形式寫作，其作品並非一時一地之作。郭璞所制作的，「多自敘，
雖志狹中區，而辭無俗累，見非前識」。就特別強詞其中具有詠懷、
自敘的性質。而陶潛所作的也多是抒寫懷抱，可謂爲同一時代的潮流
之所趨。但於詠懷之外，形式技巧已有所改變。

　　郭璞注《山海經》爲當時的一大盛事，而汲冢所出的《穆天子傳》
更是風行一時，陶潛的嗜好之一，即爲「泛覽周王傳，流觀山海圖」。
類此神秘性圖笈的流傳有其深刻的影響力。郭璞〈遊仙詩其十〉的造
語，諸如色彩語的運用，及其表現筆法──首述山名，次述動、植、
礦物及水源，均與《山海經》的行文有密切的關係：

> 璇臺冠崑嶺，西海濱招搖。瓊林籠藻映，碧樹疏英翹。丹
> 泉漂朱沫，黑水鼓玄濤。尋仙萬餘日，今乃見子喬。振髮
> 晞翠霞，解褐禮絳霄。總轡臨少廣，盤虯舞雲軺。永偕帝
> 鄉侶，千齡共逍遙。〈遊仙詩其十〉（逯本頁 866）

其中的西海、招搖，典出於〈南山經〉，丹水、黑水則出於〈西山經〉
與〈海外南經〉；而碧樹、丹泉、翠霞、紫綃，更與《山海經》中所
描述的巫術性植物相類。〔註 152〕陶潛則在〈讀山海經〉中，發揮其
想像力：

> 迢遞槐江嶺，是謂玄圃丘。西南望崑墟，光氣難與儔。亭
> 亭明玕照，落落清瑤流。恨不及周穆，托乘一來游。（逯本
> 頁 1010）

所用的語彙全得諸所瀏覽的秘笈之中。陶淵明的生活體驗與宗教思

〔註 151〕洪順隆：〈試論六朝的遊仙詩〉曾就六朝詩中所出現的仙人作前後
　　　　　期的比對，收於《六朝詩論》（台北文津，1978 年）。
〔註 152〕李豐楙：《神話的故鄉──山海經》（台北時報文化，1981 年），頁
　　　　　20〜73。

想，使其在任情大化與長年不老之中，由內在衝突而終歸於和諧。人世的虛幻與生命的無常，使其讀《山海經》時，要憑託三青鳥具向王母言：「在世無所須，唯酒與長年。」此為現實世界中的真實願望；至於所歌詠的神仙世界：「亭亭明玗照，落落清瑤流」、「靈鳳撫雲舞，神鸞調玉音」，則是象徵自由、逍遙的完美境界。這些俱為虛幻之物，酒既非常有，長年尤為奢望，故其平常的心境，就是任真乘化而同歸於大化之中。因此遊仙之作，也是時代風潮中的一種產物，只是他能寫得語淡情真，堪為壓卷之作。

庾闡的筆法頗類郭璞「五色筆」的筆法，如紫芝、丹菊、芳津、碧葉之類的色彩字，造成炫麗的仙界景象。其次就是服食藥物的運用，如「朝餐雲英玉蕊，夕抱玉膏石髓」、「朝采石英澗左，夕翳涼葩巖下」，都將〈離騷〉中「朝飲木蘭之墜露兮，夕餐秋菊之落英」的句法，改成六言，從服食的一再強調，可見服食成仙之說已盛行於文士圈內。第四首將登涉的經驗設想為仙人的玄觀，其構想極為特殊：

> 三山羅如粟，巨壑不容刀。白龍騰子明，朱鱗運琴高。輕
> 舉觀滄海，眇邈去瀛洲。玉泉出靈兔，瓊草被神丘。（逯本
> 頁 875）

道教的法術中有乘蹻術，經由精思、冥思的訓練而可以周流天下，不拘山河，曹植《升天行》有「乘蹻追術士，遠之蓬萊山」之說，即飛行於空中，俯觀下界，謂為玄觀。〔註 153〕庾闡即想像飛仙從空中俯瞰下界，因而呈現奇特的景象。遊仙詩中自是缺此篇不得，可稱奇作。

東晉詩人多能擺脫清商舊曲的遺風，而發展五言新體的新風格，其語言文字較為華麗，講究對偶句式，只有陶潛一仍其平淡之體。在遊仙詩的衍變中具有飛躍性表現的，為結合隱逸思想表現域內名山與地仙的新仙說，也強調服食的修練方法。東晉文士多能閱讀神仙圖笈，頗有助於神仙形象的塑造，恰可與道教史的發展相一致。

〔註 153〕李豐楙：〈漢武內傳的著成及其流傳〉，刊於《幼獅學誌》第十七卷第二期（台北，1982 年十月），頁 34～35。

（三）南北朝遊仙詩用典的道教化

南北朝遊仙詩的寫作，依現存作品言，較魏晉爲少。至於那些具
有創新之意的，則逐漸有道教化的傾向。因爲道教的統一意識在南北
朝初期已逐漸成熟，道經的製作、儀式的整備，逐漸形成道教自身的
神仙體系。道教既受帝王貴族的獎掖，文士奉道者漸眾，因而有機會
接觸道教的教理，表現在遊仙詩篇中，就不只是道教語彙與典故的加
入；連敘述遊仙的本質也更切近實際的學道過程。

沈約現存作品中有題爲〈和竟陵王遊仙詩〉二首，王融現存〈遊
仙詩〉五首，也屬新體，當爲文學集團中相與唱和的產物。沈約出身
於吳興武康——其地域本就流行天師道信仰，沈家累世奉道；沈約本
人也常與道士往來，現存有與陶弘景唱酬詩多首；他平常也能自己作
上章等法事，爲典型的奉道文士。因此所作的遊仙詩極爲道地，〈赤
松澗〉一首有「願受金液方，片言生羽翼」之句，神丹、金液的服食
爲其凤所習聞之事，因而易產生神仙之思。〈和竟陵王〉二首屬於永
明體，講究討偶、聲律之美：

> 朝止閶闔宮，暮宴清都闕。騰蓋隱奔星，低鑾避行月。九
> 疑紛相從，虹旌乍升沒。青鳥去復還，高唐雲不歇。若華
> 有餘照，淹留且晞髮。（二首之二）（逯本頁 1637）

類此充分發揮對偶、韻律形式的新體，確有不同於樂府的格調。遊仙
文學能隨文學的潮流，在不同的時代運用不同的體製表達，成爲新風
格的遊仙詩。王融的五首〈遊仙詩〉也一樣具有永明體的風格，其道
教化的痕跡可以第一首爲例：

> 桃李不奢年，桑榆多暮節。常恐秋蓬根，連翩因風雪。習
> 道遍槐岷，追仙度瑤碣。綠帙啓眞詞，丹經流妙說。長河
> 且已縈，曾山方可礪。（逯本頁 1398）

所述習道、追仙的方法，綠帙、丹經都是道教興起後流行的觀念。

庾信有〈奉和趙王遊仙〉，庾信所和的爲典型的六朝晚期神仙傳
說的意趣：

藏山還採藥，有道得從師。京兆陳安世，成都李意期。玉
京傳相鶴，太乙授飛龜。白石香新芋，青泥美熟芝。山精
逢照鏡，樵客值圍棋。石紋如碎錦，藤苗似亂絲。蓬萊在
何處，漢后欲遙祠。（逯本頁2362）

庾信在和詩中大量堆砌新典，自然與郭璞重在抒寫懷抱有所異趣〔註
154〕，就遊仙詩史言，其中的神仙新典故特別值得注意：陳安世、李
意期但舉出仙人的姓名；而白石、青泥則不點明與何位神仙有關，可
知《神仙傳》等一類仙傳已爲文士所習讀：都是以精約的典故暗示豐
富的意涵，適合使用於對偶句，又可誇示其博學。

庾信的寫作手法亦見於〈仙山〉的歌詠中：

石軟如香飯，鉛銷似熟銀。蓬萊暫近別，海水遂成塵。（二
首之二）（逯本頁2403）

典出《神仙傳》中的尹軌銷鉛成銀，及麻姑曾見海水揚塵之事。這種
運用神仙故實的手法，尤以〈道士步虛詞〉十首爲極致，此六朝僅存
的道樂歌辭，音節異常和諧，辭藻亦華美典雅，爲道樂中的名篇。

神仙神話爲遊仙詩的主要素材，而神仙思想則隨著道教的形成而
有所變化。遊仙詩作爲文學傳統之一，自有其相因相襲之處，但神仙
思想及其不斷出現的傳說仍作爲創作的主要素材，因而後之作者除了
因襲前代作家的語彙，常需注入新內容，以造成新的格調。以仙傳而
言，《列仙傳》綜結了兩漢仙說，而其具體影響則見於庾闡的作品中；
葛洪所撰的《神仙傳》，南北朝時期曾廣泛流傳，庾信詩中就一再使
用。其次道經中則以上清經派的仙界結構爲主，由於茅山道曾一再整
編經典，因而其影響亦最深，成爲後期遊仙詩的一大特色。所以遊仙
詩的發展大體與神仙道教的形成相互一致。

遊仙詩的寫作體裁，大體與詩體的發展有關：漢魏階段以樂府爲
主，晉以後漸爲五言新體所取代，至永明體的提倡，又出現音節諧調、

〔註154〕劉侃如、馮沅君：《中國詩史》曾將郭璞的遊仙詩與庾信的〈奉和
趙王遊仙〉作比較，頁399。

對偶工整的新格調。遊仙詩的作者問題，曹魏王朝之歌詠遊仙，與秦皇、漢武之喜愛仙眞人詩、大人賦，其動機實與帝王貴族的求仙、永壽的心理有關。至於其推動方式則與貴遊文學有密切關係：曹魏帝室鼓勵製作相和歌辭，故文學侍從也多熱烈響應；而後齊竟陵王、梁蕭統、綱、繹三兄弟均有文學集團，集團活動所形成的文風自能形成文學潮流；直至庾信之與趙王唱和，均爲宮庭文學、貴遊文學的具體表現。另一與道樂有關的〈神弦曲〉〈上雲樂〉及〈步虛〉，也與帝王的提倡有關。

　　中古世紀爲道教神仙思想的形成時期，上自帝王貴族下至民間社會，均籠罩於仙道氣氛之中。遊仙詩適爲中古文學的重要題材之一，將人間世對於仙眞的想像、仙境的嚮往，透過遊仙詩的歌詠完全呈現出來。從漢末至隋初，恰逢紛擾的亂世，越形加深詩人面對人生的無常感，因此借以提昇其求仙之願而假借以之詠懷，均足可滿足其隱藏於心靈深處的願望，因此遊仙詩確爲中古道教文學重要的藝術成就。

第四章　遊仙詩人共同的社會譜像

第一節　矢量時間下的如逝風景

（一）嘆逝感：當下的存在

《世說新語》〈傷逝〉篇有這樣一則記載：

> 王戎喪兒萬子，山簡往省之，王悲不自勝，簡曰：「孩抱中物，何至於此？」王曰：「聖人忘情，最下不及情；情之所鍾，正在我輩。」簡服其言，更爲之慟。（頁638）

在面對死亡這件事情上，這個例子具體而微地展現了魏晉士人如何不同於儒、道兩家的典型，而有另一番新的態度；談玄說理的盛行，不見得就能解脫「固知一死生爲虛誕，齊彭殤爲妄作」的悲憤，而所謂「樂而不淫，哀而不傷」，似乎終究難以抑止「逝者如斯夫，不捨晝夜」的無奈悲涼。所以「大慟」、「慟絕」、「不勝其慟」，那種面對死亡時，耿耿在心，難以喻懷的「情」質，反倒成爲飄渺煙滅的人生常中，唯一可掌握的具體存存；如曹丕〈又與吳質書〉云：

> 昔伯牙絕絃於鍾期，仲尼覆醢於子路；恖知音之難遇，傷門人之莫逮也。諸子但爲未及古人，自一時之雋也。今之存者，已不逮矣。（張本頁991）

建安七子中的徐、陳、應、劉一時俱逝，令曹丕不禁感念昔日同游的
景象，與其卓越的才華，前文藉由寫景緬懷故人，後文則用典暗指知
音逝去，嘆逝之情普遍存在於六朝文士的氛圍之中。

　　比如嵇康、阮籍等人的悲哀傷痛，也往往「都是在死亡面前所產
生的深厚沈鬱的『此在』的情感本身。」〔註1〕嵇康與呂安友善，安
爲兄巽枉訴被收，嵇康以其事牽連入獄，因作〈幽憤詩〉云：

　　　實恥訟冤，時不我與。雖曰義直，神辱志沮，澡身滄浪，
　　　豈云能補。嗈嗈鳴鴈，奮翼北遊。順時而動，得意忘憂。
　　　嗟我憤歎，曾莫能儔。事與願違，遘茲淹留。窮達有命，
　　　亦又何求……。（逯本頁 481）

時鍾會向文帝司馬昭進讒言曰：「康、安等言論放蕩，非毀典謨，帝
王者所不宜容。宜因釁除之，以淳風俗。」文帝聽信鍾會之言，遂並
害之。詩中雖吐露「順時而動，得意忘憂」的道家思想，卻仍不免爲
好友與自己蒙冤感到憤慨難耐，他已意識到生命即將被剝奪的威脅
感，故將悲憤的心情轉以「窮達有命」的豁達態度，以面對自己即將
消逝的人生。

　　阮籍〈詠懷詩〉八十二首中亦有憂生之嗟，其四十七云：

　　　生命辰安在？憂戚涕沾襟。高鳥翔山崗，燕雀棲下林。青
　　　雲蔽前庭，素琴悽我心。崇山有鳴鶴，豈可相追尋！（逯
　　　本頁 505）

邱鎭京言：「嗣宗對無常的感觸，最靈敏的是『生命、榮耀、富貴』
三方面，念念不能釋懷的是『朝爲美少年，夕暮成老醜老』的生命短
暫。」〔註2〕有感於當代「名士少有全者」，因而發出「生命辰安在？
憂戚涕沾襟。」的憂生之嗟。換言之，「歎逝」除了是一種情感上的
哀傷，可能也表現爲一種對人生、本體的覺察，具有知性、哲理的意
味。李澤厚曾經上溯至屈原，而這樣說到：

〔註1〕呂正惠：〈物色論與緣情說〉，收入《文心雕龍綜論》（台北學生，1988
　　　年），頁 308。
〔註2〕邱鎭京：《阮籍詠懷詩研究》（文津，1900 年）。

對死亡的自覺選擇和面臨死亡的本體感受，就恰好反過來加深了儒學傳統中對人生短促的情感關注。於是，爲屈原所突出的選擇死亡便不只是死亡的悲哀，而是在死亡面前那種執著頑強、不肯讓步的生的態度，這裡，選擇死亡的情感實際又是堅守信念的情感，死的反思歸結於生的把握……。對死亡的哀傷關注，所表現的是對生存的無比眷戀，並使之具有某種領悟人生的哲理風味。所謂歡樂中的悽愴，不總是加深著這歡樂的深刻度，教人們緊緊把握住這並不常在的人生嗎？〔註3〕

吉川幸次郎在〈推移的悲哀〉一文中，曾以古詩十九首爲例，說明自後漢以來的士人如何意識到自己是生存於時間洪流中，乃至於引發了「對不幸時間的持續而起的悲哀」、「在時間的推移中由幸福轉到不幸的悲哀」，及「感到人主只是向終極的不幸即死亡推移的一段時間而起的悲哀」。不過，感到時間推移的悲哀，顯然很難與空間念識相分離，所以比如關於〈行行重行行〉首句，吉川先生就說「是暗示著導致空間之堆積的背後條件，即時間堆積或時間的推移」。〔註4〕換言之，是先感受到空間上拉引出了距離──「相去萬餘里」，才進而恍然時間的相乘積將使彼此愈離愈遠──「相去日已遠」，乃至憂傷終老，呂正惠在解釋陸機所謂「遵四時以歎逝，瞻萬物而思紛」二句，就非常清楚地強調「歎逝」與「感物」的關係，也就是萬物萬象所構顯的空間世界與時間推移的意識，往往相互依存：

「歎逝」是因爲看到「萬物」在「四時」的變化而產生的。是從「四時更變化，歲暮一何速」之中，我們才體會到時間的迅速，以及人生的短暫。「感」物，所「感」爲何，就是時間的流「逝」；「歎」逝，所「歎」爲何，因見物之變化而覺察時間之推移，因此而「歎」。陸機的話，很正確的說明了「歎逝」的主題是藉著「感物」的方式表達的。也

〔註3〕 李澤厚：《華夏美學》第四章（時報文化，1989年），頁141～142。
〔註4〕 吉川幸次郎：〈推移的悲哀〉，《中外文學》第六卷第四期，頁28。

就是說，「感物」是內在於「歎逝」的主題結構之中，兩者
根本是密不可分的。〔註5〕

如此，時間就不可能全然脫離空間而獨立在外，而個人的處境，事件
的進展當然也都必須在結合時、空所劃設的維軸中，才能明確標示出
來。例如各式各樣以時節發詠的詩文：

悲夫冬之爲氣，亦何憀懍以蕭索。天悠悠其彌高，霧鬱鬱
而四幕。夜緜邈其難終，日腕腕而易落。數層雲之葳蕤，
墜零雪之揮霍。冰冽冽而寝興，風漫漫而妄作。鳴枯條之
泠泠，飛落葉之漠漠。山嵷巃以含瘁，川蝼蛇而抱涸。望
八極以曠瀇，普宇宙而寥廓。伊天時之方慘，曷萬物之能
歡。魚微微而求偶，獸岳嶽而相攢。猿長嘯於林杪，鳥高
鳴於雲端。矧余情之含瘁，恆觀物而增酸。歷四時之迭感，
悲此歲之已寒。撫傷懷以鳴咽，望永路而汍瀾。〈陸機·感
時賦〉（張本頁 1890）

春秋代序，冬夏交迭，「節變」連帶「物化」，直接刺激人的空間感知，
於是透過「觀」、「覩」、「瞻」、「臨」的親身參與，大自然的形象物色
也就同時布建了置身其中的「人」之生存場域；「桃紅」、「水碧」顯
然與「寒蟬」、「落葉」不可同日而語，「炎雲」、「朱荷」又如何得與
「零雪」，「永夜」同時並論。「空間」幾已浸沒入「時間」洪流中，
與時驅馳，彷彿急行車窗外的幕幕風景，根本來不及去停駐流連，只
能事後去「憶故」、「思舊」，而徒然「含瘁」、「增酸」。

若再加上疾促與不可逆轉的人生困境，就更能深刻化人生的「侷
促」、「有終」。如：

天地長不沒，山川無改時。草木得常理，霜露榮悴之。謂
人最靈智，獨復不如茲。適見在世中，奄去靡歸期。奚覺
無一人，親識豈相思。但餘平生物，舉目情悽洏。我無騰
化術，必爾不復疑。願君取君言，得酒莫苟辭。〈陶潛·形
贈影〉（逯本頁 989）

〔註5〕呂正惠：〈物色論與緣情說〉，收入《文心雕龍綜論》（台北學生，1988
年），頁 295。

四時更迭代序，風物榮悴更新，對終期於盡的萬物之靈來說，毋寧是最大的反諷與難平的憤悶；所以「炯若風燭」的無奈背後，或者採取對時間麻醉無知的酣飲行樂，或者就是夢想乘仙遠遊，企求異化於時空之外的騰化道術了。

　　就時間而言，既是以不斷遷變推移為本質，在掌握的那一刻，也已然失去，我們又當如何去定義「及時」；況且時移事往，而情隨事遷，所謂「心志」又當如何可能於紛繁不居的時境中，展現一種前後如一，永遠不變的「在此」之存有性呢？顯然地，「抒情自我」既源發於「感時歎逝」，其主體性的表現就不僅必須立足於「時間」意識來談；尤其更必須是指顯豁於時間中的「現在」的「我」。那麼「現在」究竟該如何標識、確認呢？也許卡西勒（Ernst Cassirer）的話是一個很好的解答：

> 我們規定為「此時」的內容只不過是區分過去和未來的一個永遠變動不息的界限而已。不能脫離它所劃界的東西來設定這個界限：它只存在於這個劃界活動之中，它不是能在劃界之前並脫離劃界而被思考的東西。時間的瞬間，就我們有意把它確定為時間的瞬間而言，只能被理解為從過去到未來，從「不再」到「尚未」的流動不居的過渡，而不能被理解為靜態的實體性的存在。〔註6〕

這裡很清楚地說明了「現在」不是可以從時間中切割出一段來作孤立的定義，它必須在「過去」與「未來」的相對時位中才可以被劃界出來；換言之，「現在」唯有存在於時間的流動之中，與時間的種種向度相互關涉參錯，才可以成為被具體感知到的「瞬間」。

　　魏晉士人對「時間」的初步意識，就是得以穿越空間，疾馳而不返，這在鮑照〈觀漏賦并序〉中有一個很好的譬喻：

> 客有觀於漏者，退而歎曰：「夫及遠者箭也，而定遠非箭之功；為生者我也，而制生非我之情。故自箭而為心，不可

─────────────

〔註6〕卡西勒（Ernst Cassirer）著、于曉等譯：《語言與神話》（台北桂冠，1990年），頁209～210。

憑；因生以觀我，不可恃者年。憑其不可恃，故以悲哉！
況乎沈華密遠，輕波潛耗，而感神嬰慮者，又自外而傷壽，
以是思生，生亦勤矣！」乃爲賦云：……貫古今而並念，
信寡易而多難。時不留乎激矢，生乃急於走丸。既河源之
莫壅，又吹波而助瀾。（張本頁 2726）

生年難憑，光陰似箭，在這「矢量」的時間觀中，所指涉的是一個疾
速且有定向的線性活動，換言之，時間的箭頭是如此急促地走向毀滅
的終點；而它所連結貫串的，是前前後後的不同場域（所以有「古」、
「今」之別），一個換過一個的不同情境（所以有「難」、「易」、「歡」、
「苦」之分），乃至於在時程裡會自然浮顯出的彼此相異的「我」。陸
機曾經這樣對比老少心態的差別：

和風習習薄林，柔條布葉垂陰。鳴鳩拂羽相尋，倉鶊喈喈
弄音，感時悼逝傷心。日月相追周旋，萬里倏忽幾年，人
皆冉冉西邊。盛時一往不還，慷慨乖念悽然。昔爲少年無
憂，常怪秉燭夜遊，翩翩宵征何求。于今知此有由。但爲
老去年道，盛固有衰不疑。長夜冥冥無期，何不驅馳及時。
聊樂永日自怡，齎此遺情何之。人生居世爲安，豈若及時
爲歡。世道多故萬端，憂慮紛錯交顏，老行及之長歎。〈陸
機・董桃行〉（逯本頁 665）

如果人生彷如劇場，年少痴狂、慷慨昂揚與自艾自悔、衰落蒼涼絕對
是舞台上迥異殊遠的角色扮演；而人是既不能選定自己心愛的角色，
反而必須承受「朝如青絲暮成雪」的改容換面。當然，以青壯老少爲
經，人事遭遇爲緯，則又得以織綜出更多重幻化的浮世影像。例如：

昔在少壯，未嘗檢括，遠慕老莊之齊物，近嘉阮生之放曠，
怪厚薄何從而生，哀樂何由而至。自頃朝張，困於逆亂，
國破家亡，親友凋殘。塊然獨立，則哀憤兩集。負杖行吟，
則百憂俱至。時複相與，舉觴對膝，破涕爲笑，排終身之
積慘，求數刻之暫歡。譬由疾疢彌年，而欲一丸銷之，其
可得乎？〈劉琨・答盧諶詩序〉（張本頁 2140）

由此例可見，個體於時間洪流中浮沈翻騰的不同態勢，於是來往離合

是「我」，聚散悲歡是「我」。興亡存歿也是「我」；這難以定位、無法歸一的自我圖錄，正是時間在推移時物、切割情境之後，直接分裂自我的具體驗證。然則，哪一個才是「我」，甚至是否根本沒有一個「我」是「我」；在線性的時間列車上，我們只能坐看一幅幅節節倒退、乃至完全看不見的窗影，所謂人生的畫冊，不過就是一頁頁已成往事的歷史，以及一個個已成過去、而非當下自我的「他者」了。在這樣的情況下，一如曹丕〈大牆上蒿行〉所透露的對「抉擇」的渴望，自然就在個體自覺這件事上，具有相當大的象徵意義：

> 陽春無不長成，草木羣類，隨大風起，零落若何翩翩。中心獨立一何縈！四時舍我驅馳，今我隱約欲何爲？人居天壤間，忽如飛鳥棲枯枝。我今隱約欲何爲？適君身體所服，何不恣君口腹所嘗？冬被貂鼲溫暖，夏當服綺羅輕涼。行力自苦，我將欲何爲？不及君少壯之時，乘堅車策肥馬良。上有滄浪之天，今我難得久來視。下有蠕蠕之地，今我難得久來履。何不恣意遨游，從君所喜？……今日樂，不可忘。樂未央。爲樂常苦遲，歲月逝，忽若飛。何爲自苦。使我心悲。（逯本頁 396）

古詩十九首裡，面對「人生寄一世，奄忽若飆塵」的困境，就有「何不策高足，先據要路津。無爲守窮賤，轗軻長苦辛」的建議；而在這裡，曹丕一樣是希望爲必然變改的人生，提供一些好的變改方向—「何不恣君口腹所嘗」、「何不恣意遨遊」。換言之，不但是正視時間的推移，也承認情境中的「我」會因時變改，但是要求自我具有取捨、決斷權。而這份選擇的自覺，乃源發於人內在對所謂「我」在每一次面具脫戴之間的隱然不安、舉棋不定；「今我隱約欲何爲」、「（行力自苦）我將欲何爲」，在如此多重的「我」當中，那一個才是我所願意主動尋求、積極堅持的「真面目」？雖然，表面上看來，只不過是進退出處極平常的考量而已，但是，原本無形的時間，及其所流蕩的無所著力、難以貞定的如逝生命，至此有了雖朦朧卻可辨認的有意義形式。這些形成意義的點劃，主要來自主體因應人事遭遇所作的種種意義思

索與價值判斷，它使得所經歷的時日擁有了專屬於一己的刻度與格局，也就是說在時間上有了自覺實存的我在〔註7〕。

（二）思舊感：自我的追尋

於思舊追憶的無盡迴旋中，所照面的「自我」，是處於一種與「未來」、「過去」形成辯證關係的「現在」；他不能停止前進，因為走向未來是歸返的樞機，也不能放棄歸返。因為回顧過去是成就未來的關鍵。例如以下資料：

> 獵平原而南鶩，觀先帝之舊營。步壁壘之常制，識旌麾之所停。在官曹之典列，心髣髴於平生。迴驥首而永游，赴修途以尋遠。……〈曹植·懷親賦〉（張本頁 1048）

曹植之懷親，除了將「存心過往」與「迴轉未來」排比並列，更利用「獵」、「步」這現在進行式的動詞，來與指向過去的意識動作如「觀」、「識」等參差錯置，於是在前進中歸返，再由歸返回到前進的狀態，使得懷舊的情靈結構，在此顯現交叉互動、委曲相生的實況。在一生一死之際，或哀或樂之間，必須以何等的熱情去尋幽溯源，又必須有何等的勇氣才能縱身大浪、同其波流。就是這甘心投入與毅然抽身的轉折，我們看到在悲歡離合、生死得失的情境網絡中，自我如何地纏繞與糾結，又如何地梳理與整合；那麼，追憶者，無非就是那個在直線的如逝人生中，企圖作無盡迴旋的「我」啊！

在「嘆逝」與「思舊」情懷中，大抵「嘆逝」由於以哀往傷昔為主，可以說比「思舊」者較為缺乏著意探詢或細密解析的用心，以庾信的思舊為例：

> 歲在攝提，星居鶉首，梁故觀寧侯蕭永卒。嗚呼哀哉！人之戚也，既非金石所移；士之悲也，寧有春秋之異？高臺已傾，稷下有閒琴之泣；壯士一去，燕南有擊筑之悲。……河傾酸棗，杞梓與樗櫟俱流。海淺蓬萊，魚鱉與蛟龍共盡。

〔註7〕 保羅·科利（Paul Ricoeur）著、鄭樂平、胡建平譯：《文化與時間》〈導論〉（台北淑馨，1992年），頁6。

> 焚香複道，詎斂遊魂？載酒屬車，寧消愁氣？芝蘭蕭艾之
> 秋，形殊而共瘁，羽毛鱗介之怨，聲異而俱哀，所謂天乎，
> 乃曰蒼蒼之氣；所謂地乎，其實摶摶之土。怨之徒也，何
> 能感焉？〈庾信・思舊銘序〉（張本頁4773）

在短促、不可逆的人生中，若不是縱放快意、順俗浮沈，便是追求天
道公理，希企一種理想的範律來安身立命；然而每當我們面對無常的
死滅，所有號稱必然、普遍的道理，似乎只留下一團無稽莫名的迷霧。
庾信針對梁朝覆亡，顯然不只是悲哀，尤爲根本的是對人即使預見先
兆，也無怯扭轉天數的憤慨；因此戰禍中的「長別」、「無歸」固然身
不由己、無關志意，面對賢愚共盡、貴賤俱流的亂世殘局，也只能徒
呼奈何。於是，就在面對肉身幻化成遊魂、高台傾夷爲塵土的瞬間，
人們方始明白，以人有限的生命與才智，根本無法企及完整的眞理；
而也就因爲理智成見的去除，只屬於情感的「悲劇」意識才得以產生。

雅斯貝爾斯（Karl Jospers）曾如此清晰地判分出悲劇情識：

> 悲劇與不幸、受苦與毀滅，悲劇與疾病或死亡，悲劇與罪
> 惡是截然不同的。……悲劇知識是探詢而不是接受、責備、
> 哀悼。悲劇知識憑藉眞理與災禍之間的緊密聯係而更加清
> 楚：當衝突的力量按比例增長，它們衝突的必然性不斷深
> 化時，悲劇變得越來越強烈。一切不幸只有通過它發生于
> 其中的、或者我們將它與之聯係起來的前後關係，通過受
> 苦與愛的人們的意識和知識，通過依靠悲劇知識對不幸的
> 意味深長的解釋才成爲悲劇。《存在興超越—雅斯貝爾斯散
> 文集》〔註8〕

顯然，苦難與毀滅本身並不就是悲劇，而即便是面對不幸的哀悼也不
算悲劇情態，唯有那種難平難忍所激發出的苦思力索，方爲悲劇意
識。當然，在不願輕易承認或接受的思索過程中，推敲生死，探問新
故所開展的多重時空，正是「思舊」也就是「悲劇」的意境氛圍，比

〔註8〕雅斯貝爾斯著、余靈靈、徐信華譯：《存在興超越》（上海三聯，1988
　　　年），頁159。

如：

> 幕府昔開，賢俊翹首。爲羈終歲，門人謝焉。至于東首告
> 辭，西陵長往，山陽車馬，望別郊門；穎川賓客，遙悲松
> 路。嵇叔夜之山庭，尚多楊柳；王子猷之舊徑，惟餘竹林。
> 王孫葬地，方爲長樂之宮；烈士埋魂，即是將軍之墓。〈庚
> 信思舊銘序〉

庚信在此排比古人古事，對死生大別之痛有深刻的積累，「楊柳山
庭」、「竹林舊徑」是藉向想古人來暗寓對蕭永的懷念；而「長樂之宮」、
「將軍之墓」是指向未來面對人之必死乃古今如一的慘酷事實。於
是，舊居故物帶引出的不只是人亡之悲，同時也是重回往日的深情眷
戀；而如今之寓所，又不僅僅是埋藏了過去，甚且也見證了未來的歸
依。人生場景原是如此相對而矛盾，我們在哀樂、存亡間忍受撕裂拉
扯的折磨，然而，也因此我們可以看出更確切的眞相：

> 假如悲劇的原初直觀保持其純淨，它早就已包含著哲學的
> 精華：運動、疑問、激動、驚奇、眞誠，正視現實。〔註9〕

當追憶者以悲劇性直觀，可以領略出人生宛轉曲折、迂迴周旋的意
味，這同時也顯示了憑「情」會通的新「現實」世界，已掙脫矢量性
物理時間單方面的宰控，換言之，人得以自由地出入虛時與實時之間
了。所謂：

> 昔嘗歡宴，風月留連，追憶平生，宛然心目。及乎垂翅秦
> 川，關河羈旅，降乎悲谷之景，實有憂生之情。〈庚信思舊
> 銘序〉

庚信一方面已經站在行進間的「未來」來看「過去」，所以稱「追憶」
生平，這時平生的風月紛至沓來，宛然心目，是「虛時」的效應；另
一方面，以南朝仕宦爲背景，則又對比出羈旅北朝的憂憤悲涼，這又
回到「實時」的效應，是由「過去」走向「未來」。有了自由，進一
步才可以有所選擇、決斷；在〈思舊銘〉序文末尾說到：

〔註9〕雅斯貝爾斯著、余靈靈、徐信華譯：《存在與超越》（上海三聯，1988
年），頁164。

美酒酌焉，猶憶建鄴之水。鳴琴在操，終思華亭之鶴。重
爲此別，嗚呼甚哉！亡星落月，月死珠傷。瓶罄罍恥，芝
焚蕙歎。所望鐘沉德水，聲出風雲。劍沒豐城，氣存牛斗。
清然思舊，乃作銘云。〈庾信思舊銘序〉

所謂「猶」、「終」明顯是強調執著過往的鄉關之思，但「重爲此別」
則以故人凋落連帶引出過往已逝、離以再返的事實。只是「過去」是
不是就眞的一去不返呢？當庾信以爲「鐘沈」而「聲出」、「劍沒」而
「氣存」，這「沈」「出」、「存」「沒」的相反相成，竟使看似已逝的
「過往」成爲邁向「未來」的希望所在。所以，庾信沒有選擇死亡，
並不就表示他貪生怕死、苟且偷安，就如同伯夷、叔齊或屈原之選擇
死亡，並不表示他們軟弱而逃避；「求死」如果可以對抗命運，「活著」
如果可以作無畏的堅持，同樣都展現了存有本身的尊嚴與勇氣，就像
雅斯貝爾斯所謂：

我不得不以沈默與命運抗爭──依靠生的勇氣以及死的尊嚴
保護了自己。……勇氣不僅僅是生命力，也不僅僅是赤裸
裸的挑釁的力量。它只能存在于從生存的桎梏裡所爭得的
自由中，存在于揭示出來的無畏的靈魂、堅定的信念、赴
死的能力中。〔註10〕

庾信在文章中屢次提到的「枯木」這比喻，就更容易領會他「半死半
生」的實存樣態：

心則歷陵枯木，髮則睢陽亂絲。〈小園賦〉（張本頁4736）

桂何事而銷亡，桐何爲而半死。〈枯樹賦〉（張本頁4743）

庾信可能爲了抒發亡國之恨、羈旅之苦，以枯木比喻此身已如肝腸斷
絕，難以復甦；但是另一方面，若配合〈思舊銘〉序末尾的「所望」
來看，顯然子山並未完全絕望，即使面對一場強弱懸殊、總歸要輸的
比賽，卻猶然接受挑戰，就彷彿枝葉零落、主幹掏空的古木，卻兀自

〔註10〕雅斯貝爾斯著、余靈靈、徐信華譯：《存在與超越》（上海三聯，1988
年），頁136。

頂天立地，「不休剩我，與永恆拔河」，〔註11〕正是庾信的最佳寫照。

　　至於六朝士人中，被譽為「隱逸詩人之宗」的陶潛，在高唱「歸去來兮」的人生轉捩點上，留下許多顯豁瞬間實存的深刻體驗，如：〔註12〕

> 疇昔苦長飢，投耒去學仕。將養不得節，凍餒固纏己。是時向立年，志意多所恥。遂盡介然分，終死歸田里。冉冉星氣流，亭亭復一紀。世路廓悠悠，楊朱所以止。雖無揮金事，濁酒聊可恃。〈飲酒・十九〉（逯本頁 1001）
>
> 歸去來兮，田園將蕪胡不歸？既自以心爲形役，奚惆悵而獨悲？悟已往之不諫，知來者之可追。實迷途其未遠，覺今是而昨非。……善萬物之得時，感吾生之行休。已矣乎，寓形宇內復幾時，曷不委心任去留？胡爲乎遑遑兮欲何之？富貴非吾願，帝鄉不可期。懷良辰以孤往，或植杖而耘籽。登東皋以舒嘯，臨清流而賦詩。聊乘化以歸盡，樂夫天命復奚疑。〈歸去來兮辭〉（張本頁 2449）

〈歸去來兮辭〉中所謂「悟已往之不諫，知來者之可追」，可以明白看出，淵明是站在事後的立場對過往「既自以心爲形役」加以悔悟，同時也因迷途未遠，對已經修正而即將開展的前路充滿期待：於是這個聯繫前後的交接點「今」，正是昨日的終結，也是明日的新始。這與淵明在〈飲酒〉之十九自述三十歲時如何反省到於此之前的學仕從官終究深愧其志，又如何自許此後守分返樸、歸田終死，乃至有「濁酒聊可恃」當下的坦然自在，是可以併比合觀的。這份對主體的觀照，是隨著生命歷程的經驗累積而日益明顯的，因此「樂天知命」來自於「躬耕歸田」的抉擇，而「歸去來兮」的想望縱使曾隱約浮顯過（「是時向立年」），卻也必得在飽受矯歷違志的世務折磨後，才能有如比「與世相遺」的斷然省悟。

　　由停止（回顧過往）起而前進（抽身向未來）這個動作本身，就

〔註11〕余光中：《與永恆拔河》（台北洪範，1979 年），頁 133～134。
〔註12〕

讓看似無所選擇（非生即死）的人生，其實在出入時間的自由間隙中，踏實地作了最能超越宿命的選擇！〔註13〕

　　　　它在真理的運動中承受著含糊不清的意義，並通過它提供微弱的光亮；它在變化不定中堅定不移；它證明能有無限的愛與希望。〔註14〕

這也正是悲劇中偉大而崇高的生存直觀。

（三）孤獨感：生命的棲居

　　傳統的文人把生命看成是「孤獨的存在」，無人欣賞了解，在默默之中自我開展忍受枯萎。假如沒有知己的欣賞，那麼，一切的美好不過是徒然的存在，毫無意義可言。

　　而陶淵明這幾句詩把傳統文人的「孤絕心態」和「生命的實踐」連繫起來，讓我們更深一層的理解到這些文人孤獨的生命之本質。

　　　　欲言無予和，揮杯勸孤影。日月擲人去，有志不獲騁。念此懷悲悽，終曉不能靜。〈雜詩其二〉（逯本頁1006）

仔細觀察傳統文人的生命形態，我們可以說，孤獨感來自於生命的虛擲與浪費，來自於生命的落空所導致的自我認定的困難。當生命即將消失，在「日月擲人去」那種不容自己控制的時間的逼迫下，深深體會到「有志不獲騁」的創傷，這時，一種難以言喻的孤獨的暗影就會襲上心頭。

　　這種生命的浪費也可以用「靜態」的方式呈現出來，置身於幽靜之中，以「靜觀」來了悟人生與世界。如嵇康五言〈兄秀才公穆入軍贈詩〉云：

　　　　雲網塞四區，高羅正參差。奮迅勢不便，六翮無所施。隱姿就長纓，卒為時所羈。單雄翻孤逝，哀吟傷生離。徘徊戀儔侶，慷慨高山陂，鳥盡良弓藏，謀極身必危。吉凶雖

〔註13〕韓少功：《生命中不能承受之輕》北京版前言（台北時報文化，1991年），頁12～13。

〔註14〕雅斯貝爾斯著、余靈靈、徐信華譯：《存在與超越》（上海三聯，1988年），頁166。

在己，世路多嶮巇。（逯本頁 486）

雌鸞落網被害，雄鸞僥倖脫逃，於是孤獨而悲傷地鳴叫著。這裡的「雌鸞」好比嵇康敬愛的親友人們，如阮籍、山濤、嵇喜等，被司馬氏政權一個個套牢，「雄鸞」則是嵇康自喻。「單雄翻孤逝」之「孤」是整首詩的主要意涵，從「雙鸞」到「網羅」的鋪陳，突顯出司馬氏政權之可惡，並隱刺曹魏末年「名士少有全者」之社會現實，襯托出嵇康內心之「悲憤難鳴」的孤獨感。

再如阮籍〈詠懷詩〉中寫到：

夜中不能寐，起坐彈鳴琴。薄帷鑒明月，清風吹我衿。孤鴻號外野，翔鳥鳴北林。徘徊將何見？憂思獨傷心。〈詠懷其一〉（逯本頁 496）

獨坐空堂上，誰可與歡者？出門臨永路，不見行車馬。登高望九州，悠悠分曠野。孤鳥西北飛，離獸東南下。日暮思親友，晤言用自寫。〈詠懷十七〉（逯本頁 500）

鳴鳩嬉庭樹，焦明遊浮雲。焉見孤翔鳥，翩翩無匹羣。〈詠懷四十八〉（逯本頁 505）

詩人夜晚睡不著，起身獨自彈琴，清風吹動衣衿使身形更顯單薄，再加上孤寂的鴻雁在野外哀鳴，盤旋的飛鳥悲鳴於北林，令人引起憂愁的思緒；登上高處眺望九州遼闊的大地，只見孤單的禽鳥飛翔和失群的野獸奔走，日暮時思念親友，期望能相見，對坐交談，以排除心中的憂悶。李清筠說：

孤字點出了阮籍的生命悲情，而原本該在日暮歸巢的鳥，到了夜中仍然盤旋飛翔，就說明地「無枝可依」的漂泊，這不正是與上下求索而不得歸止的詩人一樣？……這種孤獨，在心境、志願陳說這一欄中，反覆的出現，足見這不僅是某個特定時空中的情緒反映，而是一種長時期的生命狀態。所以他會求友、思親友、期望雙飛，種種舉措無非都在解消這種焦慮。〔註15〕

───────────────

〔註15〕李清筠：《時空情境中的自我影像》，臺灣師大國文研究所博士論文，

這種中國式的「悲歌」以一種不可抑止的哀傷，唱出人生的孤獨與悲涼。但是現代人卻很難理解，在這「悲歌」之中所隱藏著的文人獨特的生命形態。中國文人孤獨生命的本質，就是：孤獨來自生命的虛擲與浪費。

但是這種「孤獨感」是具有與世界相抗衡的力量，以西方詩學為例，穿梭在尼采這些詩的文本中，「孤獨」這樣的字眼在尼采著作中幾乎是某種主調；巴修拉在引用尼采詩句「（冷杉）緊鄰著深淵，……／它有耐性的、忍受著、堅硬、沈默／孤獨……」〔註16〕之後，巴修拉隨即補充：「它是直的、挺立著、站立著；它是垂直的」〔註17〕。巴修拉醉心於「挺直」的意象：「這棵挺直的樹是一個意志的軸向；甚且，這是最貼切於尼采主義的垂直意志的軸向。」〔註18〕藉著「挺直」、「直立」的意象，巴修拉的想像將松樹當作是一種力量—對抗深淵、投向天際、朝高處升騰的力量。這是一種「力量意志（volonté-puissance）」、是一種「意志的想像」（l'imagination de la volonté）。孤獨者也是超越者，力量意志在瞬間中迸發，將自己投入宇宙的命運（永恆回歸）中〔註19〕。

而若能「寓居於孤獨之中」，孤獨感與親密感緊密結合，將能產生更大的生存空間。巴修拉的《空間詩學》便以親密空間為研究主題進行「場所分析（topo-analyse）」〔註20〕。在以「角落」為一章的討論中，巴修拉首先就拈出「孤獨」的主題，孤獨屬於親密感的一環。他指出：

1999 年，頁 1。

〔註16〕巴修拉引用的是法文尼采詩選集（Ecce homo, Poésies, traduit par Henri Albert），但出版資訊不全。此詩為《戴奧尼索斯頌歌》中的一首，題為〈在猛禽之列〉，尼采在詩中將查拉圖斯特拉比擬作松樹。（臺北果實，2005），頁 219。

〔註17〕巴修拉 Bachelard, AS, p.170。

〔註18〕巴修拉 Bachelard, AS, p.171。

〔註19〕巴修拉 Bachelard, AS, p.178。

〔註20〕巴修拉 Bachelard, AS, p.178。

> 在一間房宅中所有的角落、一個房間中所有的牆角、所有
> 人們喜愛蜷曲或自己躲藏瑟縮的角隅空間，對想像力來
> 說，都是一種孤獨，換言之，是一個房間的芽苗、一間房
> 宅的芽苗。〔註21〕
> 我們的靈魂是個棲留處（demeure）〔註22〕。

巴修拉引雅賀諾（Noël Arnaud，1919～2003）的一句詩：「我是我所在的空間」。〔註23〕在這種存有論解讀中，靜止停滯的空間也是「存有者的空間」。只要有那瑟縮其間的孤獨者在那裡，那個角落就不會是單純的空洞，孤獨者「安居」在角落中，這個孤獨的居住者「填滿了空洞的隱遁處」。〔註24〕而且充滿了堅強的生存意志。

以陶淵明為例，在林文月的分析中，〈飲酒其四〉中的鳥獨飛與孤生松兩個意象都是孤獨意象的顯示，並且具體化地貼附在作者陶淵明身上，故而，她指出，「夜夜悲啼的厲響，正是作者的孤獨心聲」，「孤生松在勁風之中傲然獨保不衰之蔭。也正是詩人傲兀特立的風範」。〔註25〕然而，這兩個意象在林文月的解讀中則是聯繫到孤獨與意志的關係。因此，詩人的自況安插在一個對比中，一方面是俗世眾人的群體，另一方面是磊磊不群的獨立者。由於這一隨著歸隱而潛藏的意志與希望，讓詩人與村夫野老有一種在日常言談之外的隔閡，使得詩人「總會有抑制不住的孤獨感爬上心頭」。〔註26〕陳怡良在〈陶淵明生命中的困境及其解脫之道〉一文，歸結出陶淵明生平遭遇的六種困境，其中之一即為「渴求知音與秉氣寡諧之衝突，顯現求友與孤

〔註21〕巴修拉 Bachelard, PE, p130。

〔註22〕巴修拉 Bachelard, PE, p.19. Cf., Emmanuel Levinas, *Totalité et infini*, pp.125～149。

〔註23〕Bachelard, PE, p131；人文地理學家瑞夫（Relph）在處理場所的經驗時，也間接引用了馬賽爾的說法：「一個個人不能與它的場所分別開：他就是那個場所。」（轉引自 Matoré），引自 Edward Relph, Place and Placelessness（London: Pion, 1976），p.43。

〔註24〕Bachelard, PE, p.133。

〔註25〕林文月：《山水與古典》，頁73。

〔註26〕林文月：《山水與古典》，頁84。

獨之矛盾」，陳氏指出，「淵明交友雖廣，友朋亦時時給予溫暖、照顧，……詩人本人內心中，卻是自青少年時代起，就陷入孤獨與寂寞之中〔註27〕。」

但在「田園」陶淵明寓居於此，所謂「悠然見南山」，是將自己託身於有高墳土丘與長草荒墟的園田中。因此，不論是「託身已得所，千載不相違」或〈時運〉的「斯晨斯夕，言息其廬」，〔註28〕都將前述的孤獨結繫在「廬居」上，在「閒詠以歸」這一帶有閒情的返歸行止中，帶入休憩止息的韻味。最終呈現出歸止於自然的超越境界。歸園田，乃是以返自然爲賦格基調，在俗世中，卻以超俗爲念〔註29〕，因而拓展出更大的生存空間。

第二節　情性覺醒下的魏晉風流

在「人」與「文」的關係辯證中，錢賓四在分析建安時代的文學特徵時，即曾有過精切的論述：

> 建安時代在中國文學史上乃一極關重要之時代，因純文學獨立價值之覺醒在此時期也。

又說：

> 蓋建安文學之所由異於其前者，古之爲文，則莫不於社會實際世務有某種特定之應用。經史百家皆然。故古有文章而無文人。下逮兩漢，前漢有儒林，無文苑。賈董匡劉皆儒生也。惟鄒枚司馬相如之徒，不列儒林，是先已有文人之格，而尚無文人之稱。文苑立傳，事始東京，至是乃有所謂文人者出現。有文人，斯有文人之文。文人之文之特徵，在其無意於在人事上作特種之施用。即如上舉奏議書論銘誄詩賦四者，亦多應事成篇，尚非專一純意於爲文，亦尚非文人之文之至者。其至者，則僅以個人自我作中心，

〔註27〕陳怡良：《陶淵明探析》（台北里仁，2006年），頁 427、434〜435。
〔註28〕楊勇：《陶淵明集校箋》，頁 6。
〔註29〕王叔岷：《陶淵明詩箋證稿》（台北藝文，1999年），頁 106、頁 290。

以日常生活爲題材，抒寫性靈，歌唱情感，不復以世用攖
懷。是惟莊周氏之所謂無用之用，荀子譏之，謂其知有天
而不知有人者，庶幾近之。循此乃有所謂純文學。故純文
學作品之產生，論其淵源，不如謂其乃導始於道家。如一
遵孔孟荀董舊轍，專以用世爲懷，殆不可有純文學。故其
機運轉變，必待之東漢。至建安，乃始有彰著之特姿異采
呈現也。〔註30〕

認爲文學是「因人以成文」有什麼樣的作家然後才有什麼樣的文學，
將文學作品看作是作家生命的全幅展現，當文人看待文學的態度可以
是「無意於在人事上作特種之施用」時，其表現到極盡則文學「僅以
個人自我作中心，以日常生活爲題材，抒寫性靈，歌唱情感，不復以
世用攖懷」。故要討魏論晉文學的分期特徵之前，針對魏晉名士的「個
體自覺」論述，試分析如下：

（一）魏晉名士的風度

所謂魏晉風度它指的是魏晉士人在個性行爲、人格風采、審美理
想、價值取向以及所形成的社會習尙、風氣的一種綜合表現，它不僅
指涉著個人在新的世界觀、人生觀底下所展現的生命姿態，開啓了對
個體生命價值的審美發現，更通過人的活動而具體落實在生活方式、
言行舉止、審美體驗以及藝術創作上，所以魏晉風度它不單單是概括
魏晉士人整體風貌的象徵，同時也泛化成一個文化概念，投射在文化
現象的諸領域內，標誌著一個時代的特殊精神。

如果對魏晉風度作一種主體內的探索，則可發現有兩種鮮明的特
徵貫串於其中，而成爲理解魏晉風度的內在理路，此即「個體化的追
求」與「內在化的傾向」。如李澤厚所說：

人在這裡不再如兩漢那樣以外在的功業、節操、學問，而
主要以其內在的思辨態度和精神狀態，受到了尊敬和頂

〔註30〕錢穆：〈讀文選〉，收於《中國學術思想史論叢》（三）（台北東大，
1977年），頁100。

禮，是人和人格本身而不是外在事物，日益成為這一歷史
時期哲學和文藝的中心。……又由於它不再停留在東漢時
代的道德、操守、儒學、氣節的品評，於是人的才情、氣
質、格調、風貌、性分、能力便成了重點所在。總之，不
是人的外在的行為節操，而是人的內在精神性成了最高的
標準和原則。〔註31〕

「個體化的追求」是在個體意識覺醒之後〔註32〕，所表現的自我人格
的本體化，它是在人作為一個單獨的個體與某種社會關係、結構所形
成的群體，兩相對比下的意識性抉擇，進而確立了個體生命的核心地
位、意義與價值，展開為個體的表現與追求。「內在化的傾向」則是
順應著個體化的追求而來，它是對外在價值目標的疏淡與超越，重新
樹立了內在的價值依據，所以他們講究個性、重視獨立的人格、企慕
精神上的自由。

　　至於魏晉風度所承載的具體內容，由於所謂的「風度」指的是風
神氣度，它是一種高度抽象的概括，但是也由於這種高度的概括性，
才維持了它作為整體地把握魏晉士人的總體生活方式、人格氣質、價
值取向以及時代性的文化風向的命題完整性，以下便從幾個面向來加
以描述。

　　1、任誕放達，突顯才性

　　任誕放達的一面，如〈任誕六〉，〈簡傲一〉：

　　　劉伶恒縱酒放達，或脫衣裸形在屋中。人見譏之，伶曰：「我
　　　以天地為棟宇，屋室為褌衣，諸君何為入我褌中？」（頁731）

　　　晉文王功德盛大，坐席嚴敬，擬於王者，唯阮籍在坐，箕
　　　踞嘯歌，酣放自若。（頁766）

劉伶縱酒放達，於屋中脫衣裸形，對於別人的指責，他不僅以著開闊

〔註31〕李澤厚：《美的歷程》（台北元山，1984年），五〈魏晉風度〉，頁91
　　　～92。
〔註32〕張海明：《玄妙之境》（東北師範大學，1997年），一〈玄學與魏晉風
　　　度〉，頁80。

的格局說他是以「天地爲棟宇，屋室爲褌衣」並且還反譏對方「爲何入我褌中」；至於阮籍在嚴肅莊重的席間，猶能不懾於司馬昭的威望，伸長了兩條腿，長嘯歌詠，縱酒狂放，意態自如。可見當時的士人在接物應務上，都表現出一種不覊軛於外物的姿態，因著自我意識的覺醒的而突顯了人己之別的個性。

湯用彤曾論道：

> 溯自漢代取士大別爲地方察舉，公府徵辟。人物品鑒遂極重要。有名者入青雲，無聞者委溝渠。朝廷以名爲治（顧亭林語），士風亦竟以名行相高。聲名出於鄉里臧否，故民間清議乃隱操士人進退之權。於是月旦人物，流爲俗尚；講目成名（人物志語）具有定格；乃成爲社會中不成文之法度〔註33〕

這種隱含著以道德品行爲標準、以政治上選官任才爲目的的人物品鑒活動到了魏晉之後，緣於個體意識的覺醒，便有了本質的改變，這個改變呈現出兩個主要的趨向，一個是才性主體的看重，另一個是審美性品鑒的轉向。

牟宗三曾謂對於中國全幅人性的瞭解，可以分兩方面進行：一是先秦的人性善惡問題，從德道善惡觀念來論人性；二是「人物志」所代表的「才性名理」，這是從美學的觀點來對於人之才性或情性的種種姿態作品鑒的論述，前者是對人的共性的一個把握，是一種道德的判斷；而後者則是對一個人的個性的欣賞，是一種「美學的判斷」或「欣趣判斷」〔註34〕，所以魏晉之後品藻人物的活動便標誌著一個轉變——伴隨著道德主體的淡化，才性主體的看重，表現在人物品藻上的便是從而政治性品鑒向審美性品鑒的轉向，方能開啓對於個體的人的內在才能、智慧、精神以及外在形體、容貌、語言、舉止、聲音、

<hr>

〔註33〕湯錫予：〈讀人物志〉，收入《玄學‧文化‧佛教》（台北育民，1980年），頁8～9。
〔註34〕牟宗三：《才性與玄理》（台灣學生，1989年），二〈「人物志」之系統的解析〉，頁44～47。

姿態等個體之美的感性直觀。如〈容止二〉：

> 何平叔美姿儀，面至白。魏明帝疑其傅粉，正夏月，與熱湯餅。既噉，大汗出，以朱衣自拭，色轉皎然。（頁 608）

> 潘岳妙有姿容，好神情。少時挾彈出洛陽道，婦人遇者，莫不連手共縈之。左太沖絕醜，亦復效岳遊遨，於是羣嫗齊共亂唾之，委頓而返。（頁 610）

不論是對人物儀表之美的讚歎，如說何晏、潘岳的貌美，都流露了當時人對個體之美的珍視，表露著對個體生命的看重及其價值的肯定。

2、一往深情，追求自適

馮友蘭在論述「魏晉風流」時曾提出四點特徵，其中之一即「必有深情」〔註 35〕，而宗白華也說：「晉人向外發現了自然，向內發現了自己的深情」〔註 36〕，認為「情」是人天生所具有的，應該給予珍惜與重視，同時這種自然的感情或情緒，它基本上繫屬於個人的，並充分張顯了個人的體個性特徵，它表現的是個體在面對刺激時所產生的喜悅、憤怒、悲傷、痛苦、快樂、愛好、驚懼、憎恨、欲求等心理感受，是一種帶有著獨特的、鮮明的個性的感情，而這種植基於對個體生命的關注所緣生的對於「情」的尊重，也有待於個體意識的覺醒方才成為可能。

今看〈任誕四十二〉〈傷逝四〉：

> 桓子野每聞清歌，輒喚「奈何！」謝公聞之曰：「子野可謂一往有深情。」（頁 757）

> 王戎喪兒萬子，山簡往省之，王悲不自勝。簡曰：「孩抱中物，何至於此？」王曰：「聖人忘情，最下不及情；情之所鍾，正在我輩。」簡服其言，更為之慟。（頁 638）

由於情深所以才善感，桓尹的「奈何」之歎，是對死亡的感傷和關注

〔註35〕馮友蘭：〈論風流〉，收入《三松堂學術文集》（北京大學，1984 年），頁 609～617。

〔註36〕宗白華：〈論《世說新語》和晉人的美〉，收入《美從何處尋》（台北駱駝，1995 年），頁 187～210。

而反襯出對生命熱愛和眷戀；王戎說情有三種層次，「聖人忘情」，那
是超凡的聖人不為情累，對情的超越，最下等的是「不及情」，是對
情的麻木與呆板，而「情之所鍾，正在我輩」，因為情感的豐富與專
注，所以在與人接物之中，總是滲透著個體生命的愛憎，表徵著個體
生命的觀感，於是呈顯在個人面前的世界也不再是一個單純外在的世
界，而是滲透著個人情感態度，為自我所把握、所理解的世界。

　　李澤厚還曾經提及，魏晉整個意識形態具有「智慧兼深情」的根
本特徵，是深情的感傷結合智慧的哲學，直接展現為美學風格，正由
於這種深情的特質加上形上思辨的穎悟，所以他說這個「情」：

> 它超出了一般的情緒發泄的簡單內容，而以對人生蒼涼的
> 感喟，來表達出某種本體的探詢。即是說，魏晉時代的「情」
> 的抒發，由於與對人生——生死——存在的意向、探詢、
> 疑惑相交織，從而達到哲理的高度。……從而，在這裡，
> 一切情感都閃爍著智慧的光輝，有限的人生感傷總富有無
> 垠宇宙的涵義。它變成了一種本體的感受，即本體不只在
> 思辨中，而且還在審美中，為他們所直接感受著、嗟嘆著、
> 詠味著。擴而充之，不僅對死亡，而且對人事、對風景、
> 對自然，也都可以興發起這種探詢和感受，使世事情懷變
> 得非常美麗。〔註37〕

試想，如果不是個體生命之中涵蘊著深厚濃烈的情感，有著繫屬於個
人的對於對象事物的獨特感受，又如何能引發這些意興，並且這樣的
「情」在人和萬物之間還扮演著中介的功用，能讓心靈拓展出去，讓
萬物入我襟懷，讓宇宙俱在自我的情感活動中點染了「我」的色彩。

　　而在魏晉士人那裡，因著自我意識的覺醒，他們的人生態度也開
始從群體的關懷轉向個體的珍視，這一方面固然是由於天下多故，時
局迫厄的外在趨力，但另一方面也是出於自我本身經過反躬自省、自
覺思考之後的內在需要，所以士人們認為生命的理想存在就是「自順

〔註37〕李澤厚：《華夏美學》（台北三民，1996 年），四〈「情之所鍾，正在
　　　我輩」：本體的探詢與感受〉頁 140～150。

其性，以自生其所生，自由其所由，以及自得其所得，自樂其所樂」〔註38〕，所以他們一任天眞，嚮往精神的自由，追求自適，認爲人生的理想不再是外在的事功，而是別有懷抱，是在方寸之間自有一方寬廣的精神天地足供遨遊，並且是自在、自足的。

《世說新語‧識鑒》條十寫張翰在洛陽擔任齊王東曹掾時，因見秋風起，忽然想起了家鄉吳中的菰菜羹、鱸魚膾，便說「人生貴得適意爾，何能羈宦千里以要名爵」，於是命駕便歸；〈品藻〉條三十六寫司馬昱問孫綽自比劉惔、桓溫、袁羊等人如何，在孫綽一一回答之後，又問孫綽自謂如何時，孫綽答道：「下官才能所經，悉不如諸賢；至於斟酌時宜，籠罩當世，亦多所不及。然以不才，時復託懷玄勝，遠詠老莊，蕭條高寄，不與時務經懷，自謂此心無所與讓也」，凡此，俱可看出當時士人輕外物而重內心，薄境地而重自我，那種不復爲俗務縈懷，追求自由、自在、自適的精神嚮往。〔註39〕

3、縱身自然，游玄暢神

宗白華在〈論《世說新語》和晉人的美〉一文中則提到：「晉人向外發現了自然，向內發現了自己的深情」。〔註40〕在「人的自然化」中，達到物我兩忘、天人合一的境界。因此，魏晉士人的縱身自然，這個「自然」不僅是指客觀世界的大自然，同時也是指一種自由自在、自適逍遙的主體心靈上的「自然」，主體以其自然之性分冥契於天地自然之理序，這不僅是對造化之祕的探索，同時也是對自我的重新發現。

〈文學五十五〉記載說：「支道林、許、謝盛德，共集王家。謝顧謂諸人：『今日可謂彥會，時既不可留，此集固亦難常。當共言詠，

〔註38〕唐君毅：《中國哲學原論──原道篇（貳）》（台灣學生，1986 年），頁 384。

〔註39〕余嘉錫：《世說新語箋疏》（台北仁愛書局，1984 年），頁 393、521。

〔註40〕宗白華：〈論《世說新語》和晉人的美〉，收入《美從何處尋》（台北駱駝，1995 年），頁 187～210。

以寫其懷。』許便問主人有《莊子》不？正得〈漁父〉一篇。謝看題便各使四坐通。支道林先通，作七百許語，敘致精麗，才藻奇拔，眾咸稱善。於是四坐各自言懷畢。謝問曰：『卿等盡不？』皆曰：『今日之言，少不自竭。』謝後麤難，因自敘己意，作萬餘語，才峰秀逸。既自難干，加意氣擬託，蕭然自得，四坐莫不厭心。」在這裡，談論的目的是為了「以寫其懷」，而謝安在自敘己意後的蕭然自得與四坐的莫不厭心，則是在盡情地抒發自己的襟懷以及聽眾欣賞到謝安所表現的才智之後，所獲得的精神愉悅和審美享受，並且從這則記載當中，我們並沒有看到對於哲理的關注，而是談論過程中的「敘致」、「才藻」、「意氣」、「才峰」、「蕭然」的神態等屬於審美層面的人格形象特徵，因此可以說在這樣的清談當中，是全幅地將一個人內在的智悟、精神、學養、人格以及外在的儀態、神韻、語言、聲音等要素完整有機地統合起來，而流露出個體生命才性與才情，表現出當時士人的審美追求，所以這樣的清談，它已經不再是一種抽象地談玄說理的理性思辨活動，而是一種感性地追求心調意暢的審美活動，他們也不再只是單純地追求「以理服人」，而是有著審美化的傾向，更加地強調、更加地突顯、更加追求「以美悅人」。〔註41〕

　　然而王羲之在〈蘭亭詩〉中寫道：「三春肇群品，寄暢在所因。仰望碧天際，俯磐綠水濱。寥朗無涯觀，寓目理自陳。大矣造化功，萬殊莫不均。群籟雖參差，適我無非新」，由於暮春三月正是萬物欣欣向榮、生氣勃勃的時節，因此詩人仰觀俯察、寄暢其中，觸目映心的俱是一片生氣盎然、造化流行之感，於是在此心物冥契的氛圍中，所見的是碧空無滓、綠水澄朗，使人神清慮淨，讓心靈的直感穿透於宇宙的深處，領略自然理序的奧妙，並且也使得精神生命從中體驗到活活潑潑的宇宙生機，獲得精神的暢適愉快。所以宗白華才稱讚此詩說：

〔註41〕儀平策：《中國審美文化史・秦漢魏晉南北朝卷》，三〈在遊戲化的情境中談玄悟理〉（山東畫報，2000年），頁234～238。

（王羲之〈蘭亭詩〉）眞爲代表晉人這純淨的心襟和深厚的
感覺所啓示的宇宙觀。「群籟雖參差，適我無非新」兩句尤
能寫出晉人以新鮮活潑自由自在的心靈領悟這世界，使觸
著的一切呈露新的靈魂，新的生命。於是「寓目理自陳」，
這理不是機械的陳腐的理，乃是活潑潑的宇宙生機中所含
至深的理。〔註42〕

（二）情真禮僞的緝和

　　嵇康力辨顯匿之情，越名教而任自然，體現出疾矯以任眞的人格
形象；阮籍橫決禮法，違俗逆常以展其自性之奔逸，故不僅激矯以揚
眞，更以奇矯顯情眞之不俗無滯，其行跡遂在眞矯之間輾轉出幽隱耐
尋之深致。兩者皆得道家「貴眞」思想之滋潤，承繼其力撥禮俗以返
自性之本眞的精神，唯所貴之「眞」，在魏晉尙情時風的浸染下，已
有偏向「情」之面向發顯的趨勢，此正可見貴眞思想之承轉變化。

　　阮籍在朝遺落世務，發言玄遠，而得以保身苟全於魏晉詭譎的政
爭之中〔註43〕，其以酒廢職，實有解憂的積極意義及避禍以保身的具
體目的。但此權宜之深智，卻漸成蕭然無累、「以仕爲隱」之生命情
調的追求，進而以此爲尙，交錯周旋於「高情」與「俗情」的時尙與
士風，成爲一種名士風流的表徵。

1、嵇康：疾「矯」以任「眞」

　　嵇康的〈釋私論〉，一則以「顯情」之「公」提點人去「匿情」
之「私」，使之能盡善救非，化凶成吉，免滋僞矯矜吝之病；一則以
「無措」指出君子賢人美異高行之所在。其《釋私論》有云：

　　　夫稱君子者，心無措乎是非，而行不違乎道者也。何以言
　　　之？夫氣靜神虛者，心不存於矜尙；體亮心達者，情不繫
　　　於所欲。矜尙不存乎心，故能越名教而任自然；情不繫於

〔註42〕宗白華：〈論《世說新語》和晉人的美〉，收入於《美從何處尋》（台
　　　北駱駝，1995 年），頁 187～210。
〔註43〕馮承基：〈論魏晉名士之政治生涯〉，收入於《國立編譯館館刊》，第
　　　二卷第二期。

所欲，故能審貴賤而通物情。物情順通，故大道無違；越
名任心，故是非不無措也。是故言君子，則以無措爲主，
以通物爲美。言小人，則以匿情爲非，以違道爲闕。何者？
匿情矜吝，小人之至惡。虛心無措，君子之篤行也。（張本
頁 1363）

可見其所謂「越名教而任自然」，乃從老莊尙樸歸眞的思想中滋取出
顯情無措的內涵，進而重新建立新的道德判準與價值根源。嵇康「越
名教而任自然」的主張，結合其一生才情美儀的影響，遂成一時風尙，
時人每力求解脫禮教之拘執以返自然之本眞，湊泊此顯情無措的生命
情境。所以史傳稱其「高亮任性，不修名譽，寬簡有大量」，在形貌
儀態上，則有「土木形骸，不自藻飾」的自然風儀之美，且妙善草書，
能「得之自然，意不在乎筆墨」，無不展現出豪放不拘、崇尙自然的
生命情調，不正是其「越名教而任自然」的朗現；自述云「剛腸疾惡，
輕肆直言，遇事便發」，故慷慨任氣，不屑不潔的風骨，乃至不與陽
君子陰小人之流的鍾會爲伍而致禍，又何嘗不是力辨顯匿眞矯而「惡
夫矜吝，棄而遠之」的生命實踐；「嵇叔夜之爲人也，巖巖若孤松之
獨立」，其胸懷磊落，遠邁不群，如蕭蕭之孤松般，故能有臨死不屈、
方正不阿的高節，而得以感攝當時豪俊學子，乃至震耀古今，可謂其
「寄胸懷於八荒，垂坦蕩以永日」的寫照。這種疾矯任眞的人格形象，
也無不以〈釋私論〉所謂顯情無措的君子交互輝映，而成爲魏晉風度
的理想表徵。

2、阮籍：激「矯」以揚「眞」

阮籍之苦悶也不僅是政治黑暗的背景因素使然，尤在其對生命有
一孤明之醒覺，故不願依循世俗之軌跡，「率意獨駕，不由徑路」，此
中正是一任清醒之靈魂反撥常規常矩的制約，以聆聽自我內在之聲
音，直接面對世界之本然，卻每「車跡所窮，輒痛哭而反」，在車跡
所窮無處可依之際，觸覺到自身的有限孤獨及存在的虛無蒼茫，不論
是「率意獨駕」或「痛哭而反」，皆顯一自性之奔逸與頓挫，由之而

來的悲喜也愈真愈深。如以母喪之際的形跡爲例，喪母之慟，關涉個人情感尤深尤切，故特由此契入以探其心跡及微意。

> 阮籍性至孝。母終，正與人圍棋，對者求止，籍留與決賭。
> 既而飲酒二斗，舉聲一號，吐血數升。及將葬，食一蒸肫，
> 飲二斗酒，然後臨訣，直言窮矣。舉聲一號，因又吐血數
> 升，毀瘠骨立，殆至滅性。裴楷往弔之，籍散髮箕踞，醉
> 而直視，楷弔唁畢便去。或問楷：「凡弔者，主哭，客乃爲
> 禮。籍既不哭，君何爲哭？」楷曰：「阮籍既方外之士，故
> 不崇禮典。我俗中之士，故以軌儀自居。」時人歎爲兩得。
> 籍又能爲青白眼，見禮俗之士，以白眼對之。及嵇喜來弔，
> 籍作白眼，喜不懌而退。喜弟康聞之，乃齎酒挾琴造焉，
> 籍大悅，乃見青眼。由是禮法之士疾之若仇，而帝每保護
> 之。（張本頁 1346）

「圍棋」、「飲酒」、「食肉」，正欲如莊子鼓盆而歌般安化超然，而「臨訣號窮」、「吐血數升」，卻是悲情無以化解安頓下益顯的哀慟，其生命遂在「鍾情」與「忘情」間依違難定、迴盪糾纏，此乃是阮籍面對人生至慟之情境下自我生命的矛盾。唯是一往情深又深智過人者，置身於此詭譎多變、價值混淆的時代，方顯如此格格不入，既無法釋懷一己內在之真誠生命的吶喊，也不願爲俗情濁流所吞噬，只得逆行而上，任真純之生命在逆流中激盪出變形的水花，而滴滴變形的水花仍是真純之生命的揮灑。

阮籍首開任誕之風，若無一深邃之思想與過人的稟賦才情，在禮俗的常流中逆揚以解放出情性生命的浪花，是以其看似矯跡之行，實則是揚真之舉，有其生命幽隱曲折之處。雖訴諸越俗放達的行跡，卻始終有返其自性之純及思想之沃土的努力，以作爲其奔肆生命的能動與再生之源。故阮籍之情真，可謂在「真情與矯情」的辯證激盪下，益顯豐富而耐尋，正因有此複雜幽隱的生命情境，故能揮灑出〈詠懷詩〉般晦澀多義又晦曖的藝術神品，所謂「言在耳目之內，情寄八荒之表」、「百世而下，難以猜測」。阮籍以一身文藝情懷，在魏晉尚真

的樂章中譜上了引人入勝的序曲。

3、陶淵明:「高情」「俗情」的自處之道

「以仕爲隱」的風流於東晉名士中尤具有典範性的意義。試從時人對其仕隱之際的看法說起:

> 謝公在東山,朝命屢降而不動。後出爲桓宣武司馬,將發新亭,朝士咸出瞻送。高靈時爲中丞,亦往相祖。先時,多少飲酒,因倚如醉,戲曰:「卿屢違朝旨,高臥東山,諸人每相與言:『安石不肯出,將如蒼生何?』今亦蒼生將如卿何?」謝笑而不答。〈排調二十六〉(頁801)

> 太傅始有東山之志,後嚴命屢臻,勢不獲已,始就桓公司馬。于時人有餉桓公藥草,中有「遠志」。公取以問謝:「此藥又名『小草』,何以一物而有二稱?」謝未即答。時郝隆在坐,應聲答曰:「此甚易解:處則爲遠志,出則爲小草。」謝甚有愧色。桓公目謝而笑曰:「郝參軍此通乃不惡,亦極有會。」〈排調三十二〉(頁803)

謝安早年寓居會稽,與王羲之及許詢、支遁遊處,「出則漁弋山水,入則言詠屬文,無處世意」,故屢違朝旨,當此之際,時人每期待他能出仕以安定蒼生。如今即將出仕,反而有失初志高節,故不免爲高靈所諷,郝隆亦以此藥「處爲遠志,出爲小草」譏之,可謂取譬甚妙,卻意在挖苦,使謝安感愧有加,此仍是「以隱爲高」的風氣所致。後謝安雖受朝寄,然悠遠高世的東山之志卻始末不渝,是以行止之間仍洋溢著山林逸趣的瀟灑風神:

> 謝車騎道謝公:「遊肆復無乃高唱,但恭坐捻鼻顧睞,便自有寢處山澤閒儀。」〈容止三十六〉(頁626)

可見謝安雖身居仕途俗域之中,舉手投足間卻始終揮灑著高遠的風儀神采,此不僅是一種性情風度之美,更可貴的是此越俗忘世之高情,每使他能從容於個人與家國或政治危機之中,進而扭轉乾坤、化險爲夷,充分展現出名士風流的積極意義。是以高情之於仕流,並非僅是使其遺事而不以世務經懷,或隱於高官厚祿之中而已;若能妙結兩

者，置身俗世卻時有高情之潤（此自非附庸風雅），面對變化無端之仕海，依能胸懷坦然，從容於波濤之間而無所陷溺，當可「遊刃皆虛」而得相濟爲美之功。謝安無繫於仕隱爲用的必然，尤貴在能成就仕「跡」又不失隱「意」，故其「以仕爲隱」自高於他輩，而爲後世稱譽歎賞有加，雖非聖王之身，然亦可謂深得郭注跡冥圓融之旨趣。

　　然而陶淵明於出處進退中屢經掙扎矛盾的粹練，「落入塵網中，一去十三年」，浮沈多年，幡然自悟，由之而有「復得返自然」的喜悅，去留之間，喚回了他的眞性與眞情，依志歸家，不以隱之爲高，對自然、對生命遂有著更爲深遠的體會：

> 結廬在人境，而無車馬喧。問君何能爾，心遠地自偏。採菊東籬下，悠然見南山。山氣日夕佳，飛鳥相與還。此中有眞意，欲辨已忘言。〈飲酒其五〉（逯本頁 998）

此宇宙天地和諧的大美，正是淵明物我一體、渾然忘機的朗現，其間所反映出來的詩境與人格，不僅是「高不離俗」而已，更是高情與俗情的和諧融會，高俗之間不再衝突對立，遂有了眞正深切的冥合，而創造出平淡悠遠的意境，此「眞意」雖得之於當下的體現，卻是迷而復得的歷程後所展現的自悟與清明。而中國的讀書人，始終存在著面對仕隱進退之抉擇的矛盾，也無不有徘徊於高情與俗情的迷思，淵明則以返歸自我生命的方式及境界來回應之，故深爲士人所樂尚欣慕。正可爲晉人周旋交錯於高情與俗情的生命樂章，劃下了動人的句點。

（三）「中人」的理想境界

　　所謂的「中人」，是處於太上忘情與最下不及情的「我輩」之人，因其處於最上之人與最下之間，故稱其爲「中人」，中人不僅僅是位置上的，並於此突顯出魏晉士人處中之智慧。魏晉士人於重身的思想上，強調對現世身體的運用，順從本性而容許慾望。中人既鍾於情而不能離情，故中人的理想身體之建構，在於順從自然之本性而重情，但於重情的當時，卻又能以心態上的達觀與無心順有，消解對於情與慾的執著。並以任其自然之本眞與貴我的思想，達致對情與欲的寬容。

1、任真貴我

對於愛身惜身的魏晉士人來說,現世的身體爲其存於世間最寶貴之資產。對自我身體的重視,亦表現在士人對「自我」的重視上。個體的思想與行爲,與自我意識,均於身體的舉動與言行上表現。魏晉時期的士人之個體自覺與重身之身體觀,使士人發現自身獨特的價值所在,而有所謂的「寧作我」之思想:

> 桓公少與殷侯齊名,常有競心。桓問殷:「卿何如我?」殷
> 云:「我與我周旋久,寧作我。」〈品藻三十五〉(頁 521)

這種「寧作我」之思想,顯現出魏晉士人高揚之自我價值觀,而何謂「我」,我即是結合了肉體與精神,與外在環境、文化、思想所綜合影響之下的個體,在「身體」的範疇之內,而更多了主觀與主體性的氛圍,所謂的「我」,是在客觀的文化與思想因素之外,更加重主體的自我意識之高揚,而有一種主動性。是以魏晉士人的身體,雖於世變中求其應世之道,而受社會與文化的影響甚巨,但其於客觀的環境與身體對於社會的反應之外,更加高揚了對於己身意識與自我價值的肯定,其身體是主動而非被動,更視己身爲一具有高度價值之人,如:

> 桓大司馬下都,問眞長曰:「聞會稽王語奇進,爾邪?」劉
> 曰:「極進,然故是第二流中人耳!」桓曰:「第一流復是
> 誰?」劉曰:「正是我輩耳!」〈品藻三十七〉(頁 522)

劉眞長以我輩爲第一流之人,顯示出其高度的個體自覺與對於自身價值的確立。此外,范榮期於孫綽寫成《天台賦》後,聽聞其佳句,輒以其爲「我輩」中語:

> 孫興公作《天台賦》成,以示范榮期,云:「卿試擲地,要
> 作金石聲。」范曰:「恐子之金石,非宮商中聲!」然每至
> 佳句,輒云:「應是我輩語。」〈文學八十六〉(頁 267)

范榮期對於「中人」之境界與才學有一定之體認,並自以處於中人而不覺爲忤,甚而以孫綽之佳句爲我輩之人所云,其對於己身明確的定位與自信流露於言中。對於己身的自信,於王衍與庾敳的對話中亦可見:

> 王太尉不與庾子嵩交，庾卿之不置。王曰：「君不得爲爾。」
> 庾曰：「卿自君我，我自卿卿，我自用我法，卿自用卿法。」
> 〈方正二十〉（頁 303）

對於王衍的冷漠，庾敳卻「卿之不置」，並以「我自用我法」來面對王衍的斥責，其「我自卿卿」與「我自用我法」顯示出一種我自爲貴，而不與流俗的強烈自我意識，與對自我的肯定。阮籍亦以「禮豈爲我輩設也？」）強調自我意識的高揚與不同於俗。

　　由此可知，士人雖於聖凡之差異上無法超凡入聖，但處於中人之境，仍能發掘其自我之價值，其不企及於聖，而於中人之境中求其圓滿與理想。

　　這種寧作我之思想，在確立了己身的價值之後，於己身的性份與限制之內，追求中人之逍遙。由心態上的轉變，達致另一種可比聖人的逍遙之道。聖人可由其無待而得致逍遙，凡人亦可因其心任自然與無心而達致逍遙之境。郭象以跡冥圓融之理論，指出有性分之限的凡俗之人，若能安於己性，順性則所之皆適。以一種無心爲之的心態，「凡得之不由於知，乃冥也。」〔註44〕，以「冥」之過程，將主觀之意識化爲無，而得與客觀之物與環境冥合一體，從而達致一種逍遙之境：

> 夫率自然之性，遊無迹之塗者，放形骸於天地之間，寄精
> 神於八方之表；是以無門無房，四達皇皇，逍遙六合，與
> 化偕行也。〔註45〕

「逍遙六合，與化偕行」的前提，是對己身性分的局限性之了解與接受，即「約之以至其分，故冥也。」〔註46〕，能順應之而不與之對抗，則能獲得心境上的平靜與精神上的提升，無心順有，則能無入而不自

〔註44〕郭慶藩輯：《莊子集釋》下冊，卷七下，〈知北遊第二十二〉，句郭象
　　　注，頁 757。
〔註45〕郭慶藩輯：《莊子集釋》下冊，卷七下，〈知北遊第二十二〉，句郭象
　　　注，頁 742。
〔註46〕郭慶藩輯：《莊子集釋》上冊，卷六下，〈秋水第十七〉，句郭象注，
　　　頁 577。

得。魏晉士人於世變與時變之中，了解萬化之無奈與不可改易，進而以一種達觀與無心的思想去順應之，而能於精神的平靜之下，達致身體的保全與不傷。這是於確立「有」之後，再以「無」去消解之，使入於有之境而不執於有，能兩得其中而不傷。

這種確立後的消解，正如魏晉士人於己身價值的確立與高揚之後，在「寧作我」之後，又提出「吾喪我」：〔註47〕

> 吾喪我，我自忘矣；我自忘矣，天下有何物足識哉！故都
> 忘外內，然後超然俱得。

郭象以「我自忘矣」，消解在高揚自我價值之後，對於己身的執著。如此既崇身；又忘身，既有自我；又能忘我，而能使內外俱足，超然俱得。

這種獨任自然而能使是非兩忘之思想，前提在於對個人本然性份的了解之下，了解了中人性分之限制，與氣性生命的智愚夭壽之限，而於本然的性份中，得其中人之逍遙。對於性命與自然之道的了解透徹，使士人能以一種「真」之態度面對生命，對此郭象云：

> 夫任自然而忘是非者，其體中獨任天真而已，又何所有哉！
> 故止若立枯木，動若運槁枝，坐若死灰，行若遊塵。動止
> 之容，吾所不能一也；其於無心而自得，吾所不能二也。〔註
> 48〕

於體中運其天真，無心以應世之萬變，而能順任自然之化，使體氣與自然之氣同其消長，而能於自然之中俯仰自得，不覺體與自然之別。於「我」的性分之內，得自然性情之「真」，而順之得其逍遙。

2、順性適變

魏晉士人對於身體的重視與對於感官欲望的寬容態度，使其在面對身體的理想建構時，不從儒家德性之提升與道家對欲望之消解之

〔註47〕郭慶藩輯：《莊子集釋》上冊，卷一下，〈齊物論第二〉，句郭象注，
頁45。

〔註48〕郭慶藩輯：《莊子集釋》上冊，卷一下，〈齊物論第二〉，句郭象注，
頁44。

途，無法以精神的提升與肉體的撥落爲重心，而落實於身體之「有」上。但在身體的「有」之上，如何落實於有，卻又不執著於有，從而造成生命的侷限與精神的無法提升，爲其課題。

郭象即運用了「以無順有，崇無用有」之理路，於理解生命之侷限與重身的思想下，以順性安命之思想，提出中人可以藉由精神上的「無」，達致逍遙之境，有其上升的可能性，其以「苟足於其性，則雖大鵬無以自貴於小鳥，小鳥無羨於天池，而榮願有餘矣。故小大雖殊，逍遙一也。」，〔註49〕說明中人的自足於性分而能與聖人之境界無異。其又云：

> 夫質小者所資不待大，則質大者所用不得小矣。故理有至
> 分，物有定極，各足稱事，其濟一也。若乃失乎忘生之（主），
> 而營生於至當之外，事不任力，動不稱情，則雖垂天之翼
> 不能無窮，決起之飛不能無困矣。〔註50〕

小大各足於其性，則能得其自足。對於性分的限制，士人於理解之後而順應不逆。對於己身性分與生命的限制之透徹理解，使士人面對世事時有一種達觀之情以應之。

張湛亦以爲順性命之道，明白生命之極限，而能於現世的身體之運用中，運情而不繫著於情，則亦能達致一種生命之境界，這種境界雖不若儒家的德性上貫而與天道合一；亦不若道家的至人之精神高度。但可因爲精神上的無心，與不執著於情，而達致肉體的一種超脫：〔註51〕

> 自始篇至此章明順性命之道，而不係著五情，專氣致柔，
> 誠心無二者，則處水火而不燋溺，涉木石而不挂硋，觸鋒
> 刃而無傷殘，履危險而無顛墜；萬物靡逆其心，入獸不亂
> 羣；神能獨游，身能輕舉；耳可洞聽，目可徹照。

〔註49〕郭慶藩輯：《莊子集釋》上冊，卷一上，〈逍遙遊第一〉，句郭象注，頁9。

〔註50〕郭慶藩輯：《莊子集釋》上冊，卷一上，〈逍遙遊第一〉，句郭象注，頁7。

〔註51〕楊伯峻撰：《列子集釋》，卷二，〈黃帝篇〉，句張湛注，頁69。

因「萬物靡逆其心」，心順應萬物之理，而能使身與之同爲呼應，而身亦融入萬化之中，如氣之運般與自然之中流化不已，超越了身軀之極限，而與自然同化。氣聚而化爲有形之身，並於形體形成之際，作爲其中的流動之介質，而溝通人身之器官與自然之律動關係，亦作爲精神與肉體的溝通之介質。在精神達致一無的境界，而與自然同其化時，有形之身，亦可超越其形軀之限制，純化爲氣之形式，而以一自由而如氣般的方式，超越形軀的侷限，而使得「神能獨游」、「身能輕舉」，耳目感官皆能與自然同其俯仰，自然之音聲，至此已與人體化爲一物，而使得音聲在耳、景色在目之中，故使「耳可洞聽」、「目可徹照」。

以氣化成之身體，最終因爲精神的「無心」與「任無」，而復歸於氣，這正呼應了魏晉士人以氣成體與自然相應之理論，並且於這個層面上，中人得以因其對生命的體認與精神上的任無，而達致一種逍遙與無體的境界。張湛又云：

> 夫人所以受制於物者，以心有美惡，體有利害。苟能以萬殊爲一貫，其視萬物，豈覺有無之異？〔註52〕

無心以應世，以萬變爲一，正是對於世變與時變的萬殊之變在心態上的調解，如此則能使心不繫於物，有情而無情之繫累，而能超脫於有無之累。

3、仙化身體

理想的聖人之身體既不可企及，中人所建構的理想身體，雖有其逍遙之境界，但仍有其侷限，其侷限即是對於長生久壽的不可得，與儒道思想在現世之現實中的難求兩全。

魏晉士人兼受儒道思想之影響，士人心目中的理想身體形象，往往兼具儒、道之特質，既欲入世干政；又求出世而逍遙。此外，士人於現世身體的運用上，要求及時行樂之質的要求與久壽的量之提升，種種的想望，表現在對仙化身體之追求上。

〔註52〕楊伯峻撰：《列子集釋》，卷四，〈仲尼篇〉，句張湛注，頁129。

　　亂世中人命朝不保夕，只能將理想寄託仙道，成仙成為士人的避世之路與理想之寄託，往往於詩文中表達出一種對仙道的嚮往：

　　東南有射山，汾水出其陽。六龍服氣輿，雲蓋切天綱。仙者四五人，逍遙宴蘭房。寢息一純和，呼噏成露霜。沐浴丹淵中，照耀日月光。豈安通靈臺，游瀁去高翔。〈詠懷二十三〉（逯本頁 501）

無論是希冀長生，或是對現實有著懷疑，均可由求仙之路，找到一種精神上的寄託。此外，求仙亦為士人兼求儒、道思想與長生之體的結合，嵇康於〈卜疑〉中提到的宏達先生，其：

　　恢廓其度，寂寥疏闊，方而不制，廉而不割，超世獨步，懷玉被褐，交不苟合，仕不期達。常以為忠信篤敬，直道而行之，可以居九夷，遊八蠻，浮滄海，踐河源，甲兵不足忌，猛獸不為患；是以機心不存，泊然純素，從容縱肆，遺忘好惡，以天道為一指，不識品物之細故也。（張本頁 1361）

宏達先生儼然為此一儒道合的身體形象，其「方而不制，廉而不割」，「以為忠信篤敬，直道而行之」，方正而忠信，以直道而行，表現為一儒者威儀之身體形象；而「機心不存」、「恢廓其度，寂寥疏闊」、「泊然純素，從容縱肆，遺忘好惡，以天道為一指，不識品物之細故」之形象，又儼然道家之無心應世，忘情而與天地自然融合之身體形象；此外，宏達先生以「可以居九夷，遊八蠻，浮滄海，踐河源，甲兵不足忌，猛獸不為患」，表現為一脫離形軀限制，悠遊飄浮之體，而與自然冥合。其理想的身體形象，表現為一兼融儒道而又無形軀年壽限制之體，這種身體形象，唯有在長生而無形軀之累的仙人身上才能體現。

　　阮籍的理想中之身體形象，亦表現為一仙化的身體，其以「大人先生」為：

　　被髮飛鬢，衣方離之衣，繞絨陽之帶，含奇芝，嚼甘華，噏浮霧，餐宵霞，興朝雲，颭春風，奮乎太極之東，遊乎崑崙之西，遺轡隤策，流盼乎唐、虞之都。（張本頁 1321）

大人先生餐風食果而以天地爲衣，遊於太極之東與昆侖之西，食奇芝
而嚼甘華，與自然同其俯仰，爲一種流動而精神化之身體，但這種靈
化的身體卻以仙人的形式呈現。阮籍理想中的眞人，懷太清而精神專
一，其體爲寒暑不侵而憂患靡入的寧靜之體，此外，亦以「人且皆死
我獨生」的長生之壽與駕龍曜日月而有著仙人之姿態：

眞人遊，駕八龍，曜日月，載雲旗，徘徊遁，樂所之。眞
人遊，太階夷，原辟，天門開，雨濛濛，……（張本頁 1323）

其理想的身體形象，可以如仙人一般地乘風自在，駕龍而乘雲，寒暑
之氣不能傷之，而能長壽久生。

魏晉士人一方面欲於亂世中求精神之超越，希冀擺脫肉體的限制
而達致精神上的自由；另一方面卻又無法放棄肉體的享樂，成仙既能
滿足其超越肉體之想望，亦能延續現世之生命與享受，遂成爲士人之
方便法門。士人思想上的矛盾，表現出既超越又沈淪；既精神又感官，
無論是精神上的超越或者是肉體上的享樂，其基準點都在現世的身
體。精神的提升與肉體慾望的追求，對士人來講同等重要。這種看似
矛盾的希求與兩難的解決方法，表現在求仙的企望上。唯有成仙，才
能擺脫身體於空間與時間上的雙重束縛；另一方面又能於永生之時存
續現世之一切，能繼續享樂。此時期小說中大量出現的求仙故事與士
人積極地鍊丹求仙藥，反映出求仙之風的盛行。魏晉仙道思想十分興
盛，葛洪以好神仙導養之法而著《抱朴子》一書，他認爲道教若不能
解決人長生不死、成仙得道的問題，便失去其存在之意義，明顯反映
出士人求仙與長生的特殊要求。〔註53〕

4、體自爲美

美的定義隨時代而有不同，當代名人對身體之美的追求，往往形
成一股風尚，成爲社會中美的標準之定義。

魏晉士人對自我身體的重視與個體的自覺，使其對身體的美感體
認超越以往。不同於以往以有德爲美的身體觀點，士人以對己身的高

〔註53〕許抗生：《三國兩晉玄佛道簡論》（山東齊魯，1991），頁 392。

度自覺與自我價值的肯定，使其對於自然賦予的身體，由接受而欣賞，並進而推及他人，容許並欣賞他人的不同質性之美。不論是氣質上的高妙之美，亦或是外貌上的如玉之美，均有可資讚賞之處。魏晉士人這種美自為美的審美觀點，形成了當代多元而兼融的美之定義。

對己身自然質性的肯定與接受，使士人在面對自我身體時，採取一種欣賞之態度，對於先天賦予的氣分之體，順應之並接受之，並有高度的自信與自覺。如貌甚醜領的劉伶，不以己身的貌醜為忤，反而「肆意放蕩，悠焉獨暢」，其「自得一時」之行徑，顯示其對己身外貌與質性的欣然接受，亦以土木形骸之特質，受到當時名士之稱美。此外，庾敱以其「長不滿七尺」之短小形軀，與「腰帶十圍」之肥胖，其心態上卻能「從容酣暢」，並且「處眾人中，居然獨立」。貌不出眾的庾敱，以其於玄學與思想上的表現，使其「雅有遠韻」，不但接受己身之質性，且有著極強的自信，雖貌不驚人，卻能出於眾人之上。

貌醜之人尚且以己身之質性為美，美男子更是欣賞己身的美好資質。何晏即「性自喜，動靜粉帛不去手，行步顧影。」，其顧影之行為，可以由「性自喜」中，窺見其對於己身的高度自覺與欣賞，欣賞身體的純然之美，而觀影自視，不勝憐惜。另一位美姿容的王濛亦傲於己身的美貌，《晉書》中記載其：

> 美姿容，嘗覽鏡自照，稱其父字曰：『王文開生如此兒邪！』
> 居貧，帽敗，自入市買之，嫗悅其貌，遺以新帽，時人以
> 為達。〔註54〕

王濛傲於自己的美姿容，覽鏡自照，於鏡中觀視己身的美好，而云「王文開生如此兒邪！」

這種「性自喜」之心態，承自魏晉士人對於自我的重視，與「寧作我」之貴我思想，使士人對於自己的身體，抱持欣賞與珍視之態度。對身體的喜好，無關乎德性與其他要求，而是純粹地愛其自然所賦予

〔註54〕楊家駱：《新校本晉書》，冊三，卷九十三，〈列傳第六十三‧外戚傳附王濛傳〉，頁2418～2419。

的身體之美好。

　　貌美之人自喜於其身體，貌醜之人亦對其身體有著一定的肯定，對於先天質性的肯定，可以由〈品藻八十七〉中，記載桓玄與劉瑾之語中看出：

> 桓玄問劉太常曰：「我何如謝太傅？」劉答曰：「公高，太傅深。」又曰：「何如賢舅子敬？」答曰：「櫨、梨、橘、柚，各有其美。」（頁546）

桓玄欲與謝安、王子敬等人相比較，而問高下於劉瑾，劉瑾以為各人之質性與特質不同，有如櫨、梨、橘、柚，各有其美，而不能硬加比較。這種各有其美的想法，透露出魏晉士人對於各種不同質性的人，均持一欣賞而寬容的態度，使當代對身體美感的建構，有著多元的觀點。自然資性之為美，天資所成，皆有其美。此種美的論點，關乎魏晉時期以自然論身與崇尚身體自然之本眞，體因其與自然同化同流，而相應於自然，自然之本眞透顯於體，為個人最重要的特質。此種思想，亦顯露於顧愷之的〈神情詩〉中，其云：「春水滿四澤，夏雲多奇峯，秋月揚明輝，冬嶺秀寒松。」〔註55〕，四季各有其美。

　　從「人」論「文」的關聯性研究肇始於李澤厚，如李文初說：

> 提出魏晉是一個「人的覺醒」的時代，並把它與「文學的自覺」聯繫起來加以研究的，首推李澤厚先生的《美的歷程》。這種提法和認識，引起學術界普遍的關注，出現了從未有過的新氣象。〔註56〕

又如孫明君說：

> 李澤厚先生《美的歷程》提出魏晉是一個「人的覺醒」時代的新見解，從而給已有的「文的自覺」說注入了鮮活的生命力。……《美的歷程》1981年3月由文物出版社出版，以後又多次再版重印，一時風靡學界。其中對「人的覺醒」

〔註55〕逯欽立輯校：《先秦漢魏晉南北朝詩》，中冊，〈晉詩卷十四〉，頁931。
〔註56〕李文初：〈三論我國文學的自覺時代〉，收入《漢魏六朝文學研究》（廣東人民，2000年），頁116。

和對「人的覺醒」與「文的自覺」之間關係的論述，得到
了廣泛的認同與響應。〔註57〕

李澤厚於《美的歷程》中所提的觀念爲「從東漢末年到魏晉，這種意
識形態領域內的新思潮即所謂新的世界觀、人生觀，和反映在文藝—
—美學上的同一思潮的基本特徵，是什麼呢？簡單說來，這就是人的
覺醒」，又說：「如果說，人的主題是封建前期的文藝新內容，那麼，
文的自覺則是它的新形式」、「文的自覺（形式）和人的主題（內容）
同是魏晉的產物」。〔註58〕

孫明君在探討「人——文」之間的關係所說的：

文之自覺與人之自覺之關係如何？因爲只有自覺之人，才
能創造自覺之文學，我們不可能想像在人還沒有自覺的情
況下便會出現已經自覺了的文學。〔註59〕

李文初也曾提及：「由對個體生命的重新審視而激發起來的人的覺
醒，使得魏晉南北朝的文學，無論文學理論批評或是文學創作，都顯
示出強烈的主體性色彩。這是人的覺醒促使文學『自覺』發展的時代
特徵」。〔註60〕然而到了魏晉之後，「緣於現實哀樂的激感，中國詩人
發現了以情感爲生命內容與特質的自我主體」，蔡英俊說：

「情之所鍾，正在我輩」是六朝人自我反省後對個人生命
特質的肯定，六朝的「詩緣情」之說就是建立在這一觀念
上。由於魏晉以後肯定「緣情」的個人生命特質的意義與
價值，中國文學才得以開展出更爲廣闊的詩歌的表現領
域，進而完成抒情的文學傳統的典範，也標示了中國傳統
文人活動的精神面貌。〔註61〕

〔註57〕孫明君：〈建安時代「文學的自覺」說再審視〉，收入《三曹與中國
　　　　詩史》（北京清華，1999年），頁95。
〔註58〕李澤厚：《美的歷程》（台北元山書局，1984年），頁85～106。
〔註59〕孫明君：〈建安時代「文學的自覺」說再審視〉，收入《三曹與中國
　　　　詩史》（北京清華，1999年），頁2。
〔註60〕李文初：〈三論我國文學的自覺時代〉，收於《漢魏六朝文學研究》（廣
　　　　東人民，2000年），頁95。
〔註61〕蔡英俊：《比興物色與情景交融》（台北大安，1995年），頁30、75。

呂正惠所說的：

> 「情」變成是作爲主體的人的本質，這跟兩漢儒家之以有
> 關政教的「志」來界定人的主體性，是完全不同的。主體
> 的性質既有這麼大的變化，作爲主體之表現的文學當然也
> 就跟著改變了。〔註62〕

而到了魏晉人那裡，緣著個體意識的覺醒，開始重視並且珍視個人的
情感，他們「對內發現了自己的深情」，他們的情感豐富而專注，體
貼於人生各種實存情境的情緒感受，不僅「一往有深情」而且更認爲
「情之所鍾，正在我輩」，他們的情感浸染了整個天地，不只是與之
應對的人，更推擴而及於山川草木、蟲魚鳥獸等天地萬物，一切都在
與情感的交流往返中，對象化了主體的本質特徵，當然文學也在這種
個體意識高揚的氛圍下，體現了主體重情、尚情的傾向，由人的對於
情感的正視，推衍爲文學的「緣情」的趨向，以使得文學關注的焦點
轉向了主體的內在世界，確立了以情感爲中心的本質地位，透過主體
化的機轉而表現了抒情化、個體化、內在化的特點。劉毓慶所說的：

> 所謂文學的自覺，不僅僅是指文學獨立於學術與樂舞而存
> 在，而是指文學意識的自覺，理論上的自覺，即人們意識
> 到文學除語言的華美外，她與主體生命之間有一層關係，
> 以及其對人類心靈的自覺表達。〔註63〕

文學是「因人以成文」有什麼樣的作家然後才有什麼樣的文學，將文
學作品看作是作家生命的全幅展現，當文人看待文學的態度可以是
「無意於在人事上作特種之施用」時，其表現到極盡則文學「僅以個
人自我作中心，以日常生活爲題材，抒寫性靈，歌唱情感，不復以世
用攖懷」。在分析「情性覺醒下的魏晉風度」後，故在下一章節，將
來討論各時期在「文學自覺下不同的文學特徵。」

〔註62〕呂正惠：〈「物色」論與「緣情」說——中國抒情美學在六朝的開展〉，
　　　　收錄《文心雕龍綜論》（台灣學生，1988 年），頁 305。

〔註63〕劉毓慶：〈論漢賦對文學進程的意義〉，收錄《中州學刊》第三期（2002
　　　　年五月），頁 49。

第三節　因人成文下的文學特徵

　　「文的自覺」須以「人的覺醒」爲邏輯前提，其根本的理由就在
於文學本是人的精神活動的產物，若無人對自身的地位與價值觀、世
界觀的重新體認與肯定，自然也就沒有作爲人的生命的表現形式、人
的內在心靈的外在展現的文學的自覺的可能。關於此點，學者間亦有
論述：例如李澤厚曾就東漢末年到魏晉所形成的新思潮對文學藝術所
產生的影響加以論述，他即說：

> ……不是人的外在節操，而是人的內在精神成了最高的標
> 準和原則。這給了魏晉南北朝美學以極爲深刻的影響，也
> 是這一時期的藝術和美學能夠打破儒學思想束縛，獲得充
> 分獨立發展的重要思想原因。因爲審美與藝術所在的領域
> 是與人類生存的個體性分不開的，對人作爲個體感性存在
> 的意義與價值的關注必然會有力地推動審美與藝術的發
> 展。……魏晉的『人的覺醒』帶來了『文的自覺』，這兩者
> 是密切聯繫而不可分割的，同時前者又是後者的基礎、前
> 提。〔註64〕

此外，李文初也論道：

> 文學的「自覺」絕不是一種孤立現象，它是以人的個體意
> 識的覺醒爲先導的。沒有對人自身價值的認識和肯定，沒
> 有尊重人的個性人格的觀念的形成，就不可能有文學「自
> 覺」時代的來臨。因爲藝術的創造，從來就是一種個體的
> 精神活動，沒有創作主體的相對自由，就談不上文學的「自
> 覺」發展。

至於胡令遠則從對「自覺」一詞的說解出發，並以此說明它在文學領
域上的援用，認爲「文的自覺」是「人的覺醒」的藝術化展現，而「人
的覺醒」則是「文的自覺」的審美化表達，他說：

> 按「自覺」一語，本指作爲主體的個人能退而觀諸己，以
> 自我爲中心來反思自我與外界社會、事物及他人之間的關

〔註64〕李澤厚、劉綱紀主編：《中國美學史》第二卷上，一〈魏晉南北朝美
　　　　學概觀〉（台北谷風，1987 年），頁 6。

係，以及自我究竟爲何物。現在移以形容作爲主體情感客
體化之存在的文學，其爲類比（Analogy），是不言自明的。
因而以文學反觀其自身，認知文學與教化等關係，當爲「文
學自覺」的應有之義。……所謂「文學的自覺」，本爲類比。
以前述之義來說，是作爲創作主體的文人觀文、論文，意
識到文學的獨立價值，而非客體化的文學本身的內省自
察。因而創作主體──「人」的覺醒表現於作品之中，也
應爲「文學自覺」的一種表現形式。

文學是人類審美意識的產物，主體審美意識的自覺導致「文
學的自覺」的出現。而前者又是「人的覺醒」的一種表現
形式，所以說主體──「人的覺醒」的具體的審美化表達
也應該是「文學自覺」之一端。

（一）建安文學

就建安文學來講，清人沈德潛在評論曹操詩作時曾說：「孟德詩，
猶是漢音。子桓以下，純乎魏響」〔註65〕，而陳祚明於《采菽堂古詩
選》中也說：「細揣格調，孟德全是漢音，丕、植便多魏響」，此中所
謂的「漢音」大抵是指承繼自漢樂府，那種具有關懷現實的內容與質
樸渾厚的語言的作品風格，而「魏響」則是指曹魏以後，文學作品日
益高揚個性、抒發情感、富於辭采的作品特色而言，而建安文學就恰
好處在這由「漢音」轉向「魏響」的關鍵性位置上。

建安時期的文學作家主要以三曹父子及建安七子爲代表，而就其
總體特徵而言，大抵可分爲前後兩期，前期的作品由於受到漢末戰亂
的影響，加以「獻帝播遷，文學蓬轉」，文人們或是目睹生靈塗炭之
慘，或是倍嚐顛沛流離之苦，所以文學多爲反映民生疾苦，描寫戰亂
景象等富於現實色彩的作品；而到了後期，由於「建安之末，區宇方
輯」，政治局勢趨於和緩，文人聚集於鄴下，因此文學或爲軍旅紀行
之作，或爲描寫宴飲交游的內容，前者表現出一種建立功業的渴望與

〔註65〕沈德潛評選、王蒓父箋註：《古詩源箋註》（台北古亭，1970 年），頁
129。

對上位者的歌頌，而後者則多以「憐風月，狎池苑，述恩榮，敘酣宴」為敘述題材。再加以士人的人生觀、價值觀從經學束縛的解放中，發現了自我，體認到了對個體生命的珍視與對個體價值的肯定，於是這種感於生命存在的焦慮與憂患與對未來的惶惑與恐懼，便在文學中抒發為一種時光易逝、生命短促、人生無常的深沈喟歎，而這種悲歌心態，不僅貫串於生命活動的各個層面，成為一種基本的音調，甚至還「超出了一般的情緒發洩的簡單內容，而以對人生蒼涼的感喟，來表達出某種本體的探詢」，其背後所意味的正是主體在擺落了外在的權威與價值追求，轉到關注於內在的自身的存在意義與生命實感之後，才在智性的思辨中，發而為對「終極真實」的探索，並進而持之為其生命關懷的形上理據，這不僅賦予了詩歌表現時內容上的深厚意蘊，同時也煥發了魏晉人那種深情兼智慧的生命風采。

1、文學特徵：自我抒情

強烈的抒情，使此時的詩歌，帶著濃厚的主觀色彩。他們有時也敘事，寫出戰亂情狀，但敘事往往為強烈之抒情所掩蓋，戰亂情狀的描寫只是為了表達激越的情懷。他們也寫景物，但是他們寫景的目的，是為了抒情。他們是屬於主觀的詩人，主要是為了展露自己的內心世界。他們寫景的特點，是摹神以寫心，對景物往往不作細緻的真切的摹寫，而是寫一種感覺情思，一種在主觀情思浸染下的景物的神態」〔註66〕如曹操的〈薤露行〉：

> 惟漢二十世，所任誠不良。沐猴而冠帶，知小而謀彊。猶
> 豫不敢斷，因狩執君王。白虹為貫日，己亦先受殃。賊臣
> 持國柄，殺主滅宇京。蕩覆帝基業，宗廟以燔喪。播越西
> 遷移，號泣而且行。瞻彼洛城郭，微子為哀傷。（逯本頁347）

又其〈蒿里行〉云：

> 關東有義士，興兵討羣凶。初期會孟津，乃心在咸陽。軍

〔註66〕沈德潛評選、王蒓父箋註：《古詩源箋註》（台北古亭，1970年），頁24。

合力不齊，躊躇而雁行。勢力使人爭，嗣還自相戕。淮南
弟稱號，刻璽於北方。鎧甲生蟣蝨，萬姓以死亡。白骨露
於野，千里無雞鳴。生民百遺一，念之斷人腸。（逯本頁 347）

這兩首詩前首是寫漢朝末年何進召董卓入京，及其後所發生的殺害漢
少帝、焚燒洛陽、遷都長安等蕩覆漢朝基業與回望洛城所興發的禾黍
之悲的感歎；而後者則爲描寫袁紹、袁術起兵討伐董卓，又互相爭權
奪利，造成長期戰亂，以致百姓大量死亡，千里凋弊的景象。孟德「用
樂府題目自作詩」（清人方東樹之語）、「借樂府寫時事」（清人沈德潛
之語），在這以樂府舊題改作新辭裡，表現的是他憫時傷亂、憂國憐
民的深厚情懷，在這作品中，有詩人在、有詩人的情感在，正是「念
之斷人腸」的一念，才讓政治、社會的事件有了繫屬於創作主體的解
讀，而這也是根源於文學主體性的肯定底下才有的抒情的表現。

又如曹丕的〈柳賦〉：

在余年之二七，植斯柳乎中庭。始圍寸而高尺，今連拱而
九成。嗟日月之逝邁，忽橐橐以遄征。昔周遊而處此，今
倏忽而弗形。感遺物而懷故，俛惆悵以傷情。（張本頁 963）

此賦雖以柳爲名，但子桓卻是敘柳而歎興，以自然事物之遷化對顯生
命之易逝與人生的變化，猶如《世說新語·言語》所記：「桓公北征
經金城，見爲琅邪時種柳，皆已十圍，慨然曰：『木猶如此，人何以
堪！』攀枝執條，泫然流淚。」這種深厚的人生意識的感發，當是士
人在經過了人的覺醒之後，對於個體生命珍視才有的相應表現。再看
他的〈悼夭賦〉：

氣紆結以填胸，不知涕之縱橫。時徘徊以舊處，睹靈衣之
在床。感遺物之如故，痛爾身之獨亡。愁端坐而無聊，心
戚戚而不寧。步廣廈而踟躕，覽萱草於中庭。悲風蕭其夜
起，秋氣憯以屬情。仰瞻天而太息，聞別鳥之哀鳴。（張本
頁 959）

這是子桓哀悼他早逝族弟的作品，篇中寫他氣紆於胸，涕淚縱橫，徘
徊昔遊之處，睹舊物而思人，在悲風蕭瑟的秋夜裡，更烘托了作者傍

徨憂戚的心緒，文中情景交融，情眞而悲切。

再以曹植爲例，今看他的賦作如〈慰子賦〉：

> 彼凡人之相親，小離別而懷戀，況中殤之愛子，乃千秋而不見。入空室而獨倚，對孤幃而切歎，痛人亡而物在，心何忍而復觀。日晼晼而旣沒，月代照而舒光，仰列星以至晨，衣露露而含霜。惟逝者之日遠，愴傷心而絕腸。（張本頁 1048）

又如〈臨觀賦〉：

> 登高墉兮望四澤，臨長流兮送遠客。春風暢而氣通靈，草含幹兮木交莖。丘陵崛兮松柏青，南園薆兮果載榮。樂時物之逸豫，悲予志之長違。歎東山之懇勤，歌式微以詠歸。進無路以效功，退無隱以營私。俯無鱗以遊遁，仰無翼以翻飛。（張本頁 1042）

前者是寫愛子中殤的哀痛，子建以人情小別且爲懷戀與如今千秋之永訣對顯，以表現那種哀極痛深之感，又因爲哀情濃烈，無可排遣，所以獨自惆悵，睹物而思人，從星夜以至晨曦，都難能成眠，在文中流露出那種親人生死永別的痛絕之情。至於後者，則爲登臨興歎，對景傷情之作，在一個本是春意盎然、生機蓬勃的節候裡，由於作者內在的愁苦、憤懣的心緒，所以以斯情觀物，一切便都變了調，不僅是有志難伸，同時也欲退無路，子建以游魚、飛鳥來狀寫他進退維谷，天下雖大卻難以自處的窘況，以樂境寫哀情，更倍增其哀。

2、文學特徵：個性張揚

在中國文學歷史的發展過程中，關於個體意識的展露，最早當可追溯於屈原及宋玉，前者以著逐臣的的身份，抒寫著個人遭讒見疏的怨憤情懷，而後者則是一介貧士表達其失志不遇的悲感抒吐，王國櫻即認爲：「二者均流露，對個人生命及人生理想與現實政治社會不相契合的自覺，可謂中國文學史中藉文學作品流露個體意識自覺的先驅」，以屈原而論：

> 屈賦中流露的孤獨之感，源於君王不察，又世無知音的悲

慨，以及對個體人格與自我生命態度之絕對自信與肯定，
乃至在既悲哀愁怨又傲岸自負中，自覺與「眾人」不同，
甚至與「舉世」產生疏離感。這種將自我與眾人或舉世相
對立的意識，蘊含的是一份對個體人格獨立的自覺，對一
己生命意義和存在價值由衷的關懷，這已經是一個知識份
子對個體意識自覺的基本標誌。〔註67〕

《文心雕龍·時序篇》說：「觀其時文，雅好慷慨，良由世積亂離，
風衰俗怨，並志深而筆長，故梗概而多氣也」，這是促成建安文學時
代共性的重要背景因素。然而即便是在這種憂時憫亂、悲歌人生的作
品中，因著作者「創作個性」的不同，所以寫來也就各具面貌，而所
謂的「藝術個性」也稱之為「創作個性」，它所指涉的是：

藝術家特有的生活經歷、生活經驗、世界觀、情感氣質、
個性、藝術修養等主觀因素，在創作過程中體現出來的和
其它藝術家相區別的獨特性。是藝術家的審美意識、個性
差異在藝術創作上的特殊表現。對於現實的獨特的審美感
受、認識和獨特的藝術構思，以及與之相適應的在表現形
式、表現方法方面獨特的藝術審美追求，構成藝術家創作
個性的最基本的方面。藝術家的獨特性格是形成藝術家創
作個性的內在根據，……藝術家只有在生活實踐和藝術實
踐中努力形成、發展自己創作個性，著意在創作中「發現
自己」，流露「自我」，把自己的思想感情、精神面貌對象
化於藝術形象之中，使審美產品成為他的精神個性的某種
外化觀照，才能創作出獨具特色的、有藝術生命力的作品。

〔註68〕

葉慶炳在論及建安時期的詩風時，即表示此期的特色就在「發揚顯
露，麗句滋多」，而這所謂的「發揚顯露」，就是針對強烈的個性表現

〔註67〕王國櫻：〈個體意識的自覺——兩漢文學中之個體意識〉，《漢學研究》
　　　　第二十一卷第二期（2003年十二月），頁45～75。
〔註68〕王向峰：《美學辭典》，〈創作個性〉（遼寧大學，1987年），頁211～
　　　　212。

而言。一由於文士爲詩之風大盛，不免逞才競勝；再由於詩人不復有含蘊溫厚之餘裕，故一變爲顯露。從此詩人之個性人格表露於字裡行間，形成各家詩歌之獨特風格」〔註69〕，誠然，在古詩十九首中，他們雖也高唱著生命的悲歌，但這「還只是缺少個體標記的集體性詠唱；而鄴下文人對生命的詠歎，卻打上了鮮明的個性印記，全然是一種個體性詠唱：既是唱征夫、思婦、孤兒、遊子等別人的歌，更是唱詩人自己的歌，傾訴詩人內心深處的鬱悶，以及對生命對感性的獨特感受」。〔註70〕

如曹操「古直，甚有悲涼之句」《鍾嶸·詩品》、「沈雄俊爽，時露霸氣」《沈德潛·古詩源》，以曹操〈蒿里行〉爲例：

> 鎧甲生蟣虱，萬姓以死亡。白骨露於野，千里無雞鳴。生
> 民百遺一，念之斷人腸。（逯本頁347）

詩人也有著對於身處在亂世底下的百姓的悲憫，以及目睹「萬姓以死亡、白骨露於野」、「出門無所見，白骨蔽平原」的深沈的感傷，只是這種生死之感，卻是含蘊在他們冀望太平、以解生民之苦，以及逃離喪亂的人生際遇之中，所以寫來別具詩人感懷，眞切而痛深。

而論述曹丕是「便娟婉約，能移人情」《沈德潛·古詩源》、「洋洋清綺」《文心雕龍·才略》，清人沈德潛更說：「子桓有文士氣，一變乃父悲壯之習矣。要其便娟婉約，能移人情」，所謂的「文士氣」即指這種「文人化」「審美化」的風尚而言。以曹丕〈芙蓉池作詩〉爲例：

> 乘輦夜行遊，逍遙步西園。雙渠相漑灌，嘉木繞通川。卑
> 枝拂羽蓋，脩條摩蒼天。驚風扶輪轂，飛鳥翔我前。丹霞
> 夾明月，華星出雲間。上天垂光彩，五色一何鮮。壽命非
> 松喬，誰能得神仙。遨遊快心意，保己終百年。（逯本頁400）

曹丕的〈芙蓉池作詩〉本爲觀遊之作，故著力於景物的描寫，雙渠相

〔註69〕葉慶炳：《中國文學史》（上冊）（台灣學生，1990年），頁118～119。
〔註70〕李建中：《魏晉文學與魏晉人格》，第二章（湖北教育，1998年），頁35。

溉灌，嘉木繞通川，是總寫整體的環境，此處花木扶疏，茂密的枝葉上下映襯，下方的枝葉輕拂羽蓋，上方的枝葉則遮蔽天日，又有大風似在推動著車輪，飛鳥自在地遨翔，一切都俱顯著詩人「逍遙步西園」的愉悅心情。其後，詩筆則轉寫夜空的景色，「丹霞夾明月，華星出雲間。上天垂光彩，五色一何鮮」，一幅色彩斑爛的景緻，就出現在眼前，絢麗的晚霞中鑲嵌著一輪皎潔的明月，燦麗的繁星，隱現於雲間，整個天空的景緻便光彩奪目，五色交映，極爲動人，詩中不僅遣詞華美、景色絢爛，並且還有對仗句的使用，可說已反映了詩歌的審美化傾向。

　　而才情最高的曹植，「骨氣奇高，詞采華茂，情兼雅怨，體被文質」《詩品》、「五色相宣，八音朗暢」《沈德潛‧古詩源》、「柔情麗質……肝腸骨氣，時有塊磊處」《鐘惺‧古詩歸》，可說是人人俱異、個個不同，每個作者都在其作品中呈顯、表露著自家的性情和風格。如子建的〈愁思賦〉云：

> 四節更王兮秋氣悲，遙思恌悅兮若有遺。原野蕭條兮煙無依，雲高氣靜兮露凝衣。野草變色兮莖葉稀，鳴蜩抱木兮雁南飛。西風淒悽兮朝夕臻，扇簦屏棄兮絺綌捐。歸室解裳兮步庭前，月光照懷兮星依天。居一世兮芳景遷。松喬難慕兮誰能仙，長短命也兮獨何怨。（張本頁 1048）

這是一篇感秋懷悲之作，子建在賦中將自然之秋與人生的晚景渾融於一爐，透過煙雲、凝露、野草、鳴蜩、飛雁、西風等意象的組合，點染出一幅秋氣蒼涼，萬物蕭條的景象。篇中又以無依之煙、淒悽之風、芳景之遷來隱喻生命的存在恰似煙雲無依，外在的迫厄猶如西風淒悽，人生的芳景轉瞬即逝，這種存在的焦慮與恐懼，欲訴諸求仙而難能企慕，徒留無可奈何的怨歎！篇中境象蕭瑟，景中孕情，雖文字不多，但卻深蘊著憂生之嗟。

（二）正始文學

　　正始時期是個縈繞著憂生之嗟，同時也崇尚著玄思的時代，是個

交織著詩情與哲思的時代，他們以著突出的個體意識，透過理論的形式，重新來思索個人自由和社會禮教之間的應然關係，重新來審視自我存在的意義、定位自我存在的價值，少去了建安時期猶存一絲建功立業之想的慷慨悲歌，多的是一份濃郁、深邃的試圖於老莊中領悟人生的玄思冥想，這份突出的個體意識，既優遊於哲學的天地，也徜徉在文學的苑囿之中，讓這個時期的文學表現著鮮明的個體性與內在性。

　　《文心雕龍‧才略》在論述歷代作家的才性識略時，曾說：「嵇康師心以遣論，阮籍使氣以命詩」，因此說嵇康的自出心栽，不拘成法，說阮籍的縱其意氣，寄託詩章。嵇、阮兩人所身處、所反映地是同一個時代，然由於主體的人格不同、情性不同，所以表現在文學作品上也就不同，一者是以其「至慎」的個性，而發為「文多隱避、難以情測」的篇什，此所謂「阮旨遙深」《文心雕龍‧明詩》；另一則是以其「峻切」的個性，而表現出「多抒感憤、盡言刺譏」的訐直風貌，此所謂「嵇志清峻」，兩者風格雖異，不過若從「文學自覺」的視角來看，他們的文學內容，卻有著更為「個體化」、「內在化」的趨向，他們關注的焦點已從家國天下、社稷蒼生的一面，轉移到個體生命及其存在實感的一面，所著情措意的全然是一己的出處憂樂、歡情與悲愁。

　　而他們的解脫之道表現出一種超越塵俗、恣意逍遙的情調，一種對道家式的超曠空靈、游心皓素的嚮往，以致此一時期的文學有著玄理化新發展，誠如鍾優民所說：

　　　　正始詩歌創作中的感傷情緒和激憤不平之氣則集中體現為
　　　　當時詩人主體意識的進一步覺醒，他們更深切地領悟了人
　　　　生的虛幻，感受到了個體的危機，從而紛紛逃向老莊之學
　　　　和幽玄之境中去尋求解脫。〔註71〕

〔註71〕鍾優民：《中國詩歌史——魏晉南北朝》（麗文文化，1994年），頁136。

1、文學特徵：文學的個人生命化

明人陸時雍在評論時便說：「遭阮公之時，自應有阮公之詩」〔註72〕。看其〈詠懷三十三〉：

> 一日復一夕，一夕復一朝。顏色改平常，精神自損消。胸中懷湯火，變化故相招。萬事無窮極，知謀苦不饒。但恐須臾間，魂氣隨風飄。終身履薄冰，誰知我心焦。（逯本頁503）

這首詩的描寫則是將其內在心理的矛盾與痛苦、壓抑與苦悶、恐懼與焦慮，表現得更為具象而深切，作者說他胸懷湯火、身履薄冰、精神消殞，不僅有限的智慮無以應對無窮的世事，又怕須臾傾刻之間魂氣便隨風飄散，並且這種內心的焦慮是日復一日、朝復一朝、終身相隨的。黃季剛在評論此詩時說道：「哀老相摧，由於憂患之眾。而知謀有限，變化難虞，雖須臾之間，猶難自保。履冰之喻，心焦之談，洵非過虛也」〔註73〕，這的確是阮籍內心真實的苦悶，也是他「因茲發詠、每有憂生之嗟」的實際情況，這對比於《晉書》本傳所載「（籍）率意獨駕，不由徑路，車跡所窮，輒慟哭而後返」的這則故事，則可得到一個典型的了解，傅剛解釋道：「這是一個具有象徵意義的故事，它概括了阮籍的人生歷程。『率意獨駕』是他任性的品格，『不由徑路』是沒有道路可循，『車跡所窮』則是毫無出路，因此便惟有慟哭而不得不返。『慟哭』是內心積鬱的發泄，是衝突尋找不到平衡的傾瀉」〔註74〕，這裡所概括的一個具有象徵意義的形象，便是阮籍人格、性情的真實寫照。

再看嵇康，一如他在〈與山巨源絕交書〉中描述自己性情所說的：「剛腸疾惡，輕肆直言，遇事便發」，以其不羈的性格，峻直的個性，在紛擾險惡的時局裡，自是時有憂虞之思，其中典型的例子便是他的

〔註72〕臺靜農：《百種詩話類編》（上冊）（台北藝文，1974年），頁499。
〔註73〕陳伯君：《阮籍集校注》（北京中華，1987年），頁313。
〔註74〕傅剛：《魏晉南北朝詩歌史論》（吉林教育，1995年），頁57。

〈幽憤詩〉：

> 嗟余薄祜，少遭不造。哀煢靡識，越在襁褓。母兄鞠育，
> 有慈無威。恃愛肆姐，不訓不師。爰及冠帶，憑寵自放。
> 抗心希古，任其所尚。託好老莊，賤物貴身。志在守樸，
> 養素全眞。曰余不敏，好善闇人。子玉之敗，屢增惟塵。
> 大人含弘，藏垢懷恥。民之多僻，政不由己。惟此褊心，
> 顯明臧否。感悟思愆，怛若創痏。欲寡其過，謗議沸騰。
> 性不傷物，頻致怨憎。昔慚柳惠，今愧孫登。內負宿心，
> 外恧良朋。仰慕嚴鄭，樂道閒居。與世無營，神氣晏如。
> 咨予不淑，嬰累多虞。匪降自天，寔由頑疎。理弊患結，
> 卒致囹圄。對答鄙訊，縶此幽阻。實恥訟冤，時不我與。
> 雖曰義直，神辱志沮。澡身滄浪，豈云能補。嗈嗈鳴鴈，奮
> 翼北遊。順時而動，得意忘憂。嗟我憤歎，曾莫能儔。事
> 與願違，遘茲淹留。窮達有命，亦又何求。古人有言，善
> 莫近名。奉時恭默，咎悔不生。萬石周愼，安親保榮。世
> 務紛紜，祗攪予情。安樂必誡，乃終利貞。煌煌靈芝，一
> 年三秀。予獨何爲，有志不就。懲難思復，心焉內疚。庶
> 勗將來，無馨無臭。采薇山阿，散髮巖岫。永嘯長吟，頤
> 性養壽。（逯本頁 480）

《晉書》曾記載此詩的本事說：「東平呂安服康高致，每一相思，輒
千里命駕，康友而善之。後安爲兄所枉訴，以事繫獄，辭相證引，遂
復收康。康性愼言行，一旦縲紲，乃作〈幽憤詩〉」，可見此詩即爲中
散身繫縲紲時的作品，詩中首先談到自己從小即有「託好老莊，賤物
貴身。志在守樸，養素全眞」的志趣，但在呂巽事件的處理上〔註75〕，
卻因著自己「不識人情，闇於機宜」與「惟此褊心，顯明臧否」的個
性，遂致「謗議沸騰、頻致怨憎」，身陷囹圄、「神辱志沮」，而有「昔
慚柳惠，今愧孫登」、「澡身滄浪，豈能云補」的深歎，最後則以「窮
達有命」自我寬慰，並表達了他「采薇山阿，散髮巖岫。永嘯長吟，

〔註75〕吳小如等撰：《漢魏六朝詩鑑賞辭典》（上海古籍，1996 年），頁 298
　　　～299。

頤性養壽」的人生志向。此詩的藝術特點是叔夜以著自我獨白的方式來抒吐其內心的幽憤，然在深邃的哀歎與不斷自我反省、自我勸戒的背後，其後其實也反映了世務的紛紜及其對時世、不義的憤慨，詩作完全是內在情感的抒寫，也表現了中散峻切的特點。

1、文學特徵：文學的哲理境界化

> 建安時期是一個抒情的時代，而正始則是一個充滿哲思的時期。這時士人精神生活的重要內容，便是沈浸於玄思之中，……玄思妙解，往往給他們帶來巨大的快樂，他們從中領悟生之樂趣。這也是與建安士人不同的地方。建安士人，往往悲歌慷慨，于悲歌慷慨中得到感情的滿足；而正始士人，則于玄思冥想中領悟人生。〔註76〕

嵇康在玄言詩的發展上都具有重要的意義及地位，倘若類比於鍾嶸以陶潛為「隱逸詩人之宗」、林文月以郭璞為「遊仙詩人之宗」，那麼「玄言詩人之宗」便該判給嵇康。〔註77〕今觀其詩，如：

> 琴詩自樂，遠遊可珍。含道獨往，棄智遺身。寂乎無累，何求於人。長寄靈岳，怡志養神。〈四言贈兄秀才入軍詩十七〉（逯本頁483）
>
> 斂絃散思，遊釣九淵。重流千仞，或餌者懸。猗與莊老，棲遲永年。寔惟龍化，蕩志浩然。〈四言詩〉（逯本頁484）
>
> 藻氾蘭池，和聲激朗。操縵清商，遊心大象。傾昧修身，惠音遺響。鍾期不存，我志誰賞。〈四言詩〉（逯本頁484）
>
> 羽化華岳，超遊清霄。雲蓋習習，六龍飄飄。左配椒桂，右綴蘭苕。凌陽讚路，王子奉軺。婉孌名山，眞人是要。齊物養生，與道逍遙。〈四言詩〉（逯本頁485）

在這些作品中，或說要「含道獨往」，擯棄機巧，擺落欲望，當自我

〔註76〕羅宗強：《漢魏晉南北朝文學思想史》，二〈正始玄風與正始之音〉（北京中華，1996年），頁44～45。

〔註77〕黃偉倫：《六朝玄言詩研究》，華梵大學東方人文思想研究所碩士論文，1999年，頁100～109。

能寂然而無累時，便能無待於人，從而在其以詩琴自娛的遠遊裡，便能寄身靈岳，怡志養神；或說要「猗與老莊」、「齊物養生、與道逍遙」，由於能夠「寂乎無累」、「遊心大象」，便使得自我得以縱身於大化之中，與大道同爲一體，讓個體的精神因著對自然之道的感悟與領略，而超越有限形體的限制，並藉由形下的萬象進而「目擊道存」，覷見形上的造化之妙、自然之美，而當胸中有此體會時，便如莊子在〈大宗師〉中所說的「有眞人而後有眞知」，因順隨著主體心靈層次的提升，而能窺見存在的眞實，從而不僅是在「詩琴自樂」、「操縵清商」之中，可以體道，即便是在「遊釣九淵」、「超遊清霄」之中，亦可以味道，從而無入而不自得。

　　然而詩人在表達這些情思的時候，並不是運用一種直陳、敘述的方式，而是藉由比興的手法，使情、景交融以形成意象，讓形象藉由主體心靈的觀照與情感的體驗，把我的性格和情感移注於物，又將物的姿態吸收於我〔註78〕，賦神於物，以形傳神，從而形成一種物、我爲一、主、客交融的藝術境界。如：

　　息徒蘭圃，秣馬華山。流磻平皋，垂綸長川。目送歸鴻，手揮五絃。俯仰自得，游心太玄。嘉彼釣叟，得魚忘筌。郢人逝矣，誰與盡言。〈四言贈兄秀才入軍詩十四〉（逯本頁483）

　　淡淡流水，淪胥而逝。汎汎柏舟，載浮載滯。微嘯清風，鼓檝容裔。放櫂投竿，優游卒歲。〈四言詩其一〉（逯本頁484）

　　婉彼鴛鴦，戢翼而遊。俯唼綠藻，託身洪流。朝翔素瀨，夕棲靈洲。搖盪清波，與之沈浮。〈四言詩其二〉（逯本頁484）

　　泆泆白雲，順風而回。淵淵綠水，盈坎而頹。乘流遠逝，

〔註78〕朱光潛：《談美》，〈「子非魚，安知魚之樂？」──宇宙的人情化〉（萬卷樓，1994年），頁28。

自躬蘭隈。杖策答諸，納之素懷。長嘯清原，惟以告哀。〈四
言詩其七〉（逯本頁 485）

在嵇康的詩中，可以說每每洋溢著對道家人生哲學的嚮往，他常以著
一種閑適自得的蕭散，來抒寫逸興玄致的襟懷，進而在他的詩歌中體
現出一種託懷玄勝、醉心莊老、蕭條高寄、暢志怡神的意興來，故而
羅宗強曾說：「嵇康的意義，就在於他把莊子的理想的人生境界人間
化了，把它從純哲學的境界，變為一種實有的境界，把它從道的境界，
變成詩的境界」，他並引王韜之說，認為嵇康是詩化莊子的第一人，
而嵇康人生的藝術化，就表現在「排除功利目的的考慮，擺脫了功名
利祿的束縛與放縱情欲的誘惑，」「充滿了返歸自然，物我為一的精
神。這是老莊的真精神。這種精神，以其虛靜為懷，進入一種空靈之
美的境界，實質上正是一種藝術精神」〔註79〕。嵇康詩化了莊子，在
詩歌中體現出一種道的境界，所以他「目送歸鴻，手揮五弦。俯仰自
得，游心太玄」，透過自然世界的大美，以領略道的大美，於道的大
美中，又覷見人生的大美，尤其是「目送歸鴻，手揮五弦」一句，清
人王士禎曾盛讚此句「妙在象外」，這就是因為嵇康利用了藝術技巧，
透過具體意象的描繪傳達出無限的情意，它超越了詩歌對於語文的依
存與限制，讓詩人的感情只可意會，不可言傳，他蘊意於言外，讓詩
歌有著韻外之致，而讀者也只能於言外求之，說「手揮五弦」猶有憑
藉，但「目送歸鴻」即無跡可尋。就意境來說，「目送歸鴻，手揮五
弦」乃是一種審美體驗，它是在一種悠閒、清虛、靈明的心境中，即
景生情，「目擊道存」，讓自我與大化融為一體，一時俗累俱忘、靈明
遂開，於焉便窺見了天地的大美，使主體感受到並享受於這種精神的
暢適、自由之中，同時也讓詩歌在意蘊的表現上成就了一種境界化的
向度。而阮籍的生命面向：

鷽鳩飛桑榆，海鳥運天池。豈不識宏大，羽翼不相宜。招

〔註79〕羅宗強：《玄學與魏晉士人心態》，二〈正始玄學與士人心態〉（台北
文史哲，1992 年），頁 112～118、176～177。

搖安可翔，不若棲樹枝。下集蓬艾間，上遊園圃籬。但爾亦自足，用子爲追隨。〈詠懷四十六〉（逯本頁 505）

登高望遠，周覽八隅。山川悠邈，長路乖殊。感彼墨子，懷此楊朱。抱影鵠立，企首踟躕。仰瞻翔鳥，俯視游魚。丹林雲霏，綠葉風舒。造化絪縕，萬物紛敷。大則不足，約則有餘。何用養志，守以沖虛。猶願異世，萬載同符。〈詠懷其九〉（逯本頁 495）

晨風掃塵，朝雨灑路。飛駟龍騰，哀鳴外顧。攬轡按策，進退有度。樂往哀來，悵然心悟。念彼恭人，眷眷懷顧。日月運往，歲聿云暮。嗟余幼人，既頑且固。豈不志遠，才難企慕。命非金石，身輕朝露。焉知松喬，頤神太素。逍遙區外，登我年祚。〈詠懷十三〉（逯本頁 496）

前首以《莊子・逍遙遊》中的大鵬鳥與鷽鳩爲喻，認爲性分不同，生命的趨向便該隨之抑揚，充滿了一種委運任化，自適自得的達生之思；次首說「萬物紛敷」，「大則不足，約則有餘」，所以應該以沖虛來養志；末首感於「命非金石，身輕朝露」，有形的形體既然有其限制，因此便該「逍遙區外」、「頤神太素」，以著清虛澄朗的心靈，遨遊於無何有之鄉。詩中或是取譬、用典於莊老，或是蘊涵著一份莊老人生哲學之思，都是文學哲理化的一種表達。

嗣宗因爲有著倜儻不羈的個性，暢情於老莊，又緣於「天下多故」，所以「發言玄遠」、「文多隱避」，王夫之《古詩評選》說他：「以高朗之懷，脫穎之氣，取神似於離合之間」〔註80〕，因之爲詩，也就交織成了一種遙曠、沈鬱、逸遠的境界：

狗獟上世士，恬淡志安貧。季葉道陵遲，馳騖紛垢塵。甯子豈不類，楊歌誰肯殉。栖栖非我偶，徨徨非己倫。咄嗟榮辱事，去來味道眞。道眞信可娛，清潔存精神。巢由抗高潔，從此適河濱。〈詠懷七十四〉（逯本頁 509）

〔註80〕王夫之評選、張國星點校：《古詩評選》（北京文化藝術，1997 年）卷四，頁 167。

步出上東門，北望首陽岑。下有采薇士，上有嘉樹林。良
辰在何許，凝霜霑衣襟。寒風振山岡，玄雲起重陰。鳴鴈
飛南征，鷦鴃發哀音。素質游商聲，悽愴傷我心。〈詠懷其
九〉（遼本頁 498）

東南有射山，汾水出其陽。六龍服氣輿，雲蓋切天綱。仙
者四五人，逍遙晏蘭房。寢息一純和，呼噏成露霜。沐浴
丹淵中，照耀日月光。豈安通靈臺，游瀁去高翔。〈詠懷二
十三〉（遼本頁 501）

〈詠懷七十四〉說詩人以世道陵遲，所以選擇恬淡自處，並舉甯戚擊
牛角而疾商歌與季梁將死楊朱為之謳歌作典兩則典故，來鄙薄那些營
於世務，不明大化之徒，用以對顯巢父、許由的高潔，寄寓了自己玩
味道真的理想，表現了一種遙曠的意境。次首則寫騷人登高遠望，觸
景生情，在凝霜、寒風、垂陰、鳴雁所狀繪成的景物之中，以景緻來
襯托情感，以情感來塗寫景緻，不僅具象化了作者內心的淒愴，同時
也烘托了整首詩歌的一種沈鬱氣氛。末首則為游仙之詞，詩中俱為對
仙人、仙境的描寫，全然是作者的方外之想，黃侃在注解此詩時說：
「神仙之人既離塵俗，自當遨遊八紘之外，雖通靈之台彼且不以為
安，明避世之宜遠也」〔註81〕，推源詩歌之作，自有其憫亂憂時的創
作心理，只是這樣的動機在這首詩裡，早已淡化並將憂世之情消散於
游仙之思中，詩情寫來離俗而出世，滌蕩而無累，自是有種清逸遠引
的雅緻境界。

（三）西晉文學

統觀自建安以來的文風轉變而言，由於主要活動時間在太康、元
康時期的西晉文人有著相對穩定的時代條件，加上士人縱情放欲、自
適自全的處世心態，所以西晉文學既缺乏建安時代慷慨悲歌、建功立
業的博大胸懷，亦不復有正始時代的憂生之嗟與抨擊虛偽名教的沈鬱
與激切，取而代之的是對一己身、名等欲念的追求，追逐於物欲、感

〔註81〕陳伯君：《阮籍集校注》（北京中華，1987 年），頁 291。

官的享受，所以這時的文學既不見有建安的梗概多氣，也沒有正始的深邃哲思，轉而究心於藝術形式的探求，力弱而采縟，極盡耳目視聽之能事，細膩地咀嚼、恣意地沉醉於辭艷韻協的文學天地中，猶如李澤厚所論：

> 自漢末魏初到西晉，大體除曹植以外，對文詞的華美是不太注意的。統的來說，這是一個內容壓倒形式的時期。西晉則很自覺地開始了對文詞的華美的追求，進入了形式壓倒內容的時期。〔註82〕

其次，再就此一時期的文學理論來看，一個極具重要意義的代表作品即為陸機的《文賦》，《文賦》可以說是中國古代文論史上第一篇比較完整而系統地闡述文學創作論的文章，它的出現可說是代表了自建安以來文學特質被認識之後所累積起來的創作經驗的總結，同時也是西晉文學著重藝術形式、追求「結藻清英，流韻綺靡」的華美傾向的理論表述，楊明以為：「《文賦》從審美的角度，對創作感興、構思、技巧等方面都作了比較細緻的論述，對創作的艱苦性、複雜性表現出充分的體認，凡此都體現了對文學創作自身特殊規律的高度重視，這正是文學進入自覺時代的反映」〔註83〕，確然，《文賦》可以說是首次地站在創作主體的角度，對文學創作的過程作了細緻的描述，它表徵著文學經過自覺之後所開啟的對其內部規律的探討，再者，《文賦》還提出了「詩緣情而綺靡」的重要命題，標誌著從《詩大序》「言志」之說以來的，文學由倫理學範疇向審美範疇的歷史位移，對文學的藝術特徵作了本質意義的確立，這就文學自覺的層面來說，都具有劃時代的意義。

1、文學特徵：形式主義──繁縟工巧

〔註82〕李澤厚、劉綱紀主編：《中國美學史》第二卷上（台北谷風，1987年），頁283。

〔註83〕王運熙、顧易生主編：《中國文學批評通史》（貳、魏晉南北朝卷）（上海古籍，1996年），頁111。

　　陸機素有「太康之英」﹝註84﹞的美譽，《晉書》本傳說他「天才
秀逸，辭藻宏麗。張華嘗謂之曰：『人之爲文，常恨才少，而子更患
其多。』……後葛洪著書稱機文：『猶玄圃之積玉，無非夜光焉，五
河之吐流，泉源如一焉。其弘麗妍贍，英銳漂逸，亦一代之絕乎！』」
足見士衡辭麗才高，艷冠當代，可說是西晉唯美文風的典型代表。

　　透過陸機的擬古之作與〈古詩十九首〉原詩相對比來看，如：

> 東城高且長，逶迤自相屬。回風動地起，秋草萋已綠。四
> 時更變化，歲暮一何速！晨風懷苦心，蟋蟀傷局促。蕩滌
> 放情志，何爲自結束！燕趙多佳人，美者顏如玉。被服羅
> 裳衣，當戶理清曲。音響一何悲！弦急知柱促。馳情整巾
> 帶，沉吟聊躑躅。思爲雙飛燕，銜泥巢君屋。〈古詩十九首
> 十二〉

> 西山何其峻，層曲鬱崔嵬。零露彌天墜，蕙葉憑林衰。寒
> 暑相因襲，時逝忽如頹。三閭結飛轡，大臺嗟落暉。咨爲
> 牽世務，中心若有違。京洛多妖麗，玉顏侔瓊蕤。閒夜撫
> 鳴琴，惠音清且悲。長歌赴促節，哀響逐高徽。一唱萬夫
> 嘆，再唱梁塵飛。思爲河曲鳥，雙游灃水湄。〈陸機‧擬東
> 城一何高〉（逯本頁 668）

就作品來看，雖然擬作有其與原作相襲之處，但兩者相較，一者樸素
古直、不可句摘，一者卻是華辭麗藻、妍練工巧，原詩寫東城高長，
逶迤相屬，語直而意簡，而擬作則改以「層曲鬱崔嵬」來形容西山的
高峻，已見雕琢之跡，且詞意深隱。原作自「回風」以下，描寫秋意
的蕭瑟，體現著漢詩「氣象混沌，不可句摘」的美感，然擬作卻以著
工整之句，說「零露彌天墜，蕙葉憑林衰」，繼而「美者顏如玉」一
句，陸機以「玉顏侔瓊蕤」來形容，將原來的直截的以「玉」喻「顏」，
轉而以「瓊蕤」來形容「玉顏」，然後又用「侔」字關聯兩者，這不
僅造就了辭藻上的「繁」，同時也形成了詩歌密度上的「縟」。

﹝註84﹞王叔岷：《鍾嶸詩品箋證稿》（中央研究院中國文哲研究所，1992 年），
　　　　頁 67～68。

　　對於西晉的擬古之風，王力堅曾細論道，西晉文人的擬古雖有學習、揣摩前人創作經驗的用意，但其目的卻不僅於此，「西晉文人的擬古並不是一種『踵前人步伐』，亦步亦趨的機械學習方式，其目的也不在於『以求得其神似』」，而是跟當時的文壇風尚密切相關，是要「精慮造文，各競新麗」，由於崇尚「新麗」，所以擬古的目的也志在求「新」「陸機在《文賦》中，就明確地表示：『襲故而彌新』！即最終目的是爲了創新。」〔註85〕再如：

> 明月何皎皎，照我羅床緯。憂愁不能寐，攬衣起徘徊。客行雖云樂，不如早旋歸。出戶獨彷徨，愁思當告誰。引領還入房，淚下沾裳衣。〈古詩十九首十九〉

> 安寢北堂上，明月入我牖。照之有餘輝，攬之不盈手。涼風繞曲房，寒蟬鳴高柳。踟躕感節物，我行永已久。游宦會無成，離思難常守。〈陸機·擬明月何皎皎〉（逯本頁 687）

> 西北有高樓，上與浮雲齊。交疏結綺窗，阿閣三重階。上有弦歌聲，音響一何悲！誰能爲此曲，無乃杞梁妻。清商隨風發，中曲正徘徊。一彈再三歎，慷慨有餘哀。不惜歌者苦，但傷知音稀。願爲雙鴻鵠，奮翅起高飛。〈古詩十九首其五〉

> 高樓一何峻，苕苕峻而安。綺窗出塵冥，飛階躡雲端。佳人撫琴瑟，纖手清且閑。芳草隨風結，哀響馥若蘭。玉容誰能顧，傾城在一彈。佇立望日昃，躑躅再三歎。不怨佇立久，但願歌者歡。思駕歸鴻羽，比翼雙飛翰。〈陸機·擬西北有高樓〉（逯本頁 688）

古詩〈明月何皎皎〉與陸機的擬詩，同爲久客思歸之作，原詩寫遊子思歸，於是愁不能寐，出戶徘徊，無奈幽思無人可以訴告，惟有獨自回房中暗泣，詩一開頭雖寫明月皎潔，但只是作者觸物起興的媒介，詩人於此再無描繪。然在陸機的擬作中，卻是以明月的入牖，干擾了

〔註85〕王力堅：《魏晉詩歌的審美觀照》下編，三〈精慮造文，各競新麗〉（台北文津，2000 年），頁 175～179。

作者安寢的寧靜氣氛來作開場，士衡說：「照之有餘輝，攬之不盈手」，卻是用了《淮南子‧覽冥訓》的典故，其曰：「天地之間，巧歷不能舉其數，手微惚恍，不能攬其光也」，陸機用此爲典，以餘輝來狀寫綿延不盡的情思，但此情思卻又「不盈手」，是微茫而難以捉摸的，繼而以對句「涼風繞曲房，寒蟬鳴高柳」，由外在的淒清冷寂、物候的轉變再次地喚起了詩人懷鄉思歸的心情，尤其是在游宦無成、離思難守的心境之下，這種行久在外、踟躕感物之情尤爲深切，而綜觀全詩，情景意興，共時交織，比起古詩的散樸，擬作便顯得緊湊而采縟。

　　至於〈擬西北有高樓〉一首，原作只寫高樓「上有弦歌聲，音響一何悲」，而琴音是「清商隨風發」，但在擬作裡，便細繪成「佳人撫琴瑟，纖手清且閑。芳草隨風結，哀響馥若蘭」，其華辭細繪迥別於古詩的質樸。

　　2、文學特徵：寓情於山水美景之中

　　個體意識自覺之後，隨著人生觀、世界觀的改變，讓主體性情突破道德禮教的框架，然後才有著孕育主體不帶實用、功利目的性的審美體驗的可能，從而能「窺情風景之上，鑽貌草木之中」，懂得去領略、欣賞山水的自然之美。對於這種主體蘊含的轉變，審美主體的誕生，章啓群即認爲：

> 從美學的角度說，自然美的發現和藝術美的創造，都是與人的審美意義萌發相關的。必須先有審美的主體，才可能建立一個審美的世界。這個命題不僅具有康德哲學關於知識論證的那個邏輯的先在意義，甚至還具有歷史發生學的意識。在一個沒有審美意識的人類面前，自然世界和人類社會是無所謂美的。……這裡的原因並非是自然本身有任何的變化，本質上在於人類自身的內在豐富程度，即一個完整的、哲學意義上的審美主體是否建立。……魏晉哲學自然觀對於人性認識的這種根本的、內在的變化，就是實現了一個審美主體的哲學的建構。〔註86〕

〔註86〕章啓群：《論魏晉自然觀──中國藝術自覺的哲學考察》，七〈魏晉

誠然，須先有一雙審美的眼睛，然後才有可能發現美的存在，而這雙審美的眼睛的陶養，則首先取決於主體對自我意義的認知及其價值態度的轉變，而自先秦迄於魏晉的「道德主體」向「才性主體」的位移，在人物品藻裡由「人倫鑒識」向「審美品鑑」的轉換，就正體現著這個主體換變的實質內容。而就文學自覺的意義來說，對於西晉文人的引山水入文學，除了上述文學主體性的貞定及審美主體的誕生之外，對山水的狀模意擬、雕飾色繪，也具有拓展表現題材和鍛鍊書寫技巧的意義。如陸機〈招隱詩〉：

> 明發心不夷，振衣聊躑躅。躑躅欲安之，幽人在浚谷。朝
> 采南澗藻，夕息西山足。輕條象雲構，密葉成翠幄。激楚
> 佇蘭林，回芳薄秀木。山溜何泠泠，飛泉漱鳴玉。哀音附
> 靈波，頹響赴曾曲。至樂非有假，安事澆淳樸。富貴苟難
> 圖，稅駕從所欲。（逯本頁 689）

陸機因為心情鬱悶，所以想要去尋訪那隱於幽谷、採藻而食、依山而棲的聽者，詩歌雖然為寫尋隱而作，但接下來八句，卻是對山水美景的塗寫，此地枝條高揚似入雲霄，綠葉茂密如垂翠幕，又有旋風吹入蘭林，以致一股幽香回蕩林間，山澗清泉泠泠而下，其水之清澈、聲之清脆，如美玉相擊而揚聲，於是處此鍾靈的山水之間，原本鬱悶的心情也被淘滌一淨，哀音隨付靈波而逝，頹響於奔赴於曲谷之中，山容水意、蘭香泉鳴，俱顯幽情。

　　而在美景之中，往往也蘊含了豐富的生命之思，以陸機〈悲哉行〉為例：

> 游客芳春林，春芳傷客心。和風飛清響，鮮雲垂薄陰。蕙
> 草饒淑氣，時鳥多好音。翩翩鳴鳩羽，喈喈倉庚吟。幽蘭
> 盈通谷，長秀被高岑。女蘿亦有託，蔓葛亦有尋。傷哉客
> 遊士，憂思一何深。目感隨氣草，耳悲詠時禽。寤寐多遠
> 念，緬然若飛沉。願託歸風響，寄言遺所欽。（逯本頁 663）

哲學自然觀的特徵及其對於中國藝術自覺的意義〉（北京大學，2000年），頁 185～206。

以陸機的〈悲哉行〉來說，春光明艷，本是遊賞的好時節，但作者卻說「春芳傷客心」，點出了全詩傷春的主題，因著遊人的「憂思一何深」，遂使得日麗風和、鳥鳴花香的明媚春光，一變成引發詩人惜春歎逝、韶華難留的感傷緣由。另，張載詩寫秋風兼夜，微霜降臨，於是嘉木頹殞，芳草枯悴，對於時序物候的轉變有著細膩的感受與觀察，繼而再以此景象聯想、對比於身世的遭逢，於是有著「睹物識時務，顧已知節變」的慨歎。

（四）東晉文學

在生命情調上，他們則脫略了西晉士人對於物欲的沉溺，而措意於寧靜閒適、瀟灑高逸的精神追求。就寧靜閒適的一面而言，這種靜、閒的嚮往當是在飽受戰亂流離之後，經動盪紛擾而思安和寧靜的心理補償；而瀟灑高逸，則是當時士人的欣向與雅好，例如有風流宰相之稱的謝安便可為這種時尚的典型代表，《世說新語·賞譽》條一四八：「王子敬語謝公：『公故瀟灑。』謝曰：『身不瀟灑。君道身最得，身正自調暢。』」而這種瀟灑的內在精神追求，體現在生活上，便如謝安在〈與王胡之詩〉中所說的：

> 朝樂朗日，嘯歌丘林。夕翫望舒，入室鳴琴。五絃清激，
> 南風披襟。醇醪淬慮，微言洗心。幽暢者誰，在我賞音。（逯
> 本頁 906）

朝歌暮琴，出戶入室，這便構成了一天的生活，此中有朗日、澄月，有鳴弦、醇酒，伴以清言、嘯歌，俱是雅士風流的事物，並以此來體會內在的「幽暢」，追求精神的滿足。是以東晉士人在南渡之後，他們逐漸從永嘉動亂的傷痛裡平復過來，並走向一個偏安的天地之中，淡化了中朝士人那種發揚顯露、放蕩恣欲、嗜利競奢的習氣，他們優雅從容、愛靜好閒、崇尚瀟灑高逸的人生情態，這些情態不僅是他們的生活方式、生命情調、人生追求，並且也滲透到他們的審美趣味、審美理想之中，體現於且影響了當時文學藝術的表現。

1、文學特徵：艷逸的憂與遊

李豐楙於論述〈六朝道教與遊仙詩的發展〉〔註87〕時，曾提及詩人創作遊仙詩的動機，大抵可歸為二類：其一為空間因素，即指現實世界的拘限、世俗社會的迫阨；另一則為時間因素，為歲月無情的消逝與生命凋謝的無常。遊仙文學的創作動因有其人類生存活動在時間和空間因素上的「憂」的存在，那麼對這個「憂」的消解與排遣，便是通過「遊」來抒暢處境的苦悶、追求精神的自由，並在補償作用的心理機制下，透過神仙的不死來對治歲月的推移，以著仙人的馳騁遨遊來消解現實世界的諸多拘束和迫厄，而這「憂」與「遊」的二元式結構〔註88〕，因「憂」而思「遊」，以「遊」而解「憂」，便成了遊仙文學中的慣用表現模式。

而這種由「憂」到「遊」的開展模式，不僅是遊仙文學的意脈結構，同時也是作家生命情調的具體顯現。神仙世界的諸多景物多少都隱含著主體內在的情思，是為作者內心企求或渴望的一種投射，而表徵著文學的主體化、抒情化、內在化與個體化的特質。

而郭璞在此就扮演極關鍵性的地位──「艷冠中興」。郭璞的遊仙也有其在辭藻上追求「艷逸」的審美化表現，《晉書》本傳說他「詞賦為中興之冠」，而劉勰亦謂「景純艷逸，足冠中興」《文心雕龍·才略》，可見郭璞就是以其「文藻粲麗」挺拔於永嘉以來「辭趣一揆」的平淡詩風之中，如其〈遊仙詩其十〉寫「瓊林籠藻映，碧樹疏英翹。丹泉漂朱沫，黑水鼓玄濤」、〈遊仙詩其一〉寫「臨源挹清波，陵岡掇丹荑」、〈遊仙詩其三〉寫：「翡翠戲蘭苕，容色更相鮮。綠蘿結高林，蒙籠蓋一山。……放情凌霄外，嚼藥挹飛泉。赤松臨上游，駕鴻乘紫煙」、凡此，由於描繪著仙境、仙人的絢麗光景與奇姿異彩，所以也就增益了語言文字的鮮麗與華美，又加以虛幻、靈妙、瑰怪的神仙世

〔註87〕李豐楙：〈六朝道教與遊仙詩的發展〉，收錄《中華學苑》第二十八期（1983年十二月），頁98。
〔註88〕李豐楙：〈憂與遊：六朝隋唐遊仙詩論集〉（台灣學生，1996年）〈導論〉，頁1～24。

界的狀繪，從而也就更加豐富了文學表現的藝術性效果，是以這幾首
詩作爲例：

> 京華遊俠窟，山林隱遯棲。朱門何足榮，未若託蓬萊。臨
> 源挹清波，陵岡掇丹荑。靈谿可潛盤，安事登雲梯。漆園
> 有傲吏，萊氏有逸妻。進則保龍見，退爲觸藩羝。高蹈風
> 塵外，長揖謝夷齊。〈遊仙詩其一〉（逯本頁 865）

以「京華遊俠窟」和「山林隱遯棲」對舉，描述著奢華放浪的貴族子
弟和縱身山林、遠隔塵世的棲隱之士的不同生活，然後以著對「朱門
何足榮」與託身蓬萊的抑揚對比，說明了自己的價值取捨。接下來則
聚焦於仙隱生活的描繪，挹飲清泉，掇取丹荑，認爲置此鍾靈毓秀的
山林，快然自足，又何須貪戀利祿，自致青雲之上，猶如莊周辭聘，
拒爲「郊祭之犧牛」，老萊聽妻之勸，不願受人之制而逃世，進而求
仕，或可見重於君王，可是一但陷於困境，便如羝羊觸藩，進退兩難，
因此，不如長揖夷齊，高蹈風塵之外。可見在此詩中，由於現實世界
以及政治氣氛詭譎多變所深藏的憂患，不禁促使著詩人萌生出世遠遊
之想，遊仙的嚮往實源於現世的憂患。

> 翡翠戲蘭苕，容色更相鮮。綠蘿結高林，蒙籠蓋一山。中
> 有冥寂士，靜嘯撫清絃。放情凌霄外，嚼蘂挹飛泉。赤松
> 臨上游，駕鴻乘紫煙。左挹浮丘袖，右拍洪崖肩。借問蜉
> 蝣輩，寧知龜鶴年。〈遊仙詩其三〉（逯本頁 865）

> 璇臺冠崑嶺，西海濱招搖。瓊林籠藻映，碧樹疏英翹。丹
> 泉漂朱沫，黑水鼓玄濤。尋仙萬餘日，今乃見子喬。振髮
> 睎翠霞，解褐禮絳霄。總轡臨少廣，盤虬舞雲軺。永偕帝
> 鄉侶，千齡共逍遙。〈遊仙詩其十〉（逯本頁 866）

〈遊仙詩其三〉著力描寫的是仙隱之士清靜高逸、自在自得的山林生
活，以此來對比於對塵世、名利的蔑棄，表明自己栖心高遠、鍾仙隱
情的人生祈向，詩中寫此地有翡翠鳥戲於蘭苕之上，綠蘿群結彷彿給
整座山蒙上了一層青翠，呈顯的是一幅蒼翠鮮綠、生機盎然的畫面，
而冥寂之士仙隱其中，引吭長嘯，撫操清弦，縱情肆意，或饑而採食

花蕊，或渴而斟飲流泉，赤松子、浮丘、洪崖等人交遊，出入仙鄉，遨遊四海，如此的人生意趣與生命追求，便如蜉蝣之輩豈知龜鶴年壽一樣，又豈是那些汲汲營營於俗務、栖栖惶惶於名利的世俗之徒所能理解的。〈遊仙詩其十〉則藉由尋仙而得見仙境之美，瓊林、碧樹、丹泉、玄濤，最後終於得見王子喬，以暢遂其偕侶帝鄉、長生逍遙的遊仙願望。

　　在自己所認可的神仙思想裡，表達並寄託了自身的人生抉擇及其理想的生存型態與價值追求，這些表現，就「人」的一端看，不僅有賴於人作為一個個體的意識的覺醒，而就「文」的一端來說，也正是因為文學創作的主體性根源有了此一改變與轉向，然後才有在以著詩歌為形式、以著遊仙為主題的文學的主體化、抒情化、個體化的表現。

2、文學特徵：玄對山水，自有清音

譚容培論述道：

> 魏晉六朝崇尚精神解放，表現為對長期以來儒教所規範的政治倫理人格的超越，以及在審美上對個體精神自由的崇尚，於是遠離塵濁的自然山水成為人們嚮往自由的精神寄託之所。

又說：

> 精神美與山水美同時被晉人發現不是偶然的。精神美作為精神現象，雖有豐富的內涵，但又是比較抽象和模糊的。而山水雖具有具體的形態，但本身又缺乏精神內涵。人們對精神美的觀照，往往企求外在感性化，而對於山水美的體驗又趨向內在精神化。這樣，在推重人格美、渴望個體精神自由的晉人那裡，實現精神美和山水美的相互感應和相互發明，就在所必然了。他們自覺不自覺地感受到了精神現象和自然現象之間存在某種類似的特徵和內在聯繫，於是熱衷於把精神現象投射到自然物之上，或者說，樂於撲向自然山水之中去陶醉和愉悅自己的情懷。〔註89〕

〔註89〕譚容培：〈論魏晉時期自然審美思想〉，收錄《湖南師範大學社會科

因此，山水對於晉人來說，它既是個獨立的存在物，表現著自身的千
姿萬態，體現著自然造化的奧妙，同時它也是個相對於污濁塵世的清
淨之地，使人悠遊其中可以忘卻情累，舒解憂悶，而爲人們的精神寄
託之所，再者，它還在文人們的自我意識之中，成爲審美移情的對象，
讓人在山水的賞玩裡，反省自身、觀照自我，宗白華所謂的「晉人向
外發現了自然，向內發現了自己的深情」，在蘭亭雅集的詩作裡，可
以說就表現了這樣的特點，他們既以山水爲審美的對象，同時也在山
水觀遊中傾注了自己的情感，觀照了自己的心靈。

　　山水從此進入了他們的生活，成爲生活的一部份，或是求仙、探
藥，或是隱逸、遊覽，自然山水對於他們來說，既是優遊行樂的地方，
又在「玄對山水」、心與道冥的心理機轉底下，山水還是陶醉心靈、
觀照自我的精神家園。因此，有學者論道：

> 傳統的山水審美文化在魏晉南北朝時期進入了一個飛躍性
> 發展階段。對於其時的文人士大夫而言，自然山水是一座
> 精神家園。在這座精神家園裡，他們行其所行，得其所得，
> 樂其所樂，可以登山臨水，游覽觀賞，席芳草，鏡清流，
> 覽卉木，觀魚鳥；可以結盧而居，隱逸終老，釋域中之常
> 態，暢超然之高情；……無論形式有何不同，人文意蘊和
> 精神內涵都一脈貫注，就是歸趨於大自然，在與自然山水
> 親和的過程中獲得審美享受，以使精神得到解脫超越，人
> 格得到康復與昇華。……出則漁弋山水，入則言詠屬文，
> 六朝文人士大夫通過這種生活方式和精神活動，創造性地
> 豐富和發展了洋溢著生命芳淳、散發著美學幽光的傳統山
> 水審美文化。〔註90〕

今看庾闡的〈觀石鼓詩〉：

> 命駕觀奇逸，徑騖造靈山。朝濟清溪岸，夕憩五龍泉。鳴

　　　學學報》第二十八卷（1999 年第一期），頁 24～30。

〔註90〕盛源、袁濟喜：《華夏審美風尚史・四・六朝清音》，六〈山水審美
　　　文化的人文意蘊和美學特點〉（河南人民，2001 年）頁 115～116。

> 石含潛響，雷駭震九天。妙化非不有，莫知神自然。翔霄
> 拂翠嶺，綠澗漱巖間。手澡春泉潔，目翫陽葩鮮。（逯本頁
> 873）

詩為庾闡遊石鼓山的登臨之作，內容寫作者身歷其境，朝濟清溪，夕
憩澄泉，藉由石鳴、雷駭的天籟之音，更引領人萌生一種自然神妙的
玄想，仰望是飛鳥翔於雲端、輕拂翠嶺，俯瞰是澗碧如綠，奔騰於山
巖之間，手藻春泉，目翫陽葩，在這裡，自然山水對人來說已不是那
種「望秩于山川」《尚書・虞書・舜典》時的嚴肅宗教情緒，而是有
種人與自然相融相浹的親和感，由於詩人是懷著遊覽風景的心情入
山，在那「手澡」、「目翫」的態度背後，更說明詩人是以一份著審美
的意識來看待山水，所以此中的山水，既非自然崇拜下的某種神靈的
化身，也非道德精神的象徵或載體，而是以著獨立客體的姿態，以成
為詩人眼中的審美對象。

　　而孫綽的〈游天台山賦〉，作者雖未親身登臨天台山，但是他因
為嚮往此山的神秀奇美，所以「馳神運思，晝詠宵興，俯仰之間，若
已再升者也」狀繪其馳神名山勝境的景況：

> 釋域中之常戀，暢超然之高情。被毛褐之森森，振金策之
> 鈴鈴。披荒榛之蒙龍，陟峭崿之崢嶸。濟楢溪而直進，落
> 五界而迅征。跨穹隆之懸磴，臨萬丈之絕冥。踐莓苔之滑
> 石，搏壁立之翠屏。攬樛木之長蘿，援葛藟之飛莖。雖一
> 冒於垂堂，乃永存乎長生。必契誠於幽昧，履重嶮而逾平。
> 既克隮於九折，路威夷而修通。恣心目之寥朗，任緩步之
> 從容。藉萋萋之纖草，蔭落落之長松。覿翔鸞之裔裔，聽
> 鳴鳳之嗈嗈。過靈溪而一濯，疏煩想於心胸。（張本頁 2418）

孫綽的〈游天台山賦〉，《世說新語・文學》條八十六載：「孫興公作
〈天台賦〉成，以示范榮期，云：『卿試擲地，要作金石聲』。」足
見興公對這篇作品的自負與自信，特別是該賦雖為虛擬的紀遊之作，
但是由於作者長期優遊於山水之間，因此以其豐富的山水登臨的經
驗，寫來仍舊真切而細膩，所引一段，緊扣一個『游』字，「先從險

處游起，寫其一路艱危、后復從平處游起，寫其一路閑曠」〔註91〕，並順隨著遊賞的過程，逐次展示山中的景物，當是敘寫山水的佳構。

3、文學特徵：情真、景真、事真、意真

就「人」的一面而言，淵明在他的仕隱抉擇及所表現的生命情態、人生追求，似乎替傳統的知識份子樹立了一種具有典範意義的理想人格型態，當知識份子失意於仕途或厭倦於官場時，淵明所標誌的那種不爲五斗米折腰，「誤落塵網中，一去三十年」、「羈鳥戀舊林，池魚思故淵」、「久在樊籠裏，復得返自然」的價值抉擇，便成了士人所效法、所追慕的對象，成爲了士人寄託心靈的精神家園。對此，韋鳳娟即認爲陶淵明他樹立了、也生動地體現了一種「閑情文化」的範型，這種「閑情」文化模式的特色爲，「超越社會功利、追求人生的審美境界、注重個體的精神需求、以個體精神的逍遙自適作爲人生價值的實現」，並且：

> 他以自己對人生道路的抉擇爲世人提供了一個重志節、重精神追求的典範，他以自己特殊的思想個性及行爲經營出一片心靈天地，這是一個經歷矛盾衝突之後而達到寧靜和諧的境界，是一個清貧寂寞而又充滿精神樂趣的境界，是一個眞正遺落了榮利、忘懷得失的境界，給後世官場失意的人們以深刻的啓迪和無限的慰藉。〔註92〕

而就「文」的一面來看，陶淵明則是第一位將田園生活題材帶進詩歌的作家，他以其實際的田園生活爲內容，眞切地描寫了耕稼的情景與甘苦。其次，淵明還以其「穎脫不群，任眞自得」的生命情態外化呈顯於詩歌作品之中，從而表現出一種自適自在的情態與悠然遠邁的境界，以著人格的「眞」體現爲作品的「眞」。他不同於屈原的幽憤，也不同於阮籍的苦悶或嵇康的峻切，而是「超然塵外，獨闢一家」的

〔註91〕王琳：《六朝辭賦史》，四〈兩晉賦〉(下)（黑龍江教育，1998年），頁186。
〔註92〕韋鳳娟：〈論陶淵明的境界及其所代表的文化模式〉，收錄《文學遺產》（1994年第二期），頁22～31。

由其實際的田園生活中，體會並展現出一種高曠的情懷與淳厚的情味來，元好問說陶詩「一語天然萬古新，豪華落盡見眞淳」〈論詩絕句〉，這種「眞淳」不僅僅只是詩歌的風貌，它還有其作爲一種審美取向的主體聯繫，是其人格的「眞淳」向作品的延伸，以其淡泊的生命之姿體現爲平淡的藝術之姿，將詩歌給生活化，並且也在其詩意、詩味的領略中，讓生活給詩化了、藝術化了。

　　王國瓔即說明道，這是一種「以自我爲焦點之自傳性詩歌」〔註93〕，所以它表徵著個體意識覺醒後，對自我地位和價值的重視與看重，體現了文學「個體化」的特點，再加以造語質樸，自然清新，「開古今平淡之宗」，這自具有其在「審美化」上的特殊意義。今看其〈歸園田居詩五首其二〉：

> 野外罕人事，窮巷寡輪鞅。白日掩荊扉，虛室絕塵想。時復墟里人，披草共來往。相見無雜言，但道桑麻長。桑麻日已長，我土日已廣。常恐霜霰至，零落同草莽。（逯本頁991）
>
> 種豆南山下，草盛豆苗稀。晨興理荒穢，帶月荷鋤歸。道狹草木長，夕露沾我衣。衣沾不足惜，但使願無違。〈歸園田居詩五首其三〉（逯本頁992）
>
> 先師有遺訓，憂道不憂貧。瞻望邈難逮，轉欲患長勤。秉耒歡時務，解顏勸農人。平疇交遠風，良苗亦懷新。雖未量歲功，即事多所欣。耕種有時息，行者無問津。日入相與歸，壺漿勞新鄰。長吟掩柴門，聊爲隴畝民。〈癸卯歲始春懷古田舍二首其二〉（逯本頁994）

在這些作品中，俱是以田家語寫田家事，說他「晨興理荒穢，帶月荷鋤歸」、「相見無雜言，但道桑麻長」，「長吟掩柴門，聊爲隴畝民」，田園對淵明來說，並不同於一般文人的登山臨水，因爲在山水的觀遊中，山水只是審美的對象，主體與山水的關係，只是觀賞者與被觀賞

〔註93〕王國瓔：《古今隱逸詩人之宗——陶淵明析論》（台北允晨文化，1999年），頁18〜25。

者的關係，他們在觀遊中，或是假此得到審美的享受，或是由此獲得心境的滿足，然在淵明的田園詩作裡，他卻不是以著一個欣賞者或旁觀者的姿態出現的，他就實際生活於其中，他與田園之間不再是主、客的關係，而是與之融為一體，所見是隴畝村巷，耳聞是犬吠雞鳴，所作是荷鋤開荒，所道是桑麻短長，是眞實、認眞地生活於其中，然後才眞切、眞摯地反映於詩上。

其次，陶潛不僅描寫田園的眞實生活，並且在詩中表明了他歸返田園的人生追求，抒發了他暢情忘懷於田園生活的閑情逸趣，甚至是時見他以著自我獨白的方式，反思自己的心跡與形跡，對自己的出處抉擇、自己的價值判斷，一吐於詩作中，讓讀者「觀其文想見其爲人」，體現了「因人以成文」的創作規律，同時也使得作品沾滿了自我的色彩，富於個體個性的特徵。例如〈歸園田居詩五首其一〉：

> 少無適俗韻，性本愛丘山。誤落塵網中，一去三十年。羈鳥戀舊林，池魚思故淵。開荒南野際，守拙歸園田。方宅十餘畝，草屋八九間。榆柳蔭後簷，桃李羅堂前。曖曖遠人村，依依墟里煙。狗吠深巷中，雞鳴桑樹顛。戶庭無塵雜，虛室有餘閑。久在樊籠裏，復得返自然。（逯本頁 991）

在〈歸園田居詩五首其一〉裡，陶潛首先就對他的本然之性作了提點式的說明，說他從小就學不來世俗的這些周旋應對和取媚逢迎，並以「俗韻」的名韁利鎖與「山丘」的淳樸自然相對舉，做一種志向取捨的告白，然後反省到他這些年來，是誤入塵網之中，直至今日，才恍如大夢初醒，那種源自內心的原始呼喚，便如同羈鳥眷戀舊林、池魚思返故淵一樣，有種不願爲俗務所累以保其性分之本眞的渴望。於是他開荒南野、守拙歸田，縱身到這方宅草屋、榆柳掩映、炊煙裊裊、雞犬相聞的寧靜世界裡來，覺得置身此中，少去了「雜塵」的攪擾，多了份「餘閑」的優遊，便像是掙脫了樊籠的飛鳥，能夠自由自在、自肆自得，得到一種本性得以舒展的暢然。在這首詩中，寫的是淵明的人生抉擇，也表明了他的理想與追求，在他由兼善天下到獨善其身

的轉折中，自有一種「覺今是而昨非」的醒悟，以及不願爲功名利祿而斲喪個體自由的價值權衡，而這種珍視個體意識的內在意脈，亦正是淵明詩作的共同基調。再如：〈飲酒詩二十首其五〉

> 結廬在人境，而無車馬喧。問君何能爾，心遠地自偏。採菊東籬下，悠然見南山。山氣日夕佳，飛鳥相與還。此中有真意，欲辨已忘言。〈飲酒詩二十首其五〉（逯本頁998）

陶潛既抒發了他歸返自然、閒適恬淡的田園逸趣，同時也蘊涵並表現了一種心境與物境相浹爲一，即於主體的悠然心境中體現出萬物自然和諧的高逸境界來。清人吳琪在評賞此詩時說：「『心遠』爲一篇之骨；『真意』爲一篇之髓」，正是詩人有著「心遠」的生命情調，所以才能在心緒與現實之間隔開一方心靈的空間，能結廬於人境而無聽於車馬的喧擾，更因爲這種心不滯物的情態，而能咀嚼人生的「真意」，領略天地的化機，於是秋菊、南山、嵐氣、飛鳥，無物不佳、無物不樂，即目皆歡、無一不好，從而便在這不期然而然、即景會心的審美體驗的瞬間，人與大自然形神相契、物我俱忘、境意兩諧，只覺陶醉於心冥神會的自然真意之中，而「欲辯已忘言」。

在此「心遠」的心靈狀態底下，自能大開懷抱，與物無對，山花人鳥，一片化機，既感受於大自然的清靜美好，同時也反覷且優遊於自我的自由、自適而真實存在的歡愉，在這裡「它表明自我意識的覺醒作用於詩人的審美意識，使其對自然景物產生了具有某種超越感的真切或表現，從而進入一種似乎澄澈空明的「無我之境」。而其審美化表達，則產生了「採菊東籬下，悠然見南山」這樣的千古流傳的名句。陶詩的這種高度的審美愉悅功能的產生，標誌著文學的自覺已達極高的程度」。〔註94〕

對於以上各時期的自覺化特徵，如再凝聚成更簡單、更扼要的把

〔註94〕胡令遠：《人的覺醒與文學的自覺——兼論中日之異同》，第六章、二〈田園詩的審美主體意識與文學的自覺〉（上海復旦，2002年），頁174～175。

握，只突顯各期的主要特色，那麼魏晉時期文學自覺化的發展圖式，當可表述為：從「建安的文學主體性向其自身的復歸」到「正始的文學個體性的高揚與內在化的抒寫」，再到「西晉的文學審美性及抒情性的深化」，以及「東晉的文學的生命化、生活化與人生的詩化」。

今將其發展軌跡圖繪如下：

建安時期		正始時期		西晉時期		東晉時期
擺落政教：文學主體性向其自身的復歸	⇒	關注自我：文學個體性的高揚與內在化的抒寫	⇒	情采並重：文學抒情性及審美性的深化	⇒	人文相融：文學的生命化、生活化以及人生的詩化